俄罗斯精短文学经典译丛
诗意生活系列

U0640501

秋与春——
谢尔古年科夫诗意小说

汪剑钊 主编

【俄】谢尔古年科夫 著

顾宏哲 译

读者出版传媒股份有限公司
敦煌文艺出版社

图书在版编目（ＣＩＰ）数据

秋与春：谢尔古年科夫诗意小说 ／ （俄罗斯）谢尔古年科夫著；顾宏哲译. -- 兰州 ：敦煌文艺出版社，2013.12(2023.4 重印)

（俄罗斯精短文学经典译丛）

ISBN 978-7-5468-0630-3

Ⅰ．①秋… Ⅱ．①谢… ②顾… Ⅲ．①短篇小说—小说集—俄罗斯—现代 Ⅳ．①I512.45

中国版本图书馆CIP数据核字（2013）第295177号

秋与春——谢尔古年科夫诗意小说

汪剑钊　主编

〔俄〕谢尔古年科夫　著

顾宏哲　译

责任编辑：张明钰

敦煌文艺出版社出版、发行

本社地址：(730030)兰州市城关区曹家巷1号

0931-8773084(编辑部)　　　0931-2131387(发行部)

三河市嵩川印刷有限公司

开本 787 毫米×1092 毫米　1/16　印张 14　插页 1　字数 200 千

2014 年 6 月第 1 版　2023 年 4 月第 3 次印刷

ISBN 978-7-5468-0630-3

定价：49.80 元

出版说明

2013 年,我社开始策划出版"世界精短文学经典译丛",这套丛书约请国内最优秀的翻译家担任主编和译者,将世界几大主要语言写成的短篇作品择优选入,并按照一定的主题和体裁进行分类,以独特的视角呈现出各国文学的基本面貌,为我国读者了解世界文学提供了一个较为广阔的平台。"俄罗斯精短文学经典译丛"即是这套选题中的一种。

俄罗斯文学影响了中国几代人的成长,让他们形成了特有的精神风貌和对世界的认知方式,但因为复杂的历史原因,这一精神资源的承续和发展出现了断裂。为重新深入挖掘、整理俄罗斯经典文学的优秀资源,我们倾心推出"俄罗斯精短文学经典译丛"(20 册),分为"诗意自然""诗意人生""诗意心灵"和"诗意生活"等四个系列,让读者再一次感受俄罗斯文学的独特魅力,在阅读中汲取有益的精神养分,提升对诗意生活的自觉追求,丰富人们的内心精神世界。

敦煌文艺出版社

2014 年 5 月

译　序

　　谢尔古年科夫这个名字我是从汪剑钊先生那里听说的，那时，熟知莫斯科大街小巷每一个书店的汪先生带着我到处寻找谢尔古年科夫的书，可是很多书店的工作人员竟然也不知道这个作家。显然，谢尔古年科夫不是个如雷贯耳的名字，可为什么大名鼎鼎的汪先生对他如此推崇呢？我不由得对这个人发生了强烈的兴趣。

　　汪先生给我简单介绍了谢尔古年科夫，说他的童话写得特别好，国内也有过一个译本《狗的日记》。我后来留心查了一下，发现我们国内对这位作家的介绍非常少，只有诗人蓝蓝发表于《世界文学》杂志的一篇文章《谢尔古年科夫是谁》。除了个别的童话，散文作品没有译本。只有已故的许贤绪先生将《春》中的个别段落编译而成的《五月》广为流传。后来，汪先生找我翻译《秋与春》，促使我更加详细地了解了谢尔古年科夫这位名气不大、却深得大家喜爱的作家。

　　那么，谢尔古年科夫到底是谁呢？

　　他是苏联、俄罗斯童话、散文、随笔作家。也有人称他为儿童文学作家。一生经历坎坷、丰富，像一部小说。1931年2月28日生于哈巴罗夫斯克。幼时随父母辗转各地居住，童年和少年时期大部分时间在符拉迪沃斯托克度过，分别在萨哈林、阿穆尔河上的共青城、莫斯科等地上过学。1950年中学毕业于费奥多西亚。同年考入哈尔科夫大学新闻系；后该系转到基辅，遂于基辅大学修完学业，1955年毕业。毕业后被分配到巴尔瑙尔的《阿尔泰青年报》工作，半年之后就离开，因为觉得报社的陈规陋习制约自己作为一个作家的发展。之后整整10年时间，谢尔古年科夫响应高尔基"到人们中间去"的号召，尝试过各种艰苦的工作，当过牧人、矿工、水手、护林员，力图增加自己了解世界的宽度和广度。其中，护林员工作做的时间最长，从1957年到1966年，有九年之久。这些艰苦的工作都是作家自己主动选择的，为了写出真正的文学作品，作家甘愿在严酷的生活熔炉中锻炼自己。森林中的生活和工作尤其成为作家创作的宝贵财富和源泉。1962年加入苏联作协。从1964年开始只写童话。现居彼得堡，最近一部作品为2011年出版的童话集《童话树》。作品被翻译成外文，中文为其中一种。

谢尔古年科夫很早即对文学、文字发生兴趣：13岁开始写日记，15岁迷上写诗，大学时期改写散文——50年代中期完成了第一部短篇小说集（未发表）。第一个短篇小说《哆—来—咪》1956年发表于《阿尔泰青年报》。第一部中篇小说《森林卫士》出版于1960年，使他广为人知，多次再版。作为一个年逾八旬的作家，他的作品不是很多：除了童话集，小说有《林中的马儿：中篇童话小说》（1979）、《秋与春·护林员笔记》（1979）、《千叶蓍》（1986）、《林中的马儿·秋与春》（1986）。后者曾在1981年以《我的森林》为名结集出版。他的创作经常会长时间地中断，按照作家自己的话，这是因为他有时根本不能写作。这大概是作家作品不多的原因吧。

在成为职业作家的过程中，谢尔古年科夫经历了十分复杂的心路历程。在标准的意识形态教育条件下，他很早就意识到脱离现实生活的危险，因此他选择了自己与世界对话、与上帝对话的方法。这种认知及自我认知始于在林业部门工作的年代，林中幽居的年代。在与森林、一切生物及自身和周围被赋予了灵性的一切对话中谢尔古年科夫寻找着真正的生活之路。作家的这种探索还表现在他对传统体裁形式的革新和丰富上。他的散文作品既是小说，又是来源于日常生活的童话，又像言行录，还是谢尔古年科夫定义为"沉默"的体裁，即"创造无形的语言"。其所有作品都体现了这一创作特点：从早期的《森林卫士》到幽居时期的中篇童话小说《林中的马儿》，到童话，包括一些"城市"童话：《月亮和兔子》（1968）、《白猫、黑猫》（1974）、《水罐》（1980）、《库图佐夫的心》（1980）和《一条神奇的河》（1981）。《秋与春·护林员笔记》和《千叶蓍》两部作品更是在这条路上迈出了新的一大步。

在20世纪下半期的俄罗斯散文中谢尔古年科夫占有特殊的地位。他创造了自己的艺术世界和精神世界。谢尔古年科夫总是与世界保持着自然哲学和宗教层面的对话。作家在所处时代的文学生活中显得有些孤独，但是作为艺术家他是独树一帜的。他认为他生活中主要的事情是在苏联时期的条件下寻找已被驱逐出社会生活的上帝。在这一方面，古希腊哲学家柏拉图的思想、作家自己对生活的深度剖析都起到重要的作用。谢尔古年科夫自称为童话作家，但是很多同行都称他为哲学家作家。作家对此并无异议，他说，他感兴趣的主题只有一个：人的生、死和复活。

作家笔下的作品，无论是什么体裁的，本质上都是童话，其基本内容也都是人与自然的关系。只有在心中打开了对自己童心的回忆，才能理解作家的散文作品。谢尔古年科夫像孩子一样生活着，创造着自己的童话、自己的大自然之歌，实现着自己的目标：把看到的讲出来。"我人化整个世界……"——作家这样说。所以才有了他那别出心裁的、令人开心的、充满讽刺的、令人忧伤的童话。谢尔古年科夫书中的主人公是时代的英雄，梦想着为所有人带来快乐和幸福。孩子们期待的英雄就在身边，就在谢尔古年科夫的书里，只是要仔细看清楚。

感谢汪剑钊先生，使我有机会了解和翻译谢尔古年科夫——一位个性鲜明的神奇作家。

顾宏哲

2013年12月

目 录 *CONTENTS*

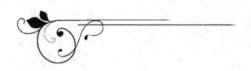

第一部

秋

第一章

　　我走在森林里，天上下着雨。我伸出双手接雨，心想，手和天是连着的，不论远近，它们都能感觉到天的存在。抚摸脸庞令人惬意。抚摸过自己的脸庞，你就好像抚摸了这个世界。

　　通常我在树林里走得很快。这种习惯很早就养成了，可这时我走得很慢，因为不着急，我看着松树、青草、越橘丛，心里想：我走得太快了！在森林里走时，应该在每棵树前站上一两百年，但是这仍然不足以让你看清每一根枝条、每一片针叶和树皮上的每一个裂缝，也不足以让你看透一棵树从生到死的一生。但是，即使这样也不够，因为当你看见一棵树死去，你就会想看一看在这个地方怎样长出一株新树，它将如何成长，它将迎接怎样的晨昏。多么慢的脚步也满足不了我的愿望。任何一种最慢的步伐对我来讲都太匆匆。也许，最好还是快步奔走，让一切：大树，生活和灌木丛都因你的匆忙一闪而过，而你却不必因此饱受折磨。

　　我带着这种古怪的想法看着棵棵大树。每一棵树都希望你在场，都愿意与你交谈。包括这株白桦树，还有这株，这株。而你也乐于一整天都沉迷于在林间徘徊、与它们交谈。但是，你不可能与所有的白桦树都说上话——此其一。其二，没有你它们会平静地活着，至少不会死去。科学上没有记载任何关于树木由于与人分开而死去的情形。狗会死去，人也会死去。为什么那时你觉得它们渴望你在身边？但是，你看看天——它也想和你在一起。还有白天、黑夜，还有青草和世间的一切。没有你它们也可以应付，因为你无处不在，你和它们在一起，或者说它们和你在一起。

　　可以这样想：花儿在大自然中出现是为了向你表白它们对你的爱。但是，这样对吗？这会带来什么？我想：你应该向它们表白爱情——因此它们才会来到世上，像人一样寻找爱的对象。倘若没有它们——你该向谁表白你的爱？我认识一个小伙子，他向树桩表白过爱情。

天气温暖潮湿，天上浮云惨淡，空气滞重，天空也是滞重的。似乎没有云彩，可是它们在。我望着云彩，陶醉其中，像喝醉了一样。醉人的不止是美酒，还有其他的一切，如果它们很少、很罕见。来自于城市的人们会沉醉于清新的空气，童贞的少男会沉醉于初恋的亲吻，文学爱好者会沉醉于一本小书，人们还会沉醉于话语、手势、行为、相见、别离、食物、森林、清水……陶醉——是人的一种能力：你有很多爱，它用翅膀轻轻触碰你，于是你会被它陶醉。

我走在第二十二林班的一条小路上。战争期间，这里是前线，战火纷飞。挖了一些战壕，还有掩蔽部，它们保留至今，也许还会长期存在。在这里，可以找到弹痕累累、锈迹斑斑的钢盔，地雷或炮弹的碎片，陈旧的步枪弹壳，带刺的铁丝。这都是在地面上的，表面的，可是地底下又沉睡着什么呢——什么样的地雷？什么人的尸骨？——谁也不知道。当我需要开辟林班线时，为了烧掉枯枝，我点燃了篝火，这时，地雷开始剧烈地爆炸，我好不容易才幸免于难。男孩们一年几次来到旧日的战壕里，在土里和掉落的松针里翻来翻去，寻找子弹壳。如果我有时间，我就赶他们走，让他们别在土里翻来翻去，吓唬他们说不走就会遭到死亡的惩罚；如果没有时间，我就从他们身边匆匆走过，这时我心里很不安：我想，他们可千万别出事。有一次，我看见了一位老者，他从哈尔科夫郊外来此探访以前战斗过的地方；用他的话说——就是"重温自己的战斗青春"。战争过后，森林发生了很大的变化，我带着他在林中到处走，以前战斗过的地方，他有的能认出来，有的已经认不出来了。

此时，走在路上的我看见一杆步枪倚在松树上。我拿起枪一看，背带已经腐烂，木制部分——枪杆和枪托——由于时间和雨水的冲刷已经变细，枪栓有点生锈，但还是很好用。我把枪在手里捧了一会儿，然后把它放回原处，继续前行。走出一百米左右，我忽然想到：枪为什么不要了？它的主人是谁？（他）是不是躺在潮湿的泥土中？现在谁也不需要这把枪。可是，要是男孩子们碰上它的话，灾难在所难免。于是我返回去，拿起枪，像个士兵一样把它扛到肩上，沿路开步走。

我遇到一伙人：一个小伙子和两位姑娘，我对他们说：你们看，我在林子里捡到了一把枪。他们回答："哎呀！哎呀！"遇到一位司机站在汽车边，我对他说起枪。他说："嗯——嗯。"遇到树上的一只乌鸦，我对它说起枪。它说："呱——呱"。然后飞得离我更远些。我看见路边的一枝甘菊花，我对它说起枪。它在风中微微弯下腰，用黄色的眼睛默默地看着我。它什么也没有对我说。

我能够非常轻易地预报天气情况，尽管我们地区的天气变幻无常，极不稳定。我观察落日、晨星、变黑的天，这些足以让我知道第二天——下雨还是晴天。但是，我发现了一个非常奇怪的、棘手的现象。知道是知道，可总是说不对。看看落日，你知道要下雨，可说的是——晴天。这是怎么回事呢？我觉得，可能是因为有的想法不怕大声说出来，有的怕。你把自己的想法放在心里，它就表现得很真实：会下雨。你一说出来——它就虚假了：会是晴天。有的想法不仅不可以对别人说，免得吓人一跳，即使对自己说也不安全。就像嫩嫩的小蘑菇，它怕人看。看一眼——就扼杀了它。所以事情经常是这样的：看一眼落日，你好像知道要下雨，但是也不知道，因为你自己根本意识不到你知道。意识到了——就失去了准确性，意识不到——你就什么也不会知道。

生活在森林里，我学会了什么呢？我觉得什么对我有好处呢？这些都需要等待。因为我与森林密切相关，我不能在需要的时候就抛弃它，尽管也曾放弃，我不得不耐心而绝望地等待，就像有些寡妇等待已经牺牲了的丈夫。我与这个世界的所有关系都建立在等待之上。我等待心爱的姑娘来到护林所，她曾经驱车向我赶来，但从未到达过。坐在护林所里，我等待客人光临，他们可能来，也可能不来：总会有什么原因或偶然的愿望阻住客人的脚步，尽管你对他们望眼欲穿。我等待林庄经理来访，他应该向我表示敬意，轻描淡写地批评一下我对工作的疏忽和懒散，并给我下达一些紧急的重要指示，在他看来没有它们我就没法生存的那些指示。我等待偶然的过客、采蘑菇的、摘浆果的，我在夜里等待那些盗伐者，他们可能突然间认定必须得光顾一下我的林子，否则他们就会染上可怕的疾病，甚至会死去。而除去以上一切，我还等待清晨、晴天、春日、早熟的浆果、鸟儿在春天的光临等等，如果考虑并公开这一点，那么我可以算得上是一个伟大的等候者，而且无论如何，我是用心学会等待的。如今，有时候我觉得，即使嘈杂、混乱、死亡、恐惧——即使一切都在大恶之前颤抖，我也不会颤抖，这不是因为我勇敢、无畏，而是由于我习惯了等待。我会说，我们经历过的比这还严重，能挺过去的。

　　等待帮了我很大的忙，如果说有什么东西使我充实，那么这就是它——等待。有时我们是多么地没有耐心！借口时光飞逝，我们自己也在奔跑，行色匆匆，可即使最乐观的情况下也到达不了任何地方。我一度以为，我成了女人——我做的唯一的事情就是等待。我像一个婆娘一样。这一切都很好，但是我惊异于自己为何没有死去。我甚至开始绝食，期待着不用自己寻找食物、不用自己把勺子送进嘴里就能果腹。可是，在这森林里，谁能替我做这些事情呢？树桩吗？我关心所有人，却没有一个人——关心我。但真的是一个关心我的人都没有吗？那么为什么我到现在还活着，没有死掉？也许，崇高的精神养育了我？但愿不是这样。如果我活了下来，那么这是因为森林、那个木桩、草地、树木关心了我，它们哺育了我，当然，我自己对此却浑然不觉，正因此，我有时会以为，它们不关心我，也没有养育我。可如果不是它们的关心和养育，我不能活在这个世上。

　　有人令我吃惊。他只赞美和感激看得见的东西。对看不见的东西则诋毁和批评。我也曾诋毁和批评过青草，说我关心它们、而它们不关心我。而这一切都是错误的。由于自己的愚昧、无知，我看不见它们对我的关心。当我明白自己错了的时候，我该怎样地赞美它们啊！

　　这个世界是多么美好，它是多么美好，多么甜蜜，它那里什么都有，它是多么壮丽，这个可爱的世界，它是多么壮丽！在它面前应该匍匐在地，顶礼膜拜，一个人怎么会没有这样的愿望，如果他消除了心中的疑虑，找到了和平与和谐，尽管曾经发现这个世界并非美好而壮丽的，而是有着一些不足？一切都有，一切。有走向森林的热望，也有不去那里的愿望。有发现的能力，也有盲目的能力。有耳朵，也有耳聋。有理智与疯狂。有强大与弱小和弱小与强大。有丑陋，也有美丽。一切的确都存在，一切中包含着一切。在小女孩身上有老太婆，老太婆身上也有小女孩。在光鲜的女子身上有邋遢的男人，男人身上也有女人。我在走，路边坐着一个年轻的汉子，而从汉子身上有一个老女人在探头张望。"你怎么跑这儿来了？"——"怎么也没怎么。我一直在这儿。"而老女人身上又有一个孩子，孩子身上又有一丛野蔷薇，野蔷薇丛中又钻出一只小山雀，展翅飞去……

昨天，我走在公路上，想起夏天来到护林所时，我是多么坚定地急于活着。我无法解释这种感觉，我只知道它是什么样的：夏天才刚要开始，风和日丽的好白天刚刚到来，草绿了，花儿也开始吐露芬芳，我在墙根土台上坐下来晒太阳，这时我的思想总是很活跃，因为我想到一切都会飞逝而去，所以应该赶紧更多地抓住夏天：既要抓住温暖和夏日的天空，也要抓住绯红的太阳和迷雾。昨天，我明白了，为什么我这样一个总体来讲性子不急的人会产生紧迫感。我想，这种感觉的出现是由于我在冬天往往被冻透了，而到了夏天才暖和过来，实际上却不是这样。不完全是这样。刹那可以永恒，所有的生命却都是短暂的。而最短暂易逝的是花儿的生命。刚刚盛开，就已经开始凋谢了。我无意间瞥见鲜花，瞥见它们短暂的一生，于是，由于长期的观察，我也像它们一样，急迫起来。我们总是在模仿某个人或某个事物，变得与它们相像，不管是有意还是无意：我们会模仿父亲、母亲、朋友、天才、青草、小河、绵羊。我模仿过花朵。如果这森林里花朵多如繁星，——无论你走到哪里，到处都有它们扑入眼帘，那么我还能模仿什么呢？我看见过它们的快速生长，它们的急不可耐也传染给了我。这就是我急迫的全部原因。坐在墙根的土台上，我捕捉到的不是太阳，我也没有像当时想的那样从严冬的寒冷里暖和过来：我是在过着花朵的生活。鲜花衰败了，夏天远去了，我的紧迫感也消失了，我又不慌不忙起来，直到第二年的夏天。

我觉得，尽管也不能断言，——我远不能对类似现象做出断言，——（我觉得）人本质上拥有他现有的东西。任何东西都不是来自于外部的。不能欺骗自然，不能给它一个卢布，却说成——十个。曾经有一个时期，我深信，我这里不可能发生任何一起盗伐事件，也不能有任何一棵树木被破坏，这样的情况也的确不曾发生过。那时候，是什么控制了我的盗伐者们，我不知道，但是他们总是避免出现在我的区段，他们躲在离我几十公里之外的地方，在相当长的时间内从未发生过哪怕是错伐一棵树的情况。为什么呢？首先，因为我坚信，这样的情况不会发生；其次，即使发生了，这也仍然是不可能的。破坏者只要稍微要点滑头，即使他欺骗得了整个世界——那他也一事无成。命运之书中就是这样写的，不可能有另外的结局，因为那样的结局不可能存在。真可惜，那时我守护的只是我自己的这片林子，倘若我眼界更宽一些，承担起更大的责任，那么我的信心可以保护整个世界，整个宇宙。

当我渐渐丧失自己的信心（我也有这样的时候），我诚惶诚恐地想，我不可能避免盗伐，我保护不了森林，——可以想见，盗伐者确实到过这里。他们好像远远地读懂了我的心思，是的，可能事实就是这样。那时我曾经和他们激烈厮杀，至今想起来仍心有余悸。我的梦想，我的善良，我的和平与宁静都到哪里去了？我全身心地投入了战斗，抓捕，追赶，我在林间飞奔，抓捕他们，蹲守，瞌睡，然后又找到他们，又开始瞌睡，我竟然能在自家门口漏过了盗伐者，他们偷走了我自己的柴禾，导致我在那个冬天挨了冻。我的牢固防线崩溃了，垮塌了。我大喊：整个森林都完了！在这里我经历了太多的恐惧。我变得胆小如鼠，夜里把门插得严严实实的，在床头放一把斧子，我觉得他们会杀了我，烧了我的护林所。真是风声鹤唳，草木皆兵。幸好，那段时间过去了。如果它持续得再长一点的话，我可能就坚持不住了，我可能会发疯，那时我是多么地痛苦啊！

我看待森林、大地、阳光、青草，不是把它们当作我的对立面——说，这是我，这不是我、而是别的东西，——而是把它们当作我自己的延续，就像我的胳膊和大腿。只不过既有内在的我，又有外在的我而已。胳膊、大腿——是我内心的延续，那么森林、天空、阳光延续了我的什么呢？手指，眼睛，思想，感情？在我之外的一切，都是我的延续。阳光是我思想的延续，天空是我对姑娘的情感的延续。

应该像青草一样活着。但是，难道青草像我们一样活着？我们不着急，而青草着急，青草如此匆忙，以至于整个森林都回荡着它们发出的声音。春天它急于出来见光，夏天急于开花，秋天急于结籽。依我看，世界上最匆忙的造物——是青草。令人惊异的是，在如此匆忙的状态中它们怎么来得及经历一生？我认识一个人，他如此匆忙地度过自己的童年，以至于他的青春时代缺少童年的回忆。命运赐予青草足够的时日来度过它的青年和老年。从春到秋，它来得及生和死。有时我觉得，它之所以如此匆忙，是因为它知道，只要太阳和大地还在，只要世界处于平衡状态，来年它就还会重生，会永远如此地循环往复，而且，正因为它如此匆忙，它才得以永恒。可如果换一个角度看，那么，它是为了谁而匆忙前行呢？为了自己，为了我，即人，为了啄木鸟吗？为了世界，为了星星，为了大地，它走着自己的路，一点也不超前，一点也不落后，而是严格按照计划运行。

此刻，是什么妨碍我成为一个自由、快乐、幸福的人并拥有快乐的心情呢？我吃得饱，穿得暖。我有栖身之所。我不用担心明天会怎样，我知道我的将来会怎样，并对此感到满意，或者确切地说——我不知道我的将来会怎样，但是对将来发生的一切我都会满意。我身体健康。我有工作，而且我喜爱这份工作。我总是这样觉得。怎么样？我是否幸福？如果不幸福，那么为什么？如果我幸福，为什么我没有快乐的心情？为什么我需要经常和自己斗争，而且经常被战胜？而且，总的来讲，在这样的斗争中是否有常胜将军？为什么不能像青草一样活着？而青草又是怎样活着的呢？你觉得它是幸福的吗？可能，它也像你一样痛苦着？肯定是痛苦的。但是，它会在大限到来的时候死去，也会如期重生，在它的生命中没有被迫。可难道你不是按时出生、死去吗？青草是痛苦，但是人比青草高级，可以没有痛苦地活着。我不总是生活在快乐之中，这当然不好，但我有时快乐，它偶尔光顾我，这就已经算是幸福了。我了解它，我放它进入我的内心，确切地说，我找到它，把它挟持到自己身边来，这时，对我来讲，没有任何东西比这种幸福更加美好。

当我想到我是什么样的，我心情愉快，因为我是这样的，所以我是出色的（我现在说的不是我是否出色），当我想到我心里装着一切，我无所愧疚。最重要的是说出全部的自己，打开自己，说出自己——意味着战胜自己，揭示秘密。不能不爱自己或者羞于爱自己。当然，可以、也需要为了净化心灵而不爱自己和羞于爱自己，但首先要爱自己。如果你爱你自己，你就有能力爱别人，这似乎与通行的见解相悖，但事情就是这样的。我想说，如果你爱上自己，你就会爱上别人。我真的不了解自己。我是谁？我的名字是什么？人。但我指的不是这个名字。我指的是动词"拥有"的名词。我拥有什么呢？每个人又拥有什么呢？在我们这个时代，弄懂每个人都很出色这一事实越来越难。可是，从另一方面来讲，这——又很容易。千百万踌躇满志、自信满满的人在世间徜徉，就像牧场上的牛。但是，当我们把一个人变得自信时，我们同时也把他变得多疑；把他变得似乎更强大的同时，我们也把他变得弱小。如果他爱他自己、他只爱他自己，那么我们需要让他也爱别人。我们需要的是信仰，而不是迷信、爱情，也不是迷恋。

我想，青草之所以来得及在一个夏天——如此短暂的期限之内完成一切，是因为它不心急。倘若它急急忙忙，它就什么都来不及。事实正相反，它甚至延缓生长——但仍然来得及。如此说来，我也应该不着急，但是，得知道你有一个期限而且它会到来。什么时候？什么时候到来？因此可以说：向青草学习紧迫感吧，但别急于求成。在哪里能看见它匆忙跑向某个地方呢？它有什么来不及做的？它在等待谁？追赶谁？太阳？春天？夏天？

人似乎永远也不能满足于亲眼目睹最美的景色，如果它没有深深印在他的心底。你看一看最美丽的树木，漫游一下最曼妙的森林，闻一闻最香艳的花朵，欣赏一下最迷人的彩霞，饱览一下最壮丽的风光——河流、山川、林缘，——如果它们不在你的心里，它们就不会感动你。可是，如果你漫步在林间，遇见一棵美人松，看得入了迷，以至于你无力离开它，你会在它面前站上一两天，恨不能站上一辈子，就像站在永远可望而不可及的美女面前，——那就意味着，你不仅仅是在林间遇见了它，而是早早就在心中拥有了它。森林、繁星、河流——世间一切美丽的事物——这恰恰是我们的内心、我们的心灵的反映。可以说，整个世界都是我们自身的反映。正因为如此，遇见松树的时候，我们才怡然欣赏，我们看它，怎么也看不够，我们遇见的不是松树，我们与松树没有任何瓜葛，我们遇见的是我们自己。正因为如此，遇见我们的时候，松树才怡然欣喜，它能够在我们心灵的密林之中找到自己。

　　一些人付出爱，是因为被人爱着；另外一些人，别人恨他们越深，他们爱得越强烈；还有一些人，同时付出爱与恨。我是怎样爱的呢？现在我想，我尽力去爱，而不受别人的爱的影响。别人恨我也好，爱我也罢——我反正都要爱。有没有一个人让我去爱，对我来讲甚至都是无所谓的。我的爱期待的不是来自任何其他人的、而是来自我自己的爱。我就是这样爱着我的森林，至于它爱我还是恨我，与我无关。

　　可以说，青草来自于青草，白天来自于黑夜，而人来自于人自己。但是，也可以换一种说法。可以想象，今天产生于某种别的东西，它每一瞬间都在从某种别的东西中发生并向我们走来。可以想象，青草不是产生于青草，而是产生于白天或黑夜，人也同样如此。可以说，每一个刹那都不是来自于刹那，而是来自于某种事物，又归其中，这样可能更准确一些。因此，我可以说，我来自于我尊敬的父母，也可以说 —— 我来自于青草。所以，我的父亲和母亲——不是生我的父母，而是青草。只是这样想是否正确，我不得而知。当我看着今天（它是如此美好）——有阳光、和风，既温暖，又寒冷，既有树叶的闪亮，又有松针的幽暗，——我高兴地意识到，白天来自于某种别的事物，来自于蝴蝶或椋鸟，相比于我把它想象成诞生于黑夜，这种想法要令人高兴、开心得多。当我以为它来自于上面这些事物时，我会更强烈、更深刻地感受到它的每一次灵动，树叶的低语，清风的微拂。这一天令我激动，于是它，这一天，便包含了整个世界：既包括白天、黑夜，也包括世间的一切，甚至还包括那些不存在的东西，而这尤其激动人心。

　　当我在林间看见提着装满黑越橘的小桶的人，或者提着篮子采蘑菇的人时，我总是感觉到一种隐隐的恼怒和愤恨，久久难以平息。我恼怒，是因为这些人来到林子里随便白拿东西，好像森林应该不求回报地将自己的物产奉献给他们。我想对他们说，拿吧，但是得有回报。其实哪有什么回报呢？最好的情况不过是某个采蘑菇或摘浆果的人不把烟头扔在林子里，不引起火灾，找蘑菇的时候不像猪拱地一样把林中空地翻个遍。成千上万的人走进森林，拿走东西，却没有一个人道谢。这种想法本身就是这样的，一旦说出来，就显得亵渎神明了。森林期望人们感激吗？毫无疑问，期望。它只有在人们对它感激的时候，才开始付出。有时候你觉得，你恼火不是因为人们不感激森林，不感激你。人家会说，你守护森林，却因此要求感激。可是，没有人感激。但是，如果谁给我送礼的话，——我会愤怒地拒绝。何必感谢我。

或许，森林并不期望感激，但是，人啊，你应该感谢它。它不期望不是因为它对人们是否感激它无动于衷或无所谓，也不是因为它像某个火中勇救婴儿的英雄那样，逃避感激。森林没有年轻到因为骄傲而爱慕虚荣，也没有衰老到对一切都漠不关心。它不期望感激，是因为它期望感激，因为它相信人们，它不理解，何以人们每次提着黑越橘桶、蘑菇篮子或抱着大捧鲜花离开时不感谢它一下。

我尽力像森林一样生活，因此我的身体有时变得十分可笑。树叶从树上落下来，我就开始脱发。早晨拿起梳子，梳一梳头发，梳子齿上会有一大把掉下来的头发。最初，我不知道这一现象的原因，而把它归结为身体里缺少维生素和新陈代谢不正常。我着实吓了一跳，生怕自己年纪轻轻就谢顶，告别自己无比珍贵的卷发，于是我剃光头或者把头发都刮掉（我觉得这样我就能保住我的一头秀发）。现在我不这么做，这不是因为我怕别人嘲笑——在我们那个时候，谁不在背后笑话刮胡子或剃头的小伙子，如果他不是去参军的话，——而是因为我知道：这样剃也没有任何作用。你尽管剃头，尽管刮头发，但是只要叶子还从树上往下落，我的头发就会一直从脑袋上往下掉，任何办法、任何乳液和营养膏都没有用。什么时候不再落叶了，我的头发也就不再掉了。春天，小草开始生长，我的头上也开始长出浓密蓬松的头发，任凭什么样的剪刀也剪不掉。这就是说，当春天开始或秋天结束，我都十分平静。我不需要在林间走来走去，寻找春天或夏天的迹象：哪里蒲公英开花了，什么时候小白桦树泛绿了，哪里落下了第一片树叶，尽管，实话实说，这件事并不是那么令人不快，也无需强迫我去看小白桦树如何开枝散叶，因为我是自愿去与它约会的，——我只要用梳子梳一梳头发，就完全可以知道秋天是刚刚开始还是已经结束了。

当我还年轻，我很平静。可是，当我变得衰老，当我的卷发变得稀疏，甚至完全谢顶、脑袋变成不毛之地时，我会怎样呢？那个时候我会怎样解释类似的现象（没有头发我也能判断季节）呢？不会怎样。我会说，我老了。或者，森林和人一样，不会老、也不会死？谢顶就谢顶吧——没有头发我们一样能活下去。肩膀上的脑袋还在，有什么好哭的？

一天内我走很多的路，有时走二十公里，有时走三十公里，而且走路对我来讲从来都不是难事。当然，我走路最主要的原因——是我的工作，我的责任：不论下雨还是酷热，不论黑夜还是清晨，我都应该在林子里，在路上，从我的事业来看，我的双腿——就是我的支柱。我喜欢走路，就像别人喜欢看电影或跳舞。当我走在路上，我就好像在看一本好书。但我是否轻松对待我的走路，是否总是愉快地开始行程呢？我不想说谎：不总是这样的。有时我也不想走路，去林子里就像赴刑场，但我还是去了。我是怎么做到这一点的呢？这很简单。我从不对自己说：我今天要走一百公里。我会说：我要走十步、两步、一步。然后就走完这两米。关于一百公里行程我不仅不想，而且不愿意去想，同时坚信：我不会走一百公里。我对自己说，我干嘛在这么热的时候走这么远的路，在那里我什么没见过？有谁在背后追赶我吗？我又不是去逃生。谁腿快就让谁跑去吧。情况就是这样。

我走完两步，忽然觉得再走两步比停下来或者转身回去容易得多。走完四步之后，继续往前走、而不是转身回去的愿望变得更加强烈。每前进一步、每前进一米，继续前行的愿望都在加强，除了控制住双腿、迈步向前之外，你什么也做不了。现在最难的——是在中途停下来。对我来讲，这样做比向前走要难得多。双腿好像自己在走，只要它们开动起来，不管你发不发话，它们都根本不听。经常有这样的情况：无论我怎么努力，都不能说服它们停下来，我只好向前走，当然，是一直向前、不拐弯，没有饿死、累死只能说是奇迹。这是必须表现出意志力的危急关头。即使望梅止渴地想象留在护林所里的床和面包块也救不了你。这时该怎么办呢？自作聪明，自欺欺人。不能实话实说——说，我这就回去。或这样说——看来，什么办法也没有了，你就是给我安上水龙头，也不能把我拧回去了。而应该说，我稍微往回走走就能回去了。这样的想法有用，不过不是总有用。有时你转过身去，再回头一看，心脏都不跳了：你这是干了什么啊！应该承认，这个控制自己的方法是我从一个熟人那里借鉴来的。在准备上路、为长途跋涉热身的时候，他像个士兵一样原地踏步一个半小时左右，甚至更长时间，直到动身为止。

　　人们都说，爱自己比爱别人容易。这完全不对。我可以十分肯定地说，爱自己远比爱别人难，确切地说——爱自己几乎不可能。无论如何，这就像做善人一样难。爱别人，做好事，在别人有苦有难的时候帮忙，照顾病人，给饥饿的人饭吃、给口渴的人水喝，在饥饿的时候与人分享一块又干又硬的面包——这些每个人终归都能学会。无可辩驳，科学不简单，有的人可能到死都稀里糊涂，弄不明白它，就像高等数学教程或相对论之于我，但是，只要有愿望，有强烈的愿望，科学完全是可以弄明白的。爱自己的孩子、妻子、母亲、父亲、亲戚、老乡、朋友——这些都是可能的，也是可以做到的。爱邻居、小猫、笼子中的鹦鹉、云杉、云彩、天空、有轨电车——这也是可能的。这样的爱是美好的，而且充满崇高意义和美丽，不需要特别的努力。假使你不想去爱一只猫，而努力去恨它，可你还是无能为力。如科学家所言，这种爱的能力是我们基因里就有的。可是，爱上自己——这的确是个难题。有的人可以爱鳄鱼，与这个极端可憎的怪物同眠，却不能爱上自己。少数爱自己的幸运儿我见过。但这都是些什么样的人啊？所有的凡人对之都望尘莫及。他们是什么人呢？粗鲁，野蛮，吝啬，贪婪？完全不是，他们如此爱自己，不允许自己有任何过失。他们可曾把腿架到桌子上过？他们可曾在与人共餐的时候大声吧嗒嘴、用手抠嘴、不经允许就插别人的话, 可否告过亲近人的密, 可否在十字路口大喊大叫——我是天才? 完全没有。他们正派、文雅、善良, 他们如此谦和、殷勤, 以至于至今我还感到奇怪, 事实上究竟有没有过他们这些人, 还是这只是我的错觉, 如果有过 (对此我仍然深信不疑), 那么大地是如何把他们留住的呢?

野蔷薇花开了又谢, 雨后, 美丽的花瓣飘落到地上。而野蔷薇毫不吝惜, 它不假思索地丢弃自己的花瓣, 但如果人们拥有这样的花瓣, 他们永远也不会如此轻易地与之分离。他们会沉醉于其中, 为它们写诗、谱浪漫曲, 即使一片落花也会成为他们怀疑善良和真理的对象及世界毁灭、希望破灭的标志: 他们会说, 你看, 美好的事物应该快乐地存在着, 可它却要消失, 生活多么冷酷、无情、不公正; 某个失败者马上就会抱怨时运不济, 抱怨他被剥夺美、爱和自由, 说他就像活在监狱里, 世界就是充满了悲伤和耻辱的灾难之地, 而孤坐片刻之后, 看看, (他) 会创造出自己独特的拯救世界的构想——谁又知道, 此时会不会出现一个勇士、斗士, 忽然想到去解决这个令人痛苦的、悲剧性的问题, 并为之付出自己的天赋才能。而野蔷薇开花之后, 它的果实和种子会灌浆、成熟。

走在柏油路上, 然后走在潮湿的林间土路上, 走在松针上, 走在草地上, 走在松塔和云杉的球果上, 走着走着, 忽然透过靴底感受到大地无比的柔情, 你甚至会因此而颤抖。于是你想到: 人们穿鞋不是为了抵御潮湿和恶劣天气, 而是为了抵御大地那令人难以忍受的爱的潮涌。

我喜欢阳光灿烂的白天。经过漫长的冬天、秋天, 你会非常渴望阳光, 我们这里的太阳不调皮, 只要太阳出来——生活就会显得十分美好。你会因这阳光灿烂的白天、因这太阳而颤抖, 仿佛你是最后一次见到它, 因为它落下去就不会再出来了, 就像在危重病人床前的感觉。阴天的时候, 一切正好相反; 没什么可担心、没什么可着急的, 什么也不会离开你, 即使离开了——也不可惜, 因此你轻松、平静、愉快, 你的心是喜悦的, 你的头脑也紧张地工作着。我喜欢阴郁的白天。那么我究竟喜欢什么样的白天呢——阳光灿烂的, 还是阴郁的, 既然没有太阳我活不下去, 有了太阳我又过得很焦虑?

一些人在河边住了三天，现在走了。每次从他们旁边经过的时候，我都能看见他们的帐篷，听见他们的欢声笑语，两个成年人——是父亲和母亲——还有两个小男孩。父亲在篝火旁忙碌或者试图从河里钓鱼，母亲读书。孩子们则忙于孩子在森林里能干的所有事：他们跑来跑去，大喊大叫，爬树，在河里洗澡，晒太阳，捉蜻蜓和蝴蝶，或者，稍微安静下来，倾听森林的沙沙声。

他们住在河边的时候，我对他们没有特别的好感，也没有被那田园诗般的画面感动——我心里说，这难道就是大自然怀抱里的模范家庭？当孩子们特别大声喊叫或爬树时，我甚至有点恼怒，很想过去呵斥他们或者向他们的父母告状。我想向他们说出我的不满，责怪他们火点得太亮或者别的什么，我完全有理由这样做，但是，内心的激动情绪过后、在心里把自己认为该对他们说的也都说过之后，我还是悄悄地回家了。

现在他们不在了，我觉得很难过。我来到他们的帐篷所在的地方。我看见短木桩的痕迹、燃烧过的篝火留下的木炭、被压倒的青草、女人坐在上面读书的松木桩、河岸上的小型浴场和孩子们留下的脚印、被扔掉的已经折断的柳条钓竿、孩子们爬过的枝叶繁茂的白桦树，——我看见一整块森林，在这里他们度过了白天和黑夜，我很难过他们不在这里了。

我觉得，森林也习惯了他们，也在为离别而忧伤；树桩习惯了女人，白桦树习惯了孩子们，小河习惯了男人，因为树桩、白桦树、小河、草地，还有森林里的一切，对世间的一切都是那么地友好。白云时常会飘来，又飘走，在河上方停留最多不超过半分钟，可是已经深深印在它的心中，已经很难、有时竟不能从记忆中将其抹去，何况在森林里生活过三天的人们呢！我觉得有点不公平，因为树桩、白桦、小河还在，而曾经和它们在一起的人却离开了。既然如此，树桩为谁而立，白桦为谁而长，小河为谁而流呢？我非常明白，无论是树桩，还是白桦和小河，都不仅仅是为了人而活着，甚至很可能，他们活着完全不是为了人，而是为了鸟儿、鱼儿和白云。比如，树桩为了啄木鸟而活着，它每年冬天都在树桩上面剥松子壳；白桦为了红胸鸲而活着，它偶尔会停留在白桦的高枝上；小河为了白云而活着，好让它们向远方漂流的时候在河里留下倩影，——或许，它们都为了某种我们不知道的、不能理解的东西而活着，或许，它们为了自己而活着，但是，它们会想念人们，这我知道。

可能，当人们回到这里的时候，森林马上会表示不满，但他们一走，它又会难过。森林的性格是苛刻而多变的。

我只是临时居住在这里，这令我不安。到时候我就要跟这些树、草和鸟儿告别，不知去向哪里。而我想永生。但是，倘若我感觉不到自己的结局，倘若我不明白我即将面临生离死别，我能否了解森林的全部美丽？我觉得不能。当然，永世、永远美好地生活，这也是一种沉重的负担，而活过一生却感觉不到它的短促——也很无趣。我同意不要永生。我非常清楚，我没有可以取代死亡恐惧和死亡本身的力量。据说，只有先理解了死亡，才能理解生命。因此，没有死亡怎能理解生命呢？如果我能长生不老，我未必能够感受到这森林之美。那样，对我来讲，森林可能很快就变得庸常、平凡甚至不便——因为潮湿、寒冷、泥泞及其他，我可能对森林憎恶多于喜爱，也会发现它的缺点多于优点，而最终完全抗拒它。我也将不生活在这个、真正的森林里，而生活在另外一个假想的、臆造的森林里。

从我这里看不见的小鸟在松枝间飞来飞去，叽叽喳喳的叫声清脆得像玻璃高脚杯的碰撞。它们在松树上有什么事可做——我不知道，但是也可能是这样：在飞往南方之前，它们聚集成群，跳起圆圈舞，在秋天的告别舞会上尽情旋转。在一棵树上跳完之后，跳到另一棵树上，再到下一棵树上，唱遍每一棵树，飞遍每一棵树，因而变成这个样子。现在松树在做什么呢？它活在对这些鸟儿的回忆里。所以，在某一个寒冷的冬日，如果我或者别的什么人感觉到松树悄悄发出清脆的丁当声，那丝毫不足为奇。很清楚，它是从谁那里学会了这歌声。

我最不喜欢和鸟儿说话。这是轻浮的动物！你刚跟它说一句话，再看，它已经不在枝头，飞走了。你会怪它不严肃，住口不说，可它又回来了，好像你的话飞出去追上了它，把它拉了回来。而你已经忘了你想要说的话。趁你回忆的当口，它又飞走了，你站在那里犹豫着：回忆还是不回忆？很简单的想法，却不能说出来。你会生自己的气，生全世界的气：跑什么，忙什么，停一停吧，再没有人要求你，听一听吧，人家恨不能飞向四面八方。不是这样。只要你放弃它——说，没有你我一样能行，——它就会对你纠缠不休，往你的眼前扑。似乎它就等着你张开嘴说出点什么睿智的话。它也会逃开，好像料到你会说蠢话或者不相信你能说出明智的话来。

我走进马林果树丛，里面已经空无一物，经过一整个夏天，它已经被采浆果的人们翻得乱七八糟，弄得破烂不堪，几乎一颗果子都不剩了。但是，我还是找到了两颗小小的浆果，看来，这是我今年最早的、而如今已经是最后的果实了。放一颗在嘴里：尽管没吃出什么味道，但是想到我也有了收获，还是很开心。有人采了果子，都采走了，只留下一颗，说，如果有人跟着我来到这里，他也会有收获，——想到这一点就让人特别高兴。也可能事情不是这样的，但是我不想去细究了，可能，他找遍了所有的树丛，采走了所有的浆果，连青果子也都摘下来放进了自己的桶里，只是没有发现这一颗。它自己保留了下来，为了我藏了起来。但是，我也不亏待别人。找到两颗果子，吃一颗，把另一颗留在树丛中。如果它没有变成种子，那就留给谁尝一尝——一个人，一只狐狸或兔子……

有时候，你夜里在森林里走，不是为了保护树木不被盗伐，而是为了看看天空，看看星星，确认一下它们是否还在原处。我非常清楚，从天空中划过并坠落的不是星星，而是陨石，在小学的时候就教育我：我之前千百万年星星如何闪耀，我死之后它们还将如何闪耀，从前它们怎样呆在一个地方，以后也会永远那样呆在那个地方，什么样的杠杆也撬不动它们。不论什么时候看天空，你总能找到那几颗星，而你的头顶上方，永远闪耀着北极星。尽管这道理是显而易见的，可当你半夜突然在床上醒来，你仍然会揉揉眼睛，摸索着穿上衣服、裤子，套上靴子，来到院子里。走两步你就到了林子里。一开始，四周一片黑暗，你不知道自己身处何处。上下、左右的一切都融合在夜的黑暗之中。你迈步向前，却不知自己在走向何方，甚至连自己在迈步也浑然不觉。渐渐地，黑暗散去，你分辨出了灌木丛、树木、道路、石子，看见了天上的星星。然后，还有一件事情，——不时向右看看：熟悉的那颗星星是否还在，没落到哪儿去吧？再向左看看——那颗呢，我亲爱的小星星，还完好无损吗？——对于劳动者、护林员来讲，这不是为了数星星，而是为了确认它们还在。当你确定它们还在闪耀、还在发光，你内心会悄悄地感觉自己很重要，似乎是你生了它们，或者发现了它们，或者挽救了它们于危难，因而它们对你充满感激，你骄傲地昂首挺胸，走得格外庄重，分明不像一个默默无闻的小护林员，而像一个英雄，一个功勋卓著的人。

无论如何，对于一个在森林中孤独生活、不能定期收到报纸和杂志、听不到收音机、看不到电视，也很少见到活人的人来说，即使只是知道所有的星星都完好无损、保留在原地，也是很重要的。

经常有这样的情况：你不知怎么喜欢上林中的一块地方，一心想到那里去，宁肯犯错，也不能错过它。这时，整个森林对你来讲都微不足道，你心里什么也没有，只有这块地方。有时，你在平静状态中仔细端详这个地方，自己问自己：它究竟什么地方这么有意思，它吸引你的是什么？你找不到答案。这里既没有摆满丰盛美食的餐桌，也没有热情好客的女主人，更没有方便一坐的凳子，有的只是别的地方一样有的那些树木、树干、树枝、草地、鲜花，以及在别的地方到处都一样的道路、小丘、隐藏在头顶的欧洲杨树后面的一角天空，但是一切又都不一样。它们当然与上述事物一样，但是又不一样，它们身上一定有一种特别的、不易觉察的东西，既然它们与后者不同，既然你对一个地方视而不见，而对另外一个地方情有独钟。

昨天夜里我从湖边回来，周围一片漆黑，伸手不见五指，和森林里不一样，于是我突然哆嗦了一下，全身心都激动起来，就像嗅到家的味道的马儿，马上领悟到自己正在经过心爱的地方。走过这个地方之后，我重又平静下来。

对我来讲，这样的地方并不多，但也不是绝无仅有的：在拐弯处，在山坡上，在河边，在三角塔旁边，在三叶草地边，在第二个拐弯处的松树旁都有。通常，这些地方即使在天气不好时也显得美好而舒适。毋庸讳言，这些地方我去得最多。出去巡查时，我不会错过它们，哪怕只是出去走走，我也还是会过去看看。如果由着我的性子来，那么我会只去那些地方，我不需要去别的林子。

我不能说我过分稳重，也不能说我太过放肆，但当别人求我什么事或邀请我去什么地方，我不会装模作样、扭扭捏捏，也不会把腿放到桌子上。总之，我没有任何特别的地方；我——和所有人一样。确切地说，严格来讲，我的粗暴无礼、厚颜无耻是应该批评的，因为我会突然首先开口与陌生人攀谈，对一个小孩或姑娘挤眉弄眼，或者肆无忌惮地看她的眼睛。但有时我也突然会变得十分害羞，为自己感到难为情。

当我来到一个陌生的城市，我羞于向路人打听我要去的街道或房屋在哪里，这还不算太糟，这样的人不止我一个，我认识一个人，怕别人问他叫什么，因为他连自己的名字都忘了，还有一个人，因为不好意思提起自己而饿死了，但是，我有时会由于想到在林子里可能碰上喜鹊或乌鸦而惊慌失措，请相信这是非常正常的。但这也不是全部。我会羞于在小草和某一种花，譬如说蒲公英面前露面，因此，如果无论我是否愿意，出于职务的需要必须从某朵花前经过，在它面前我会一阵脸红，一阵脸白，浑身僵硬，就像姑娘在心爱的小伙子面前脸红心跳一样。那个时候我就不走，好像有人用钢丝把我拖住一样。我窘迫到内心里的粗鲁和无礼都被唤醒，于是，我会向那只乌鸦扔石子（幸好总是不能如愿击中它），肩膀会碰上某个灌木丛，要不就是揪下一片树叶，用手指揉搓它，把它放到嘴里咀嚼。我可能转身不看那只从树丛中钻出来、只为向我表达敬意的松鼠，也可能抖掉落在我手上的蜻蜓，无视太阳或月亮。那时，我可能早晨走下台阶，一反常态，不向森林致以问候，而是用最令人难堪的话语责骂它，或者放肆地威胁它：来啊，抓我啊，你抓不住。这一切初看来或许并不算是特别严重的事情，不是什么危险的罪行，但它们却使我比杀人或抢劫更痛苦。

有时我不安静、大喊大叫，森林里天气也不好，我边走边听松涛的声音。如果我能有更多的空闲时间，我会做一件事——录下森林的声音并把它们收集起来。我会录下松树和山杨的声音，我会录下帚石南和黑麦的声音，还会录下路边老云杉树和山谷里小溪的声音，还会录下小虫在叶子上爬过和风从光秃秃的小山杨林间吹过的声音。这些声音多么神奇，每一种都有自己的性格，每一个都有自己的特点！松树的声音自由、开放，山杨的声音颤抖而胆怯，似乎完全没有发出声，只是能够让人感觉到而已，白桦的声音永远不会与赤杨的声音混淆——白桦的声音响亮、悦耳、忧郁，赤杨的声音清脆如铁；如果两棵树，白桦和赤杨一起在山峰鸣响，那就好像两个女友见面，谈起自己的心上人，但是，两人中一个年轻、一个稍长，所以一个听取、一个传授。接骨木发出的声音，就好像一个醉汉回到家里，并无恶意地骂骂咧咧。可以根据梦境来区分树木的声音。梦见高贵奢华的场景，意味着你在睡梦中听到了松树的声音。山杨会带来令人焦虑的梦。白桦带来的是俏皮、柔媚的梦。柳树带来的是浓烈的、充满激情的梦。云杉带来的是阴郁的梦。但这也还不是全部。每一次同一株松树和山杨发出的声音都不同——今天松树发出山杨一样的声音，明天山杨发出松树一样的声音，有春天、冬天、夜间的声音，有早晨和晚上的声音，有年轻和苍老、健康和病态的声音，有善良、凶恶的声音，有甜腻的声音和硬朗的声音，有些声音使人忧伤，有些声音令人开心。

今天我去过森林，收集够了松树的声音，回到了家里，我心里就安静下来。

我走在林间小路上，鞋跟重重地敲打着地面，似乎地下都发出了共鸣。我很高兴我这样敲打地面，也可能不是我自己、而是我用鞋跟这么重地敲打地面，这既让人高兴，又令人不安：万一我打扰了谁，使之不能安睡呢？我试着轻点走路——没有效果。声音似乎是压低了，可还是很响。怎么回事？难道世界上只有我一个人？或者，我对身边人的利益漠不关心？又或者，我粗鲁、冷血，像个畜生，将会给别人带来不便？自己高兴——很好，但记得他人的痛苦也不错。我收敛了自己的喜悦，更加小心地走路，可是声音还是很响。我觉得，由于我鞋跟发出的声音，大地在颤抖，人们从梦中醒来，在床上辗转反侧，并开始咒骂我：这是哪个白痴在那里不让人睡觉！我踮起脚尖走路，像野兽一样悄悄前行，脚下的细小树枝一动不动，可是声音还是很响。结果就是这样：我的喜悦对别人有害。既然它对别人有害，那它就不是我需要的。我停下脚步，站在原地，仔细倾听，我的脚步声却还是那么响亮。真是怪事！我不走路，就站在那里，却能听见自己的脚步声。只是这次不是我的鞋跟，而是我的心脏在敲打地面。我可以控制我的腿，却控制不了我的心。

有什么好高兴的？也没什么好高兴的。因为黑夜走了，白天来了。这理由似乎不充分，但是，对我来讲足够了。如果一个人秋天时来过森林，如果他深夜里在森林中艰难行走过，如果他在冷冷的黑暗中迎接过曙光，这个人，我想，他会理解我，不会批评我。

我决定去采一次蘑菇。夜里起身，走到长蘑菇的空地，等待黎明的到来，可是它没有来。走路的时候——身上就发热，一停下来——我就觉得冷，很冷。腿站累了，可也不想坐到地上，而且也没人在秋天时在地上坐着。虽然兔子屁股上长着毛，可它也往树墩上爬。想点燃篝火，可是没带火柴，而且也不该用火光把采蘑菇的人都吸引到蘑菇地来。我站在原地，转向东方，等待朝霞，可东方漆黑一片，伸手不见五指。睁大眼睛观看：朝霞马上就要出来了，应该出来了。可朝霞没有来。我不害怕野兽会袭击或强盗会抢劫我——我们的森林里野兽不攻击人，在这样的夜里强盗自己都吓得牙齿打颤，哪还敢来袭击我——我因为自己的愚蠢想法而感到害怕：我在等待朝霞，可朝霞不会来。那么会怎样呢？我想象得出自己在黑暗中回到家里的情景。家里没有煤油，没法点灯。行，就算到家了，接下来怎么办？我的痛苦——只是一半的痛苦，别人的痛苦——才是真正的痛苦。不知是该去安慰人们，告诉他们白天会到来，还是该着手干点什么，行动起来。可又该怎样行动呢：等待局里的指示，还是自己斗胆冒险？没有光明一天可以过，两天、三天也行，一年、十年都可以过，但这样过一辈子是我无法想象的。人就是这样的东西，哪怕只有一秒钟、短短的一瞬间，他也需要光明，需要太阳。

这样一想，我就觉得特别委屈，好吧，朝霞，你走吧，走吧，——我小声说。就在这时，黑夜里似乎有什么东西颤抖了一下，变成了碎片，是夜颤抖了一下，变成了碎片。于是，尽管东方还像从前一样黑，我还是感觉到了那里光的存在。我没往北看，没往南看，没往西看，我往东看，面向即将到来的白天，迎接它，因为只有面向白天站着才能迎接它的到来。

我的恐惧消失了。这时朝霞也真正出现了。开始黑色的天空变成蓝色，然后变成白色，然后变成深红色，接着太阳就出来了。你好，太阳！

我用苔藓和麻絮把小木屋的缝隙堵死，木板之间的缝隙非常大；冬天，当你醒来，脑袋上一夜之间已被吹起了一道雪檩子。工作很努力地完成了，现在我在驱赶小木屋里的山雀。这些可怜的小偷儿从缝隙里往外拖苔藓和麻絮去筑自己的巢。只是我怎样才能对付得了它们呢？刚把它们从这边墙赶出去，它们又在那边墙上忙碌起来。而最糟的是，它们不仅薅我今年夏天刚塞上的新麻絮，还薅去年的旧麻絮。

一大早我都在干什么？举着棍子绕着木屋跑，冲着小偷儿们喊叫，责骂它们，使它们羞愧。当然，它们根本没有良心，所以它们对我和我的话不予理睬。冬天我是不是会带着一头雪檩子睡觉，它们对此无动于衷。我想，这是因为在它们看来，我本来已经处于一种更加优待的地位：我既有围墙，又有地板，既有屋顶，又有窗户和炉子。你可能想，还有雪檩子呢。可是，首先，它不是整个冬天都有，而是只在暴风雪发作的时候才有；其次，它不是一整天都有，而是只在夜里才有；再次呢，有雪盖着还更温暖一些。从这个家伙那里拿一两把苔藓和麻屑，他什么也不会损失。山雀是这样看问题的。当然，就像我们喜欢说的，严格意义上来讲，它们是对的，但这并不能让我心情放松。我恼火，努力不让山雀进到木屋里来。首先，其次，再次，我不想顶着雪檩子睡觉，无论是暴风雪大作的时候，还是在夜里。最后，有雪盖着一点也不比平时暖和，甚至比没有它还冷。况且，在暴风雪中让耳朵对着寒气逼人的缝隙——这有什么好让人高兴的？

我跑着，对山雀喊叫着，我的脸无比狰狞，我的样子足以阻挡敌人的部队。我绝望地与山雀战斗，但这一切都无济于事。我知道，胜利不属于我。不管我如何努力，山雀都会占上风，薅掉缝隙里的麻絮，而我，不得不像去年冬天一样，僵卧在木屋里，脑袋上顶着雪檐子。

似乎，什么都不能使我惊异。我见过野兽，见过人的生与死。事件越是不同寻常，我对待它的态度越是平静。好像它们想以自己的不同寻常迷惑我，让我惊异，但我不向它们投降。有时我见证或参与一些事件，结果，过一段时间之后我会惊慌失措——这有必要吗？这确实在我身上发生过吗？同时，在事件进行之时也没有任何特殊的触动和情感发生。一个人一旦习惯了一切，他就能够承受一切：包括死亡、新生、饥饿、战争以及地狱般的煎熬。哪怕明天别人毁掉、砍光我的森林，我也会平静对待。生活中什么样的事情不会发生？杀人或自杀的事情不也经常发生吗？

但是，直至今日，有些东西还是令我感到惊异，那就是：冬去春来，树叶生发，太阳沿着天空滚下自己的金球，夜莺在赤杨丛中歌唱，雨丝飘洒、树叶飘零，雪莲绽放，闷热的夜里青蛙在沼泽地里呻吟，白天和黑夜总是如期而至、从不忘记，无论有怎样的悲哀、痛苦、创伤，人都在奋斗和前进中活着，不灰心、不气馁，因此这个世界才屹立千年并将一直屹立下去，小河在露珠晶莹的草地上流淌、九曲回肠，可以在早晨醒来、在夜晚睡去，可以吃一捧野草莓果、在松树下面找到白蘑菇，可以在路上行走、在草地上躺卧、在清泉边喝水。天空的湛蓝、溪流的潺潺、红胸鸲的歌唱、草地的碧绿和高山的巍峨永远都会令我惊异，我永远也不能厌倦欣赏和观看雄伟的森林。

我在大麻杆上坐着并惊异于自己的了不起：在大麻杆上坐着也能觉得惊奇。可这难道不令人惊奇吗？

我在一棵松树边站一会，摸摸它，又在另一棵松树边站一会，摸摸它。然后我想到，我触摸了它们，这样我就给它们注入了活力。但确切地说，正相反：是它们给了我、而不是我给了它们力量，是我在从它们那里索取。我索取了——秋天就在这时到来，它们也在这时睡去。当然，我要泄漏一个秘密，虽然我没有任何理由扩散它，不过（我还是要说），如果有人生病了、受了委屈、心灰意冷，那就让他到森林里来。不是为了呼吸一下新鲜空气，尽管有这一点已经不错了，也不是为了向树枝抛洒自己的忧伤，尽管通常情况总是这样，也不是为了忘记自我、与大自然融为一体、感受它的美丽等等，而是为了触摸一下繁茂的松树、从它的身上吸取力量。松树越高、越绿，它能给的就越多。我不止一次尝试过这样做，每次我的悲伤都消失得无影无踪。这里有一点很重要：别过分。凡事都有个度。摸摸一两棵树——就够了，赶紧走开，回家去。你完全没有必要摸遍所有的树、亲近所有的树。否则，能量会过度爆发，这力量可能会使你崩溃。

　　如果在路上、在森林里我突然心情糟糕，是那种无路可退的感觉，它不会随着前进的每一步或每一个新的美景而消散，那么，无论是四季常青的稀有松树的绿树冠、还是云杉林遥远的边际，无论是河边草丛中枯萎的杂草、还是山谷里圆盘一样弥漫的灰蓝色迷雾，无论是早晚及夜间的天光、还是白桦树后面绯红色的太阳球，都不能使我欣喜，尽管在其他时刻和场合，仅仅绯红色的太阳球就能以自己的美让人起死回生，而且我也不能像平时一样，向树枝间挥洒我的哀愁，可是必须这样，因为内心有这个愿望和需求，——那么我做什么呢？什么也不做。我来个180度大转弯，然后就往那个方向走，于是，糟糕的心情消失得无影无踪。比如，向北，往河边走。我觉得不好。转向南。面对的还是那些同样的自然画面，同样的松树，同样的林缘、迷雾、天空、花朵，可感觉已经不一样。向河边走时看见的那些没能让我开心，而这些让我开心。于是，你就会想：大自然中的一切都似乎只有一个，又似乎有两个。有一棵松树，它同时又是两棵松树：一棵不让你开心，一棵让你高兴。这时很有用的是弄清楚你走的方向：是走向让你高兴的，还是走向让你痛苦的。在我看来，这里包含着整个的生活经验：知道你走的方向，并且善于转弯。人们常常不仅不知道这一点，而且固执地认为，如果是一棵松树，就不可能有两棵，如果有两棵松树，就不可能是一棵。大错特错！

　　我钻进越橘丛里想美美地吃上一顿浆果。越橘树很稀疏，果子也少，这儿、那儿地挂着一两颗红色的果实——硕果累累的时候已经过去了，森林里变得空空荡荡。我在拣剩。把几颗浆果扔进嘴里后，我感觉到越橘丛中不止我自己，我身边还有一个动物。仔细观瞧，为了不惊动它，我没有咀嚼果子，而是把它完整地含在舌头上。我发现，原来是一只黑琴鸡在和我一起品尝越橘果。我想近一点看看它，弯着腰，迎面走了一步、两步，——它一拍翅膀飞走了。我的好奇心永远那么强烈，曾经多少次地抑制它却没有结果！在心里刚刚把它压下去，它却又钻了出来。曾经多少次说：你怎么总是管别人的闲事呢？坐着吃你的果子，心满意足得了。这样不行，一下子就把鸟儿吓跑了，剥夺了人家的午餐。本想踏踏实实地吃个浆果，可这下胃口全没了。而且很清楚，没人喜欢单独吃东西。像獾子那样坐着享受自己颌骨奏出的音乐就好了。其实本来是有快乐相伴大快朵颐的美好机会的。

有时你抬头仰望，会看见绿色的松针间露出一小块蓝天，就像一个小窗口，于是你一动不动地看着它。这样看它时，你的感觉很好，很平静，既想继续看下去，又急于离开。你知道——无论看多久，都看不够。对花儿也是一样。看一眼花朵，它的色彩、它的美丽就会使你激动，不是让你平静，而是让你不安。它的令人百看不厌不是因为美丽，而是因为它让你不安，不允许你看够它，你不可能一直忍它到底。你是深不可测的，它也像你一样，是无边无际的。最初，由于无知，在春天的时候我经常特意到河边去看花。站在矢车菊、三色堇和勿忘我上方看着它们，你心里会产生一种不安的感觉，一开始很弱，后来就变得无法忍受。看的时间越长，你就越强烈地想继续观看和逃离花朵。看五分钟左右，你内心就会充满不安，就像在等待世界末日的来临或者处于弥留之际。如今，不知是我变得冷静，还是我太爱惜自己，无论如何，因为知道能够引起不安的花儿的力量，春天我不往田野里、草地上跑，不去欣赏鲜花。它们在我心里是存在的，但我努力不去看它们，我蜻蜓点水般、漫不经心地把眼光从它们身上掠过。这听上去很怪。结果是：我，一个护林员，拒绝了鲜花。结果，——是这样。我没有拒绝它们，我很清楚地感觉到它们就在身边，我不去看它们，但我看得见每一朵花的开放，我喜欢它们，没有它们，就像没有整个森林，我无法生活，不过，观看它们、欣赏它们——这不是我力所能及的事情，不是我的事情。

我能想象人们看见美女的面孔时那种奇异的、令人愉悦的不安，这就像我看见花儿的美丽面孔时的感觉。这种美使人多么振奋、又多么虚弱! 让人多么痛苦! 死亡、鲜血、卑鄙、高尚的自我牺牲, 人身上一切神圣的、以及一切邪恶的东西——在这里都表露在外。

　　我看中了第十二林班中一块阳光灿烂的林中空地, 徜徉其间, 仿佛在密林中迷了路, 我在这里十分惬意、快乐。而这有什么可笑的呢? 只要有地方, 在三棵松树间迷路也不足为怪。岂止在三棵松树间, 我至今仍经常在两棵松树间徘徊, 每次都很难找到路。我有两棵这样的松树在河边。只要一走近它们, 我就坚信——我肯定会迷路。这里的地方我似乎都走遍了, 路我也很熟悉, 每一个树桩、每一丛灌木我了解, 每一棵小草都有记号, 我不止一次、两次在这里逡巡。似乎, 蒙上眼睛我也能摸索着走出去, 其实不是这样, 睁着眼睛都不行。在两棵树间走一走、躺一会、休息休息, 又开始跑来跑去, 想找路, 却怎么也找不到。你一会觉得应该从这棵树出发, 一会又觉得应该从另外一棵树出发。有人会说, 他用意何在, 难道是想说这个地方中了魔法? 你看吧, 到时候还得煞有介事地宣称有妖精呢, 说只要有机会, 它自己就会钻进来。可我既不会说这地方中了魔法, 更不会说什么妖精, 因为我对此一无所知。森林里有没有妖精? 没有吗? 那么, 为什么走不出这两棵可恶的松树? 可为什么你非要走出来, 如果它们中的一棵在引诱你、另一棵在呼唤你, 而你却难以取舍?

　　当你说出秋天这个词的时候, 你已经在期待它了。秋天是什么样的呢? 太阳会变低, 黄叶会从白桦树上滑落, 夜晚会变冷、变暗, 蜘蛛网会在田野和草地上飘荡, 人们会看到秋天的乌云, 会开始下雨, 而且持续一两周不停, 鲜花不再怒放, 鸟儿不再高唱, 蕨类开始枯萎, 最后一批肉汤蘑菇露出地面: 有乳菇、桩菇、油口蘑, 还有红乳菇; 在那里, 树丛中, 保留着最后一点点黑越橘果, 在那里, 大路边, 还泛着绿色的树丛中闪烁着红色的马林果, 在那里, 越橘丛中, 还挂着被遗忘了的果实, 黎明时分空气清新, 太阳只在中午时才晒得发热, 地上的潮气总在上升, 菜园里的土已经翻过, 田野里的粮食也收割完毕, 白天变短, 黑夜变长——一切似乎都在表明秋天的来临, 可是, 它在哪里呢? 秋天没来, 一如从前。看看草地, 蒲公英还在开花, 尽管已不如春天时理直气壮，但仍然在阳光下泛黄。毛茛、金丝桃、野蔷薇、三叶草、甘菊绽放着夏天的颜色。走进森林，森林里的树也是绿色的。无论是林间，还是野外，周围是满眼的绿，你看不见黄色，秋天的黄色，它也确实还没有到来。正午时分，走在森林中，你会热得打开衬衫的领子，阳光耀眼，河水闪亮，蝴蝶飞舞——大自然继续着夏日的盛宴，不急于结束它。

那么，我为什么说起"秋天"呢？昨天，我去查看了蚂蚁窝，走近其中的一个——外面没有蚂蚁，都藏到里面去了。第二个、第三个蚂蚁窝里也都没有了生气，只是在不知是第十个、还是第二十个蚂蚁窝边，太阳暴晒最强，还有一些蚂蚁奄奄一息。我用手摸了摸蚂蚁窝，它就像废弃的木房里的炉子：已经冷却，不冒气、没有火光、也没有烟。夏日的生机离开了，马上就要进入地里、藏在树木的叶芽里不出来了。

中午。中午城里放炮。我离城市很远，我听不见大炮的轰鸣，但是，我能准确地判断出中午的来临，一点不比城里的大炮差。乌鸦暂时停止林中的不倦飞旋，落在木屋对面的松树上小憩一会，山雀飞到窗边来看我，——我还活着，没有死，为什么我不到外面去？——微风轻轻摇动松树的树梢，一只苍蝇从打开的窗户飞进来。还有上百种其他的迹象，我可以根据它们判断中午时分。中午，我身上，我的内心里，好似有什么东西在发芽，就像大炮在发射。即使你们蒙上我的眼睛，我也能告诉你们什么时候是中午。森林里的中午是很容易判断的。早晨，黎明时分，森林看上去年轻、健康，它不知道自己有多强壮，晚上，它变得沉重而疲惫，但在中午，在它的巅峰时刻，它知道自己经历了什么和还要经历什么，它似乎身前有两个手掌，就像我的一样，一个是左手，一个是右手，这两只手我都有，两个我都能看见。早晨，森林很美丽，像童年、像青春，像少男、少女一样美丽。晚上——它像一位老人。中午，它风华正茂，它精力充沛、容光焕发，它像个大人物，不同凡响。中午时分，似乎不是天上的太阳在发光，而是森林在发光，如果真的是这样，那也没什么好奇怪的：树叶在发光，草地在发光，河流、湖泊里的水也在发光，道路在闪光，土里的玻璃碎片或磨光的石子闪闪发光，空气在发光，黑色的大地母亲在发光。中午到森林里来吧,它不会让你难过的。它会让后生知愁,让老者安心。

当我在森林里迎接中午,我就学会森林的坚定,变得无比自信,我也接受它的光亮,变得容光焕发,我觉得我如此强烈而不合时宜地放射着光芒,以至于害怕对别人造成伤害,因而避免和他们碰面。这时我变得傲慢庄严、举足轻重,我的每一声喷嚏与哈欠都充满了意义,这时我如此重要,以至于我觉得自己并不存在,不想屈尊降至存在的境地。短暂的瞬间似乎也在飞逝,太阳在天空滑行,水在河里流动,自然界中有什么东西在消失,有什么东西在诞生,有人的生命在缩短,在改变,只有我一个人不动,不变。我像个巨人,张开两腿站立,我既无法抬起左腿,也无法抬起右腿。

白昼的正午是美好的,森林的正午也是美好的。但我们谈论的是哪个正午呢?已近黄昏,外面是秋天,下着雨,潮湿,黑暗,枯萎的小草被淋湿,还有喜鹊在雨中唧唧喳喳叫。

阳光灿烂时我坐在幽静之处,阴影之中,在高处坐着很凉爽,我吸入秋天的气息。先是吸入秋天的白桦,之后是山杨和赤杨,然后是坚忍不拔、永不凋谢的三叶草。三叶草之后,我在河边采集了苔草的、孤独坠落的白桦叶的、正在变黄的成对铃兰叶的气息。可枯黄的甘菊、暗淡了的柳兰、沼泽里的酸果、不像夏天一样被太阳炙烤得软弱无力的松树呢——它们的气息怎么办?要不当作没用的东西扔掉?似乎不太好。有什么办法呢?它们会说,你爱惜山杨和赤杨,却嫌弃我们?勉强收了它们,却又来了新的气息:一株老蒲公英,一棵小椴树,蕨菜,秋天最后的蘑菇。那土地的气息怎么办呢?河流、沙岸、沼泽、天空和森林的气息呢?停一停,我说,这么多我吸收不了。我往哪里放你们,我又不是胶皮的!可它们怎么会征求你的意见呢?直接钻进你的鼻子,让你不安,让你舒畅,让你激动,让你惬意,——气息很厚重,像干土,很轻盈,像蛛网,像羽毛。一种轻飘飘地飞来,仿佛没有它。另一种——像一块肥肉,你一下子吃不掉它。在享受之前,你得尽情地劳动。咀嚼,咀嚼,直到下巴动不了,牙齿断掉。不知道别人怎样,对我来讲吸入大地的气息——这不是个轻巧活。有时候甚至觉得,在采伐区挥斧干一整天活也比这样坐在幽静处享受气息好。

但也不能总是放纵自己，干轻松的活。你还热血沸腾、年轻力壮，正是接受苦难的洗礼、在生活之火中熔炼的好时候。少壮不努力，老大徒伤悲。不，我们不是懒蛋，也不是胆小鬼，我们不害怕沉重的工作，因此也不逃避、不躲避它们，只是放下斧头、离开采伐区，坐在幽静的地方、太阳晒热的地方倾听秋天的呼吸。秋天的气息在森林中回荡，像冒失的野兽，在草地上和树叶间东张西望，集体隐藏、停歇、消融在白日的热锅中。用力去嗅——这一锅香气四溢的热汤在火上咕嘟咕嘟地响，芳香扑鼻。世界上再没有比感受秋的气息更令人惬意的事情了。

一个人从来都不孤独。他的生活总是有所陪伴：风、妻子、儿女、奶奶、蒲公英、天空、邻居、整个人类。这取决于在他身旁的是什么人和什么事物，而他又善于接受谁。有的人非常高兴与森林同住，对邻居却不是不能接受，而是当作死敌，只要这个邻居来做客或在一定距离内出现，打斗就不可避免。有的人只要有蜘蛛相伴就足够了，即使它在角落里结张网，他看见蜘蛛也会开心。此外，他别无所求。而有的人，你得给他整个世界，全人类。小了他不干。一个人即使独处时，也不是一个人，他总是二人相伴，要不就是三人。从一个人那里剥夺天空、森林、邻居、小鸟、动物，不让他与鲜花和女人打交道，用无形的墙将他与太阳、月亮、星星、风儿隔离开来，把他扔到一个可能只有他一个人受苦的荒远之地，那他也仍然不是一个人，而是二人相伴，不是与荒远相伴，就是与自己相伴。人就是这样的——对于他来讲孤独是不存在的。

既然松树几年一换叶，今年就是为它们而来的。松树的针叶，后面最边上的，已经变黄，风稍稍一吹就会纷纷落下来。走到一棵松树下，一呼一吸，松针就往下掉。森林里，道路上，撒满了落地的松针。而且，不可能有任何一个地方只有一根松针，它们总是两两相伴。

这个世界上的一切都是成对生活的：一棵树与另外一棵树，丈夫与妻子，母亲与孩子，一片森林与另一片森林，天空与大地，孤家寡人与整个宇宙。

走了几公里，应该继续往前走，可双腿却迈向树桩。坐下来，觉得好像还在向前走，不觉得自己在坐着。我在树桩上坐好，坐正，还是没有那种坐着、而不是走着的感觉。抬头看看天，看看树叶，举目四望，东瞧瞧，西看看，在地上拾起一根松针，在手上转来转去，把它揉碎，可我还是觉得我在路上，在走向森林深处。这是一种很奇怪的状态，你坐着，可你觉得你脚下的路在延伸。但是，这又有什么奇怪的呢，如果它总是发生在我身上，像家常便饭一样，而你对它亦浑然不觉？进入这种状态很容易，从中走出来却很难。这时我已走到拐弯处，又消失在拐弯处，经过了山杨林，经过了帚石楠丛，经过了云杉树，到这里离小溪已经不远了，——你看，我今天一步没迈，却已经一路小跑着走完了整个巡查路线。但想想这样走路累不着也不错。我精神紧张，阻止自己，刹车，可马力加得太足，速度很快，还是下坡路，根本停不下来。但是，速度在慢慢下降，有时两边的大树和灌木像从火车车窗外一样闪过，这时运动开始变慢。运行得越来越平稳。最后，终于完全停下来。此时我方才得到满足，因为我坐着，而且是真正地意识到自己坐着，而重要的是，我明白了对于一个疲惫的人来讲坐着意味着什么。我必须说，在森林中的树桩上坐上那么五至十分钟是多么地幸福，你再也想不出比这更好的事情了！

在行走中森林是另外一种样子，你在走，森林在你的前方，像马儿一样飞奔。你坐下来，世界立即一片寂静，一切都停止了活动，连永远在天空中奔跑的太阳也停下了脚步。那么，最好应该怎样看待一个物体——当它奔跑或静止不动？当它奔跑时，你会看见什么？胳膊或双腿的晃动，如果你能看见它们的话。我看得见地上爬的一只蚂蚁，看得见脚边的一棵草，我发现了一朵以前走路时没见过的花、长满苔藓的松树树干，我看见了花上落着的一只蝴蝶，看见一个细长腿的蜘蛛迈着小碎步回家去。我坐在那里，仿佛沉沉睡去，仿佛潜入大海，从坐姿中寻找最大的益处和满足：有时把左腿放在右腿上，保持这种姿势坐一会，有时把右腿放在左腿上，有时把胳膊肘放在膝盖上。我在想什么？什么也没想。早上我想到过盗伐者，想到过天气，还想过今天午饭煮什么吃。斜眼看一下太阳，它已经西沉。太阳已经上路，说明我也在路上了。它也是时间，我坐得太久了。我站起身来，抖了一下身子，用手驱动血管中瘀滞的血液，吹响行军号，继续前进。留下蚂蚁、蜘蛛、蝴蝶、长满苔藓的松树树干和花朵跟树桩在一起。树木又开始在眼前闪动，就像转动的车轮上的辐条。我走着。

之前有太阳，但现在天穹被撕破，下着雨。最低的云彩在下面涌动，看来，雨就是它们带来的。稍高处还有云，它们飘动得慢些。底层的云彩是黑色的，稍高的那些颜色浅一点。而在这些浅色云彩的上方还有云彩，完全是白色的，明亮的，纯净的，像雪。在这些云彩的上方是蓝色的天。底层的云彩出来时，天就变暗，雨点敲打着房顶，黑云散去，就会出现白云，天空变得很亮，这些云彩也散开之后，天空会变得更亮，最上层的云彩散开之后，会露出一片蓝色的天。但是，云彩太多了，它们成了三层，根本看不见天空。倘若现在云彩各就各位，流下雨的泪水，太阳就会出来。不过，这谁知道呢？或许，也许现在云彩心情悲伤，一个星期也无法平复。不管怎么说，外面都已经是秋天了，秋天的云对眼泪是很敏感的，这无可指摘。它们有时候也需要尽情地哭泣！

它们并不妨碍我。在森林里走路很湿？我穿上雨衣。我的雨衣它不透水，很肥大，长及脚踝，有帽子，是一个认识的海军送给我的。当我穿上它，系上细腰带，我看上去就像个僧人。脚底下潮？我会穿上皮靴。皮靴透水，但这没什么，现在不是冬天，我冻不坏。雨水会把路冲坏？那样在森林里出没的盗伐者就会减少。房顶会漏水？我会爬上去把它修好。雨对我来讲并不可怕，只要它愿意，就让它下吧。只有一点让我难受。我发现，我只能平静地接受连续下一个月的雨。如果它多下一天，我的心情就开始变糟，眼里流泪，我会哭泣，像个女人。而哪个男人喜欢这个呢？

为了冬季的砍伐我给树林做过记号，当时走到一棵熟悉的松树前，我特别不喜欢它。树干是弯的，树枝是粗的，树身还不高。我觉得它像个非常难看的丑八怪（可之前没有这样的感觉），于是我想到：我越爱森林，就越觉得它糟糕，就越能发现它的缺点；而它之所以不好，并不是因为它本身不好，而是因为我爱它，而我对它的爱越强烈，发现它的缺点就越多；我的爱不仅使它变得美丽，同时也使它变得丑陋。

我开始回忆我在森林里感觉不好的情形。在那里我迷了路，很久找不到方向，自顾不暇的森林、松树能帮我什么忙吗？什么忙也帮不上。它们使我更糊涂，反而将我引向密林深处。在那里，冬天时我竟然被油锯锯了一下腿，为了免得弄脏伤口，我采用老方法，用尿冲洗它，然后就那样一瘸一拐地向护林所走去。有什么办法呢？在那里我还曾陷入春天的沼泽地，着了凉，在医院里躺了一个半月……有必要历数森林没有展示出自己好的一面的所有事件吗？心情好的时候，我眼里的森林是美好的，我会说：它美丽，它善良，它漂亮。可它也有不好的时候，对你的请求置若罔闻，那时它身上就没有任何的美了。大树美女和勇士，高尚的君子和仁慈的女子啊，你们在哪里？

当我带着不满和批判的态度看待松树、认为它丑陋时，当我测量树干、在其上面打上记号时，当我判它被伐时，我用手掌抚摸它粗糙的树皮，用肩膀靠着它，更加仔细地端详它，我发现它的树干也不那么弯了，甚至很挺拔，它的树枝也不粗了，它自己也足够高了，而且还散发出一种高贵的精神，它的样子不仅不让人心里难过，反而令人振奋和欣喜。这时，我想起了森林救我于危难的很多情景，但是关于这个可说的太多太多，我只好不说了。

我问自己：我的林中生活的乐趣何在——在于劳动和工作？在于不满足？在于努力和困苦？奇怪的是，我为什么要给自己提这样的问题？我为什么要了解这些？似乎，只要了解了，我就会获得永久的安宁。我确实会安宁；会沉沉睡去。但我现在不想沉睡，到时候我会睡的。但谁说你马上就会了解，然后睡去？首先还应该尝试着去了解。正因为你不了解，所以才找不到答案。答案总在出现，可都不对而且不同。可即使只有一个答案出现，它也还是没有用。不适合。但是，既然找不到，为什么还要去找？可是还能做什么呢，如果外面下雨，不可能出去？如果炉子上方的铁丝上烤着湿衣服，而我打开烤箱门取出食物，在炉边取暖？如果昨天、今天都下了雨，而眼前又是用睡眠打发不了的漫漫长夜，你不知道下一个早晨是什么样？

山雀的黄色羽毛从外面飞进木屋，落入地上的一个角落。有几天的时间，我没有发现它，确切地说，是没有注意，可现在我看见了它。我明白，这是山雀送给我的礼物，应该把羽毛捡起来放在桌子上，最好——放到带天鹅绒垫子的小盒子里，小盒子应该放到保险箱里，保险箱应该放到银行里，银行附近应该设置哨兵把守，防止羽毛被盗。此外，我还应该每天早晨不再首先感谢太阳带来光明，而是赞美山雀带来的非凡礼物。我应该因它的慷慨大方而惶恐，觉得自己欠下了无法偿还的债。

我能够感知到鸟儿对我，一个卑微的小人物的无比慷慨，我懂得命运让我对这根羽毛的未来担负什么样的责任，但是，我一动都不动，不会去把那根羽毛从地上捡起来，更不会去感激它，并将终生做一个这样忘恩负义的人。就让它在肮脏的地板上躺着吧，直到白桦树枝做的扫帚把它扫到一个更僻静的地方，或者将它扫得无影无踪。它命该如此。

厌倦了森林，我回到自己的住处。我观察自己：如何吃饭、睡觉、打哈欠，怎样对待太阳、月亮、小河——看它们使我开心，还是痛苦。我厌倦了森林，这时它不能令我振奋。我开始自己激励自己。不是因为我让自己开心，而是因为我看着我自己、并且能看见我自己。可我看不见森林。但是我觉得，我似乎有点不对。我曾经说过，我与森林——是一体的。为何现在我把我们分开了呢？不能合二为一了吗？为何谈到森林时，不能同时谈起自己，谈到自己时，不能同时谈起森林？或许，我同时谈起了另一个，但是自我感觉没有谈到？

当我望着森林的时候，世界——不是我眼前的森林，不是世界、不是秋天、不是松树、不是天空中的太阳、不是云彩，也不是路边的水洼、不是树上的乌鸦、不是消失的草地、不是繁星满天的夜晚、不是花楸树。它是我自己以及我的烦恼、喜悦、疑虑，我的爱恨、疲惫、欲望、激情，我的痛苦、绝望、自信。我的烦恼在路上跳跃，我的思绪在花楸树枝上栖息，我的疑虑像乌云一样奔涌。当我审视我自己，发现自己思绪万千时，我发现的并不是我自己，而是森林、世界、秋天。我看见的是山冈上的草地、树木、刺柏丛，是寻石楠树、云中的月亮、风中的树叶，是水洼、奔跑的野兔、秋日的蒲公英、松鼠。

夜。木屋里很暗，外面也很暗。我从梦中醒来，在床上坐起来，把一双赤脚垂到地上。我很冷。我望向窗户应该在的地方,希望在那里,窗外,看见光亮,但我什么也没看出来。木屋里静悄悄的,没有任何声息:合页破旧的门没有吱呀作响,老鼠没有吱吱叫,阁楼上锯末里的甲虫也不会发出窸窣声。不想睡,但是也不敢到森林里、到黑暗中去。我不怕黑,可有什么理由现在这个时候跌跌撞撞地在密林里游荡呢?现在别人看见我肯定觉得我很蠢:一个大男人坐在床上,没穿外衣,光着脚,眼神空洞。但是,不想坐着的愿望战胜了我。我穿上衣服,来到外面的台阶上。

无论夜多么暗,它永远也不是黑的,夜里总有什么东西会发光,总有什么光亮散播开来:这是否是远方星星的光亮,那颗星星遥远得让我们看不见?这是否是腐烂的树桩边萤火虫发出的光?昨日的太阳那无形的、迷路的光线?自己眼睛的光芒?我真想是一头野兽,在夜间觅食,在原野里奔跑,比如猞猁,比如野兔,比如捕鼠能手狐狸。可我既不是野兔,也不是狐狸,在夜间的松林里我无事可做。这样的夜里所有人都在沉睡,足有一半的人在沉睡,我的盗伐者们也在沉睡。我想确定一下巡查地完好无损?但是,这情况我本来就知道。我最后一次巡查它是几个小时前,夜里不会什么鳄鱼和蛇妖把它吞掉,拖走。我想确定一下夜黑得伸手不见五指?但是,要想确定这个需要在森林里漫步。看一看乌鸦白天落过的那棵松树?但是,在这样的黑暗中分辨不出松树来。那我还去干什么?什么目的——我不知道,什么原因——我不知道。因为对我来讲夜是沉重的,我想让它快点结束,于是我向东走,去接近黎明。但是,我距黎明能有多近?一公里,两公里,五公里?距离似乎不太大,而且,一想到通过我双腿的努力、通过走路能加速朝霞的到来,我就心满意足。

中午,光明、响亮的中午,我曾非常期待它,它全身通亮,似乎没有任何一个地方是光亮渗透不到的,挖挖土地,你就会在那里找到这样的地方。早晨有雾,很冷。那时我想,中午会来临,低低的秋阳会变热,这样会很好。中午来临了,太阳变热了,的确变好了,只是这好中没有任何特别的东西,我没有发现。甚至,相反,还变得有点不好,令人不安。不知是因为外面好而心里变得不好,还是因为别的什么。但是我没有感受到中午带来的满足。我已经在想:马上就要晚上了，到时候我们再看。或者：明天早上马上就要到来了，到时候我们再看，再看。当然，晚上会来，明天早晨也会来，但是，我干嘛在中午想晚上或明天早上？倘若我没有期待过今天中午，倘若它灰暗、刮风、阴郁、糟糕，那就是另外一回事了。但是，它很美好，秋天很少碰到这样的中午——为它欢欣鼓舞吧！我想要一个黑暗的、威严的、可怕的黑夜。不，我想要明亮的、开心的白天和中午。但是，它在，就在这里。它在，可我想要的不是这个，而是另外一个、更美好的中午。

　　一个最常见、但是我们最难以察觉的白天。这一天没有任何出色和引人注目的地方，没有阳光闪耀，没有天空湛蓝，也没有狂风驱赶着空中的乌云，是一个灰蒙蒙的白天，你不可能期待它带给你什么惊喜，它也不愿意提供给你什么。不过，它表现出一种无聊的、平常的现象，令人不满。可又有谁在什么时候对灰暗的事物、乏味的白天满意过吗？只有一个打算上床睡觉的人才能有这样的感觉。他心安理得地上床，甜蜜地睡去。有些人证实，在灰暗的白天睡觉比夜里还香。但是，我不同意他的意见。还是夜里睡得香。这是我通过亲身经历证实的：有时候我只在白天睡觉，然后只在夜里睡觉，然后白天、夜里都睡。只在白天或只在夜里睡觉的时候——一点区别也没有。也许有，但是不太明显，不能引起注意，就是说，白天睡觉自然好些，因为夜里在任何条件下你都能睡够。可如果白天、夜里连着睡，这时区别就明显了。夜里睡得好，你对夜晚没有任何抱怨，而白天睡觉就开始混乱，你睡眠过多，睡不安稳。有时阳光钻进被子里把你弄醒，有时微风从窗口吹进来，有时一只蚊子飞进来，去它的，让它咬吧，有时来个邻居，只为告诉你现在天气是下雨，好像你自己不知道似的，好像你没长眼睛、没长耳朵，你什么也看不见、什么也听不见似的。你一边睡觉一边担心：说不定马上阳光就会照到你身上，邻居会啪的一声推门进来，场长会开着车到来。你看，在这种焦虑之中怎么可能有之前那样好的、安宁的、夜间的睡眠？夜里谁会进屋、谁会来找你、哪有太阳出现？即使大炮在耳边响，你也听不见。没有邻居，也没有领导。除非你自己起身要看看今天的日期和时间。

醒来，起身，环顾四周，什么也没看清，于是躺下来侧身睡。

我认识一个人。他来到森林里生活，在那里间断地住了两年时间，为了证明人可以在森林里生活。我羡慕如此目标明确的天性，但是我很奇怪，一个因为要证明森林里可以生活而来到森林的人、一个想要证明一件无需证明的事情的人，能够得出什么结论。最好他能证明没有森林也能活下去。那么，我就要祝贺他取得胜利，说他真正建立了伟大的功勋。

一个人在森林里住上一两年不是什么大问题。无可争议，在森林里生活不容易，这种生活中有自己的困难之处，但倘若与森林消失、一棵树都不剩比起来，这困难要小得多。顺便说一下，将来人们有可能体验这样的经历。

不过我还是和这个熟人很亲近。他是个勇敢的人，心态很年轻。而主要的是，他在森林里生活了两年。我觉得，在森林里生活超过一天的人就可以认为自己与众不同，因为他们从森林那里得到了一些东西。这样的人你总是能够一眼就看出来。他们具有勇敢的心、清醒的头脑、坚定而轻盈的步态、明确的思维。他们永远不会死去。

夜里下雨了。我醒来过，不知是由于雨声，还是由于自己的不安思绪，虽然我根本没料到会有这样的思绪，但我放任它们的存在，醒来后我听听雨声，然后又重新睡去。

早晨没有雨，但是水滴从树叶上落下来又落到树叶上，落到下面的树叶上，发出滴答声。面对着阳光和白天，树叶急于抖落身上雨水的沉重。地上有水洼，举目四望——所有的树，所有的树叶都缀满水珠。水珠排成排，就像秋天枝头的小鸟：不想掉落，也不想飞到任何别的地方去。有什么办法，我看着水珠心想，可怜的树啊，你们是在流淌苦涩的泪水吗？是不是应该同情你们，不幸的孤儿们？千万别这样。早晨是矫健的、朝气蓬勃的、清新的。在这样的早晨不可能痛哭和想不好的事情。即使它们在哭泣，那也是由于喜悦、由于早晨的清新而哭泣。不是有这样的说法：闪耀喜悦的泪花吧！现在，这泪花就在闪耀。

我说的是：我走出了家门。是离开了哪个家？我的家在哪里？是这间我日夜居住的、冷冰冰的旧木屋？根本不是。当然，木屋是我的家，这里有墙壁、有房顶、还有别的东西。但是，我还有另外一个家，不比这个差的家。它的房顶——是蓝天，它的墙壁——是天涯，地板——是大地。当一个人从一个家钻到另外一个家，隐身在木屋中，把它当作自己的家，而不去想真正的家，这很可笑。而事实上，这个真正的家是存在的，它矗立着，而且它终将永远矗立不倒。它为我们遮挡看不见的风雨，阻住严寒。谁敢夸口说知道这个家，知道它的窗户在哪里，它的房梁什么样，它的房顶用什么覆盖，它的台阶在什么地方？是谁在它里面有主人的感觉，能平静地点燃炉火，熬汤，坐在窗边、以手托脸看森林，上床休息？是谁清早跑到院子里，光着脚在湿漉漉的草地上走？是谁堵上墙壁木板间的缝隙、修理房顶并在秋天加固墙根周围的土台？是谁去森林里办事时做做样子地挂上一把破锁、留下一张纸条："我去巡逻了"？这个保卫森林的住户在哪里，我们怎么看不见他？我们看得见他，只是不想看见而已。"没有这个人，没有"，——我们说。可是，有他这个人。

　　我的木屋很冷，如果不一早就把炉子点着，还一动不动地坐着，不去菜园翻地、不劈木柴、不割草、不去井边打水，那么不到中午你就完全可能冻得直发抖。当我打算出去巡查，来到外面的台阶上，迈出前两步时，我总是觉得外面特别冷，我穿得太薄，需要回去多穿点。但我对自己说：走一圈就暖和了。再走几步——冷的感觉没有减弱。于是你就责怪自己：森林里这么冷，你却差不多赤身光脚。我有一段上坡路，小山丘；只要走到它跟前并爬到它顶上，我就开始感觉温暖，开始改变对天气的态度。之前我觉得冷，而现在，在这小山丘上，很温暖。而且，我在森林中跑得时间越长，温热的感觉就越强烈，以至于冬天也似乎变成了夏天，真想脱下一些衣服挂在树枝上，免得它们碍事！

　　以前，当我在森林里遇见盗伐者时，我不明白我为什么要追他们，像个好斗的小公鸡一样，怒气冲冲。我曾以为，我是心疼森林，并把自己的愤怒解释为出于对森林的爱。即使现在我也没有放弃对森林的爱，生活在森林里、为它服务却与它敌对、成为它的累赘或对它漠不关心是很愚蠢的，但是现在我想，在我爱的狂热之外还应该加上对飞奔的狂热，否则无法解释下面的现象：我没碰见盗伐者，没看见被盗伐的树木，可在路上我还是怒气冲冲，凶狠异常，像快腿的狗一样奔跑，而且大声地呵斥着看不见的，主要的是，不存在的敌人——盗伐者，威胁说他们要遭到可怕的惩罚和报复。这样的仇恨和愤怒来自何处呢？如果在这样的时刻我心中燃烧的只有爱，那么我就会像羔羊一样安静、温顺。既然没有任何东西打扰我，那么我会爱森林，想都不想盗伐者，我会边走边沉浸在美好的回忆中。谁喜欢发火和想坏事？显然，行走的速度和狂热提升了我的温度，这就是我怒气冲冲向前跑的原因。当然，也可以说是另外的原因，即我在森林里跑是为了取暖，而不是出于爱，但是可以说的原因太多了。

第二章

十月初，天却很温暖，似乎夏天又回来了。不光白天有太阳的时候温暖，晚上、夜里、早晨也一样。每次我都对自己说：看吧，今天是最后一个好天。可第二天还是这样。因为阳光足、天气暖，树上的叶子不再变黄，一些树是黄色的、甚至是光秃秃的，而另一些树却是绿色的。看着它们，你不会想到秋天已经来临。但是，夏天，夏天还要持续多久，它已经让人厌倦了。应该下雨，应该是连雨天，你知道秋天来了，你习惯了它，于是你和夏天告别，勇敢地走向另一扇门。可现在你又得失望、焦急。这就像有的客人，他和你告别，走出屋外，把所有的话都说完了，你刚进屋，他又回来了，忘了说一些事情，于是又继续你们的谈话，你和客人怎么也分不开。

我和夏天也是无法分开。我自己早就想和它分开了。尽管像任何一次分离一样，我的心里有着遗憾和惆怅，但我还是坚定地接受秋天。可夏天它不想和我分离。它用暖暖的雾气笼罩我，用白天明亮的阳光愉悦我，用温和的夜晚爱抚我，用微风诱惑我、抚摩我、讨好我，——不知是它不愿意和我分离，还是害怕我会忘了它，或者是不指望以后还能再相见。

早晨。我睁开眼睛，看到太阳正从森林后面升起。我躺在床上迎接它，面对着它。我抱怨它早早把我叫醒。我唉声叹气地翻身转向另一侧。背对着太阳想：它不会因为我的无礼而生气吧？我可以抱怨，但是为什么不折断一根木棍，不激怒或欺负太阳？万一它生气了，任性起来，因为我的古怪和怠慢而转过身去，致使早晨和白天消失，夜晚出现呢？这样的情景不能让我满意。尽管我不无愉快地度过了夜晚，高兴地压麻了自己的侧身，但是再次重复这个循环不是我所愿。睡吧，睡吧。诗人说得对，黑熊也会厌倦这个的！我决定在太阳面前不表现得太生硬，不把对它叫醒我的不满表现出来。但是，怎样才能做到这一点呢，如果转过身去背对它躺着不礼貌？我趴着。稍稍转头，对着窗户向外看：太阳是不是生气地走开了？是不是落到森林后面去了？不，好像没走开，没落下，窗口和院子里的光没有减弱，没有消失，而是相反，变得强烈，有力。为了安全起见，我还是把整个脸都转过来对着太阳。而像刚开始那样躺着——全身对着太阳，身体更舒服些。我以为，转向太阳会对我不好，会破坏心情，因为被太阳弄醒的委屈和愤怒又会找上我，可转过身以后，我却没发现有什么不好。令我吃惊的是，正相反，我竟然感觉非常好，面对太阳比背对太阳舒服得多。转身面对太阳并感受到这种喜悦之后，我想到：我为什么要转身背向太阳？迁怒于太阳的原因是什么呢？无论如何想不起来了。我痛苦地回忆了好久，就在已经绝望，认为再也想不起来的时候，忽然想起来了——因为太阳太早把我弄醒而生的气。举目四望：哪里还早？太阳已经在头顶上了，白天正当时，可我还在床上赖着，不想起来。我开始为自己辩解——说，昨天睡得晚了，巡查到半夜，为什么今天不多睡一会？可我的辩解并不特别令我信服。我自己这样对自己说，可自己也不能接受这个说法。我决定安慰一下自己的良心，检查一下：我是否睡好了？可这该怎么办呢？再次入睡或起床？我从床上跳起来，在空中挥动两下手臂，膝盖稍微打弯，光脚踩着冰凉的地板跑到院子里，来到台阶上。当我从床上跳起来，当我在空中挥动手臂，当我在地板上屈膝而行，我怀疑自己做得是否正确，是不是应该闭上眼睛躺下？可当我跑到院子里、来到台阶上——我忘记了所有的疑虑。忘记了太阳如何把我唤醒，我如何生气而转身背向它，——我把自己早晨在床上的一切烦恼和气忿都忘了。如果我坚持生气，继续背对太阳躺着，那么这一切将如何结束——不得而知。

我去过河边——没听到任何人的声音。我走开——一只野鸭呱呱叫起来，声音响亮，似乎在召唤，好像在要求我回去。我想，让我走过去看看。会怎样？我走过去，它不出声了。"那刚才为什么叫喊？"——我说。我在小树桩上坐了一会，也许它会出声？它沉默，而且不露面。听了一会河水流动、风儿吹动秋草的声音，我起身沿路向小山丘走去，野鸭又开始叫起来。我跑向它。几次三番走近又离开。当我在河边时——野鸭沉默不语，当我走开时——它拼命喊叫。这是什么意思呢，我在想。想和我聊一聊，排遣一下孤独？莫不是闲来无事跟我捉迷藏？一个夏天它养得膘肥体壮，在森林里的树丛中、河里的芦苇丛中游荡够了，孵育、养大了小雏鸭，而南飞还为时过早。于是就跟我顽皮。只是我又何必与林中的野鸭玩耍？是再无事可做，还是找不到更正经的事做？我生了野鸭的气，抬腿回家去了。

秋——是凋零的季节，小草干枯，花儿凋谢。昨天路边最后一株秋天的蒲公英凋落了。为什么我很少谈到死亡？为什么我不赞美它或者装作对它视而不见？外面已是秋天，大自然在凋萎——这我每天都能发现。即使盲人也能发现。这是不可能不被发现的。但是我为什么应该歌颂死亡？莫非我受雇于一些可怕的歹徒和强盗，为他们的黑暗勾当辩护？任何人都不能强迫我做这件事。

但难道秋天不美好，不美丽，诗人不用自己的诗歌赞颂它？有些诗人除了秋天，什么也不想看见。只要让他们看见森林的红色和金色就行，仅此足矣。谁也不反对这些诗人，相反，大家都歌颂他们。好吧，既然——死亡不好，就是说不需要它，应该把它赶出森林去？我不是最爱秋天的人，我爱它，爱变黄的白桦林、蜘蛛的飞翔、迷雾等等，但是，说实话，夏天、春天更合我的心意，甚至冬天也是，我更爱冬天、更能接受它，但是，如果有人明天对我说：我们要永远消灭秋天，就像铲除一个坏分子一样铲除它，我肯定第一个站出来保卫它。

秋天，就让它存在吧。当然，对有些人来说，不能说对大多数人来说，它的到来有时可怕的和突然的——谁也不想告别温暖，告别夏天，但是这个忧伤的季节也有自己的魅力。这种魅力很难用理智去感知，你只能用心去感知它。用理智去感知——秋天全是不好的地方：寒冷，泥泞，脏污，初冬最早的雪，木屋的缝隙，没有木柴，千疮百孔的毡靴，某个地方冬天、严寒就要来临。可如果你用心去感知秋天并爱上它，它会比春天还纯净和美好。使人得到净化的秋，拯救人的、极其美好的秋。秋美女。她像生命一样充满活力，尽管有人说她就是死亡。

晚秋时所有的时间我都在驱赶摘花楸果的小男孩们，像一条被链子拴着的狗，朝他们吠叫，叫他们别折树枝、别摘果子玩，把果子留给小鸟，这事我做得非常卖力，似乎是专门被派来保卫花楸果的。我对一个小子说："你摘果子就是为了好玩，可秋天小鸟回来吃什么啊？"小家伙像小鸟一样垂头丧气，犹豫地说："你说的是麻雀吗？"——"你笨得像根木头，"——我回答他，——"它们啾啾地叫起来了。"这时它们飞来了，碰落了一地花楸果。不管怎么说，我还是等到了它们。确切地说，不是我、而是花楸果等到了它们。它们来不来我无所谓，它们也不是来啄食我的。可对花楸果来讲，它们的到来意义重大。它们用自己的枝条小心翼翼、耐心十足地托着这些小鸟。死得其所是一回事——老守田园，无人问津则是另外一回事。尽管大自然中并不存在不知何故变得无用的东西，这里一切都是需要的，一切都有自己的价值，——不知为什么，看见没被鸟儿吃掉的花楸果落地很难过。当你看着鸟儿把花楸树从沉重的秋收的负担中解放出来时，你自己也和花楸树一道从白天的不安、烦恼、痛苦中解脱出来，变得轻松愉快。无论如何，如果小鸟的来临以及它们对花楸果的啄食能够使一个人从烦恼和不安中解脱出来，那么这个人天性还不错。

有时，当我走累了，坐在林中的原木上休息，或者站在正在变黄的白桦树边，我经常有一种似乎不在人世的感觉。森林在，我却不在了。为什么有这样的感觉？因为心里轻松，什么也不疼，什么也不打扰我，——谁跟我说什么都是对的。确实，我没有想找根绳子爬到松树上上吊的心情，也没有任何病痛折磨着我。但它们难道真的没有折磨我吗？而我的心情真的高兴到忘却自己、忽略自己的程度了吗？当然，有心情好、又无病痛折磨的时候，只不过不是现在，而是别的时候。而现在，我不光心情沉重，而且腰酸腿疼。全身都不调、不适，我讨厌看世界、看森林，只想逃到什么地方去。可你又不知道逃往哪里，为什么逃。于是你在森林里游荡，像一匹无家可归的狼，或者坐在木屋里，好像你无处可去，被拘禁在监狱中，而你的周围是整个世界。你用手指摸索自己，摸摸大腿，耳朵，鼻子——它们是否还在？似乎还在。你一住手，它们似乎就不在了。这种状态究竟是怎么回事？我想，这是由于强烈的愿望。你想逃避疾病、疼痛、心理负担，它们把你折磨得够呛，你特别想逃避，可它们并不走开。它们像草刺粘在裤子上一样粘在了我身上。于是，为了让它们走开，你自己走开了，所以你就不在了。可如果你不在了，还能有什么疼痛、痛苦、疾病？什么也没有。

我在河边结结实实地安了一个长凳想给人们坐。同时彻彻底底地把它毁坏了。我把几根木桩子埋到地里，用钉子把一块原木钉在它们上面，这凳子当然不是什么典范，也不完美，但是坐在上面欣赏大自然的美还是可以的，也可以在走累的时候让自己的身体休息一下，振奋一下精神。第二天我来欣赏自己的劳动成果——木桩被拔出来了，木板被折断并被扔进了马林果丛，而凳子前面一片狼藉。这不是野兽捣的乱，而是人干的坏事。这凳子我安了几次——十次，二十次？怕说错，我不敢说确切的数字，但是有很多次。我想为人做点好事，但是他好像并不需要我的好心。他的行为中还明显可见恼怒和嘲弄。他说，你想给我做好事，但是我不想理会你的好心！这里必须理解我的执著！我不是为了凳子才如此坚持的，凳子，让它见鬼去吧，也不是森林里没有可以坐下来休息休息的地方，——是原则使然。要知道无论我想出来多少高超的应对办法，无论我把桩子埋得多深，无论我用多粗的钉子钉木板——都没用。我恨不能用钢铁来做凳子，即使这样，凳子也会被毁掉。我保护得了树木，却保护不了这个可恶的凳子。

不能说人们不喜欢我的凳子，他们或成双成对，或独自一人坐在它上面，欣赏森林，振奋自己疲惫的精神，因此，可以说凳子是他们需要的。但也不需要，既然他们弄坏了它。我本人也愿意在某个下雨的、寒冷的白天坐在它上面休息一下，而不想坐到潮湿的地上，冒患上神经根炎的危险。如果人们付给我钱，而且仅仅是为了安上这个凳子、把它固定在地上，而我也没有任何更重要的、更实际的林中的事（尽管我觉得，凳子也不是小事）需要做，那么我将摧毁这损坏凳子的罪恶力量，达到自己的目的。但人们是因为我保护森林而付我钱，而凳子不过是奇思怪想、高尚的心理活动，转瞬即逝。

于是我不再坚持。被掀翻的桩子现在仍躺在河边,当我从旁边走过时,我尽量不去看它们。我为自己、为自己的不作为感到难为情,因为我贪图轻而易举的胜利,不再认真安凳子,而是不时偷懒,成了失败者。

我处于兴奋状态,匆匆忙忙——快点,再快点。可是急着干什么?想让什么再快点?这我不知道。或许,像树叶和小草,我急着奔向死亡?但我可是清楚地知道,我的死期还没到。森林里是秋天,难道我心里也是秋天?按我的年龄,我心里应该是春天或初夏。难道我是老人,行将就木?我年轻力壮,想活着,想做点什么,在动身去那遥远的森林之前,我打算再活一段时间。因此,当我看着秋天的时候,我一点也不担心自己的生命,秋天过去,我会留下来。既然不是奔向死亡,那我急于去哪里?或者,那时我没活着,现在也没活着,而是死去了,是个死人,急于奔向新生?我给自己提这样的问题,好像只有急于奔向死亡才是可以的。也许,我也急于奔向新生,美男子。但是,怎能活着奔向新生?树叶、小草都活着,我一个人奔向死亡;已然死去,我急于奔向新生。这初次听来有点不同寻常,但不是很多东西一开始都给人奇怪的感觉吗?时候一到,一切都变得习以为常了。

小草活着死去,它急于奔向死亡,我没有走向死亡,我,一个死人,急着奔向新生。这有什么不同寻常的?有人应该在冬季活着。我这就成为一个活人,并且在整个冬天都活着,等到春天来临,我就把自己的生命交给小草。如果说这不是抽象的幻想,不是智力游戏——而是现实,这我不怀疑,——春与秋到来的原因就变得可以理解了:有人死去,有人出生——要知道不是只有小草和花儿会死去,这就是永不停步的时间车轮,从创世纪那天起它就开始旋转,任何人都无法阻止它的脚步。

森林的秋天不是我的秋天,但我是否可以把自己想象成一个老人,一个过完了自己的一生、即将走向坟墓的人?当然可以。这不需要太大的想象力——把自己当成病人,无力、虚弱,脑袋上头发花白,牙齿脱落,脚步变慢了,如今不能像从前一样到处跑,血管里的血液冷却了,欲望、激情、冲动都消失了,不会无缘无故地在森林里唱歌了,而且压根就不会唱歌了,不会笑、也不会笑到打滚，不会因为没事做或天好而一跃而起，也不会仅仅为了看看云彩在河中的倒影而跑到河边去，——你什么都知道，什么都明白，什么都经历过，有时背痛，有时腿酸，所有事都做完了，该休息了。但从另一方面讲，怎能把自己想象成老人，如果我不老、还年轻，如果我哪儿都不疼，如果我什么也没经历，充满欲望，离死还远? 也许，我根本活不到老年，也许，我明天或后天就会死去? 看来，明天或后天我死不了，这我确切地知道，虽然不敢保证; 为什么我明天或后天就得死，也许一棵松树会偶然倒掉砸到我或者我会落入沼泽，但是这种事未必会成真。而十年、十五年之后，死亡或许会降临，它为什么不会来呢? 或许，它不会等到我年老而在我年轻的时候就把我带走?

我想在年轻的时候死去。我不想成为老年人，拖累人，卧床不起，病病歪歪，尿床，看别人的脸色。我不奉承别人、不卑躬屈膝不是因为骄傲，必要时我可以降得比任何人都低——有什么办法，卑躬屈膝是人的本性，人是逃不过它的，——不想卑躬屈膝和不奉承别人不是为了自己，而是为了别人，——我的卑躬屈膝会伤害到他们。但我们能做自己的主宰，能自己决定自己的命运，决定自己何时生何时死吗? 没有主宰。时辰到时，如果命运对你说: 到时候了——你就得收拾东西上路，至于这是早还是晚——与你无关。

当然，你可能不满，可能气愤，恼怒，请求它——说，等等，或者催促它快点，这样的情况也常见，但是它未必听你的。在整个人类历史上没有人能够做到这一点。只有森林、田野、大自然拥有这样的奢侈——知道什么时候死期来临，知道它们自己的期限。但它们能确切知道自己的期限吗? 今年它是九月份，明年是十月份，每一个秋天都无法与另外一个秋天相似。可是知道你今天还活着、明天就死去更好吗? 可要是我今天就想死或者有这个需求、不可能等到明天呢? 还是通常没有这样的需求，人们不会清醒地为某事而死? 我自视没有那么高，不会为自己设计一个英雄的命运，我悄无声息地活着，也会悄无声息地死去，我——和所有人一样，像一棵小草，它满意于自己未虚度年华、死而无憾（这一点值得感谢），而且如果我说我想不等活到老年就死去，我预言的不是自己充满荣誉和传奇色彩的轰轰烈烈的死，不是按军队礼仪举行的隆重葬礼,不是青铜塑像和拜谒我遗骨的人群,而是普普通通的结局,像千百万人那样的死。出于一种矛盾的情感我甚至不想要那种特别引人注目的死:被群狼撕碎,在孤独中不为人知地死去。那样我可以说,让你们不爱护人,做坏事,受良心的折磨去吧。

但是,偶尔也有卑怯的希望触动我的心,也不是希望,而是它的微弱的影子,只是希望的阴影:万一幸福眷顾我,不是因为我微不足道的、过于微不足道的劳动,它们不算数,而只是由于荒谬的偶然,命运赐予我英雄式的死,我不是由于病痛和衰老而倒下,而是在对敌作战中阵亡,很年轻,充满力量、信心、爱情和幸福。

秋天正当时,泛着黄色,散发着节日的气息,甚至随心所欲地快乐着,虽然它也使人忧愁,但它快乐是因为它正当时。当你走在森林中,你似乎觉察不到它,森林里的空间不大,特别是在针叶林里,松树和云杉遮住了空间,靠在一棵松树上,你就宛如靠着一座大山,除了它,你什么也看不见。而根据松树和云杉你是分辨不出秋天的,因为它们四季常青。

不过,当你走在公路上时,这里为你的眼睛和你的心灵展现的则是奇异的风景。向右看,整个公路右边的森林都开始变红、发红,黄色、绿色、红色的树叶像美丽的斑纹。向左看——是同样的画面,只不过斑纹的图案不一样——有的大些,有的小些,有的发白。这里一棵花楸树,叶子有些干枯,好像它们被热风烤焦了。那里一簇小山杨树,山杨树的叶子是鲜红色的,像夕阳。而路边的小山丘上有一棵高大的白桦树,变黄了,但却不放叶子下来,一身金黄,站在那里,树叶哗啦啦响,好像地底下冒出一眼黄金的喷泉。

你在路上走,秋天也陪你一起走,向左右两边看——一幅比一幅更美的画卷,一棵比一棵更漂亮的树木,显得空旷辽远。哪里找得到能够传达秋之美的颜料?没有这样的颜料,就像没有能够传达冬、春、夏之美的颜料。任何的表现都只是模仿,但即使是这种模仿也能令你欣喜。我对自己说:你怎能彻底感受秋天,如果你心里没有它,如果你还没有老去?但难道一定要到老了才能感受秋天吗?只要在你身上发现有一样东西是会死亡的,即使是最微小的也可以。一根头发死了，从头上掉下来。这就足够让你感受到秋天了。

尽管森林里是秋天，我也觉得秋天在我心里，但我这里却不是秋天，而是夏天。我已经度过了自己的春天。它不紧不慢地飞逝而去，不作停留地一闪而过，那——就祝它一路走好。而我的夏天已经到来。别人会说我，怎么会这样，外面是秋天，他却说——是夏天？可这有什么奇怪的，秋天时不也常有春天吗，当森林、空气和整个大自然都洋溢着春天的气息；连绵的雨季和晨起的清冷之后突然会变暖，太阳探出头来，放射出光芒，生机勃勃，晒干森林、原野，路边有微风吹起，秋天的鸟儿在南飞之前唧唧喳喳叫起来，心开始跳起来，——就这样突然出现春的气息；蒲公英、毛茛、三色堇竞相开放，——这难道不是春天？尽管它在秋季来临。也可能是下面这样：寒冷、雨、秋也可能在春天里突然降临，阴雨天、严寒也会在阳光灿烂、温暖如春的白天之后、在太阳现出绯红色、冰雪的小溪亮闪闪地潺潺流动之后不期而至，不仅寒冷你的身，而且寒冷你的心。难道那不是秋天将至吗，尽管三、四月份即将到来？我的夏天不在于现在森林里是秋天，而在于我的心里是夏天。如果我还年轻，我会歌唱、跳跃、奔跑，活在信心、希望、狂热的、几乎是少年般的梦想里吗？我会准备赴死。我会躺在炕炉上，什么也不想，把自己的生活、梦想当成空想。整个世界及其美好和魅力、幸福和痛苦对我来讲都将不复存在。如果我即将走向另一个世界，那么这个世界对我还有什么意义？但是我并没有无动于衷地躺在炕炉上，也没有撒手人寰。我不想说，我紧紧抓住这个世界，无论如何也不想放手，老天叫你放手时——你就会放手。我爱这个世界，暂时还不想另一个世界的事情。可既然我在这个世界上，就是说我还得活下去，继续自己已经开始的事业，因为它刚刚来到我身边，还是火热的，还没有断了与春天的联系。

我惊异于人们如此喜欢各种错综复杂的东西，如此贪恋所有可能的复杂而逃避简单。的确，简单是洪水猛兽，人们怕它远甚于怕七头蛇。最好还是简单地说我的心里是春天，说我还年轻、健康，因此像春天般幸福。哦，不，我画地为牢，说我的心里是秋天，然后自我修正，不是秋天，而是夏天，最后我终于能够斩钉截铁地说我这里是春天。实际上我这里是什么呢：秋天、春天、还是夏天？要不就是冬天？为什么不应该有它呢？它是母亲啊。还是它有点不走运？其实这一切都源于把事情复杂化的愿望。有人早晨不能轻易睁开眼睛，却总是把这件事弄得十分复杂。似乎，醒来了就应该起来。他躺在床上，受到尚未解决的问题的折磨：起床还是不起床？好像如果他不起床，世界就会堕入地狱。而世界当然无暇顾及此事。或许，由于这世界上的一切都是密切相关、彼此联系的，会发生点什么，或许，甚至会发生惊天动地的事情，世界末日、末日审判会降临，但是这难道值得怀疑吗？不管你起床不起床，反正白天起床了。太阳升起来了，云彩也开始飘浮。像孩子一样腿快的微风也迅速地跑遍了草地。鸟儿开始歌唱，乌鸦开始鸣叫，人们开始忙自己的事情。所有方面的强大机器都开始运转，唤醒世界，催促它去生活、去工作。为什么他唯独不叫醒你？是你没有勇气承认白天已经到来。你会说，然后再回答吧。于是你找到各种狡猾手段和抵赖的理由。你说"我"的时候会很痛苦：也许不是我？你说"白天"的时候会想：也许不是白天？于是你会把自己弄得头晕脑涨，迷迷糊糊，以至于你自己都弄不清楚这是你，还是别人，是白天，还是黑夜。你来到外面的台阶上，像马儿晃动鬃毛一样晃晃脑袋，似乎这样的晃动能理清所有纷乱的思绪。

野鸭从头顶上飞过，野生的鸟儿飞往南方，把雪花和寒冷留给我们。但是没有雪，也没有寒冷，尽管它们很快会来临，却下着令人腻烦的、无休无止的雨，日夜不停，但它也很快就应该结束了。至于野鸭，它们来了，又飞走了。现在也没有它们，只有记忆留下了它们来过、在森林上空飞过的痕迹，可是关于它们的记忆也会很快消失：对鸟儿的回忆是脆弱的。可它又为什么要牢固呢？该用什么样的线把野鸭生动的叫声和人类的记忆连在一起？但问题就在于记忆它是永不消逝的。

像魔咒，像幻觉，像美梦，每一天都将重新出现，只要冬天还在继续，你也会思念这些鸟儿，可能忘记它们，但还是会思念。为什么？那是因为野鸭的飞去——不是简单的飞走，因为在飞走的时候，它们从你身上带走了一部分的你，并在那里——南方的国度飞翔，无忧无虑，带着你的一部分，可你却痛苦地坐在这里，没有它们的陪伴。

纯粹的小事能让我心绪烦乱。我来到外面的台阶上，看了看接骨木树丛，看见了枝头上的一颗雨滴，我觉得它挂的不是地方，所以我不高兴。假如我是安宁的化身——那么在我这里一切都将化为乌有，即使此前和此后我思索的都是最高尚的东西，即使我处于极度的、甚至令人厌烦的幸福状态——从这一刻起，我将不再安宁。心脏会停止跳动、重新起跳，血液沸腾，最美好、最坚定的关于和谐、和平、心灵宁静的想法都被遗忘。我整个人都会焦虑、不安，真想从接骨木枝上拿下这颗雨滴，把它移到别的地方去。要是换个地方能有用的话，我肯定会过去把雨滴拿下来。可是这没有用。哪怕你移走成千上万的雨滴，哪怕你一生都在做这件事，焦虑和内心的慌乱也会越来越迅速地蔓延。热情会像雪团一样慢慢消融。在这样的时刻迷失自己根本算不了什么。可你又有什么可失去的，既然你早已迷失。从你看到树枝上雨滴挂错地方的那一刻起，你就迷失了自己。

今天也是一样，我看了一眼东方，太阳出来晚了，因此它出现在与昨天不同的地方。于是我开始不高兴，严厉，骂人。我用各种方式拼命骂自己，什么事也做不成：不能去森林里，不能点炉子，不能烧茶。

一些女大学生在田野里干活。我不便于到她们身边去，可是很想和她们聊一聊、认识一下。我一次又一次从她们身边走过——她们却没有发现我。我第三次走过，边走边吹口哨。一个姑娘放下了手里的活计，向我这边看了一眼——说，怎么出现了一个吹口哨的家伙。仅此而已。在河边，我看见了两个打鱼的，试探着和他们说话：我说，鱼打得怎么样？他们没有赏光答复我。我从他们身边走开，心里很生气，可是我必须马上和什么人聊一聊。我来到一棵白桦树前。"你干嘛站着？"我说。但是它也一言不发，不在意我——在风中响亮地挥动着树叶。我还去过湖边，也曾在马林果树丛旁闲逛，也曾和风儿玩耍，也阻拦过飞舞的蝴蝶——可今天谁都不理我。我跟马林果树丛通常还是有交情的。我对它们说："唰——唰——唰。"它们对我说："沙——沙——沙。"可现在既没声，也没话。"这究竟是怎么回事？"——我自言自语，"难道是我太没用了？"我刚说完这话，就有一只小山雀飞了过来。看了看我，转过头，飞走了。它待的时间不长，一瞬间而已，因此你可以怀疑——它是否来过，可它做了一件好事。它安慰了我。它说，你现在心情糟糕，所以你才觉得一切都很糟糕。

我把山雀的飞来当成一个好消息。我回到田野里的姑娘们身边。"你们好，美女！"——我说，"上天帮助你们。让我也来帮你们的忙吧。"她们扑哧笑了，其实不是笑，是不好意思——来了一个外人。我对她们笑了笑，帮她们挖土豆，跟她们谈天气、谈蘑菇，告诉她们我是护林员，我知道哪里有蘑菇。刚才还是外人，可聊了一会就成了朋友。我又到河边的那两个打鱼的那里去了一趟。

"小鱼怎么样？"——我再次问道。他们回答我说："这里哪有鱼。不过是空气新鲜，静静地坐会好受罢了。"我跟他们也聊了一会，告别的时候如果说不是朋友，也是同志了。我又到白桦树那里去了。它也回答了我的问题。不能说它很高兴，但也没不出声，也没像上次那样扭捏作态。"我是站着，"——它说，"而且还要继续站下去。"我来到湖边，湖对我以"你"相称。它在岸边哗啦哗啦地响着。我来到马林果树丛旁："唰——唰——唰。"它们回应我："沙——沙——沙。"我和风儿玩了一会，它也高兴我的到来。蝴蝶在飞舞。我站着想：我是不是应该拦住飞舞的蝴蝶？似乎想把它拦住，看看它会不会停下来？可是从另外一方面说，也不好因为小事分散它的注意力。也许它现在急需要去哪里。我犹豫不决地站了很长时间，直到它飞走。

回到自己的木屋，我想：怎么会发生这样的事，在山雀飞来之前谁也不想和我说话，而它一飞来——一切都变了？这些小鸟会不会飞到别人身边，当他们心情不好，给他们带来好消息，改变他们的心情，还是只有我这次幸运，再也不会有这样的事情发生？我愿意这样想：我不是唯一的幸运儿，别人也有自己的小山雀。

我过得很安宁，没有任何人招惹我，也没有任何人打扰我。如果太阳很少照到我身上，对此我也不特别生气，而感谢现有的一切；如果雨下个不停、半夜房顶漏水浇湿了床铺，这时我也不发火——漏一会就停了。

最让我烦恼的是操心。房顶漏水，就是说必须得修房顶。你得去找木板，找屋面铁皮，要不你就把罐头盒砸扁，爬上房顶，把洞补上。如果太阳很少照耀，你就得操心让它多露脸，就是说，你得想这事，可你连想也不愿意想。如果你平静地想，心里怀着温情，那还好，可你经常会心头火起，责怪，骂人。操心——与我无关。我想要活一百年、两百年、一万年，我甚至也愿意长生不老，如果万一有谁以此来惩罚我，但如果我以后还得为一些事操心，那我不仅会拒绝长生不老，而且连一年也不愿意多活。对我来讲最坏不过操心事！我觉得，它们是被想出来减少人的寿命，并最终夺去人的生命的。我不拒绝工作、参与和共同参与，我准备着去受苦，行动，忙碌，修房顶，锯木柴，照顾病人，培育森林，照看别人的孩子，准备着去做成千上万件事，大事小事都成，就是别让我操心。今天，明天，后天的操心事——和昨天的它们一样，它们还没出生就死去了。为什么我得关心房顶，不让它漏水？我不想关心这个。就让它不停地漏吧，我可不想去关心它。

很好，人们会对我说，我们可以知悉你的痛哭和呻吟，免去你操心之苦，可你顶着破房顶怎么生活呢？对此我将回答：没必要夸大其辞。首先，雨不会总下，洒一阵子就过去了。第二，为什么你们断定我会挨浇，而不会修好房顶呢？我会爬上去把漏洞补好，只是请别让我操心。我想省心地修好它，不需操心。因此我想在所有方面都省心地生活：护林，思考人类的命运，洗衣服，给菜园翻土，为歉收难过……

在雨中我爬上了阁楼，然后从那儿爬上房顶，我拿掉已经腐烂的旧木板，补上了漏洞。这一切我都做得很牢靠。这回我可以在干爽中生活了。我花了一天的时间无忧无虑地修房顶，现在我心情愉快。当我不得不操心时，我就灰心丧气，什么也做不了。

夜。差十五分钟十二点。我躺着等待半夜的来临。其实，为什么要等待它呢？难道它会不来，或者提前赶到？它既不会提前到来，也不会耽搁一分钟，而是会按时出现。不过，即使它耽搁了，那跟我又有什么关系呢？我算什么，吃醋的丈夫吗？责问它在哪里闲逛，要求它回答吗？它已经不在它去过的地方了。难道它是我的一个债务人，我把钱借给它，它答应还却没还？不是这样，我好像什么也没借给它过，确切地说，是它没有向我借过。好了，应该期待一些有用的东西：同志、死亡、偶然过客的到来，他们即使不会马上到来，但总会到来的。甚至死也会到来，不会拖延的。可为什么要等待半夜的到来？就是因为它已经快来了。而且距它到达只剩下十五分钟。躺一会，等一会，等它来了——我们就和它亲热亲热，说几句温柔的话。难道我们啥也不会做，是木头人，是愚蠢的村姑，不会温存？我们如此折磨自己，如此迷惑自己，糊弄自己，生怕它不会忘了自己的事情，不会永远留在我们这里。别的不说，迷惑可怜的少女我们的确会。这对我们来讲就够了。

这时我听见敲门声，还有它轻盈的脚步声，还有像这脚步一样的、轻盈的呼吸。我面带微笑迎接它，和它说着温存的话语，我说着，不停地说着，轻声细语，像春天的小溪，我急于说出一整天的沉默中积攒在我心里的话。从旁边看我——我就是一个让人难以忍受的碎嘴女人。它在我床边坐下，我靠近它。它抚摸我的头发，而我由于太激动马上就睡着了。我醒来时是清晨，黎明时分。

把自己的生命交给森林之后，我马上就安心了。我以前也是全心全意为它服务，自从来到护林所，成为一名护林员，我就把自己交给了它。可它不接受我。这话每个傻瓜都能说：我要为森林服务。可他会不会去服务？会去服务，可真的会吗？这事只有愿望是不够的，这还需要长期坚持并有所行动。

表面看这一切似乎也不难，其实却不容易。有的人在森林里生活一段时间，可森林不接受他。他想方设法讨好它，连和心爱的妻子谈恋爱时也没这么伺候过，可还是没有用。这样的事也曾经发生在我身上。我走在森林里，好像很爱它，准备为它抛头颅洒热血，可它转向一边，抗拒我，把我推开不管。不是直接地推开我、驱赶我，而是把我放在一边，让我待在原地，要是你能感觉到你是外人，不招人喜欢，你还在这森林里待着干什么？

　　我难过,经历过很多痛苦,吃了不少苦头,但是我相信森林会爱上我,我会属于它。这里信心是最重要的,没有它无论如何不行。属于它之后,我感觉到了森林对我的爱,于是安下心来,仿佛重新找到了自己。而那时过的是什么样的生活?当着护林员,双脚走在地面上,心里想着:你是在当护林员吗?你手里有斧头,还有锯子,还有消防铲,你还有护林所,你可以在那里睡觉,还有栅栏,因为时间长久而有些歪斜了,你有林班和各种林地,优待证,同一品种的树丛,小溪,林间小路,鲜花,道路,有告诉你该怎么办的说明,连盗伐者也没落下——命运给了你一切,什么也没忘记;有荣誉,有自豪,有自尊,似乎你可以高高兴兴地生活和工作,可仔细一瞧——你一无所有,你自己什么也不是。你像个雄火鸡,挓挲着羽毛,却渺小无用。

　　活着的时候,还可以做些努力。死了之后——黄土就永远把你埋在地下了。它还把灵魂和肉体一起埋葬,好像要把自己失败的造物永久隐藏起来,不让人看见。

　　树上的叶子悄悄地落下。昨天白桦树还穿着裙装,今天却赤身裸体。看着现在的它,你很难想象昨天的它是什么样子。当然,记忆会保留它的形象——它是这样这样的,记忆也愿意留住它,让它开出鲜艳的花朵,即使被囚禁在监狱里,你也会回忆森林。但是你并没有蹲监狱,森林就在你眼前,还有那棵光秃秃的树,也在你眼前,它不久前还披着树叶,显然,很难根据眼前的景象想象它以前的样子。只剩下一个希望:要想看见它从前的样子,必须等到下一个秋天。但那时又想看见它夏天或冬天时的样子——是绿色的,还是光秃秃的?为此又不得不等待冬天,夏天。人的生命真是没有尽头的,你应该为死去而高兴,可你能死得怎样呢,如果你不能想象绿树的样子?

　　任何的白天都是美好的,甚至像今天这样的雨天,泥泞天。不记得有哪一天给我的感觉是不好的。我有不好的时候,人们也有不好的时候,但是白天,特别是在我们北方地区,会有不好的时候吗?它悄悄地来,又悄悄地走,不在任何地方触动、破坏任何东西,不对任何人动粗,彬彬有礼,和善宽厚,和蔼可亲。当然,它也常有不顺利的时候。有时候,它也会一醒来就情绪激动，起床时心情不好或者一大早就开始喝酒，大吃二喝，看什么东西不顺眼，最后大发雷霆。但是我们中谁身上只有好品质？谁身上没发生过坏事？因此我个人不同意这样的观点。每个白天都是可爱的，符合心意，无论是秋天，还是冬天。只有一种白天我不喜欢，就是当它像听腻了的老唱片的时候。你把它放上，它总是转出同样的声音。在这一天似乎一切都在原位，一切都按样式和尺寸裁制好，它有早晨，有晚上，在响亮的中午它也亮光闪闪。它好像也活着，但是它的身体里没有生命。它固守着同样的东西。你对它既心疼，又气愤，但什么忙也帮不上。这样的白天带给我们虚假，肮脏，凶杀，——真想逃离它们，但又无处可逃。你既责骂它们，又同情它们，而且越责骂，越同情。真希望根本不知道它们，真希望它们和你擦肩而过，死掉，可心灵怎么敢希望谁死去？生命不是你给的，也不应该由你拿走。不，你不会提到死，你祝愿生、善，只是你的祝福不会变成现实。听腻的老唱片总是发出同样的声音。你归罪于自己：这是为什么？是谁的错？是你的错。

不走路，不工作，忘记自己的责任和义务，放下所有的想法，心里空空地坐着，好像你是一棵老树，你的内部是空洞，这样休息一下挺好。怎么会这样——空洞？这好吗？被思考的事情没有感情、没有思想能活着吗？不冒险吗？你会不会在这个世界面前变得无助，会不会无辜地死去？从一开始起就有很多事情让你害怕，特别是毫无所知。（如果你空洞，你虚弱，而世界充实，强壮。）但是你刚刚勉强同意成为空洞的人，同意接受空洞，你就产生了思想和感情。只是它们从哪里来？可以说，它们来自虚无，我开始也是这么想的，但是后来明白了：它们，思想和感情，总是在你的心里，你被它们充满，就像秋雨充满了湿气，但有时你看不见它们，所以你觉得没有它们。善于找到它们，而主要的是相信它们总在你这里，比这更主要的是精神振奋，耐心等待，在困难时刻不绝望的愿望——这才是想了解和经常保持在内心的东西。只有这样你才能不怕任何敌人，但你不可能留住它的财富。现在你把它握在手里，过一个小时就会丢的。你每天怎样迎接和失去太阳，你就怎样失去和迎接它，所以你在期待一个时刻的来临，那时你将不再失去、而永远得到它。

我想象着这样美好的画面。太阳从森林那边露出来,升至天顶,停下来。一天开始了,它没有早晨,没有黄昏,没有夜晚。难道这样的白天是你想要的?我说:是的!同时,我还会这样想这样的白天——她既可爱,又美好,它既充满光明,又有小鸟的呢喃,还有别的,就是有点平淡。既然我见识了黑夜和它们温柔多变的黑暗,整晚整晚地忧愁苦闷,每天早晨由于精力过盛而大声歌唱,那么我为什么要拒绝它们?我可以为了一些更高尚的东西而拒绝它们,但我会永远爱它们,谁也不能强迫我把它们从心里抛弃。但是为了什么更高尚的东西我应该拒绝它们?难道有什么东西高于夜晚,歌声,爱?

我欢迎森林的任何一种美,无论夜晚还是白天——它们都是我的,我不能拒绝它们也不想拒绝它们,而且我还要说:让白天停下来,让白天到来!

晚上我回到家里,上床躺下,脚跟灼痛。我想:这是怎么回事?脚底发烫,好像我在烧红的煤块上跳过舞。但是我根本没在烧红的煤块上走过,只在森林里闲逛过。我的脚为什么这么热?也许,它们是因为羞愧而上火了,因为我无视自己的职责,偷懒,轻易地缩短了每天都走的、习惯了的路程?但我并没有缩短它,需要的路程都走了,甚至还多走了一点。脚跟发热可能是因为我跑的缘故,因为我急于走完我的巡查路线,确定那里没有树木被盗伐。所以把它们累坏了。但是我每天都跑这么多路,速度也是这样的,可只有今天脚跟发热。难道我病了?——我自己问自己,可是我一点不舒服的感觉也没有。疲惫的感觉倒是有,但是跑一整天路之后这是正常的。而这算什么病呢,如果只有脚底发烧?难道有人追赶我,我逃跑了?好像没有任何人追赶我,走路的那段时间,我一直向前,不像逃跑,倒好像在追赶什么人。我急匆匆地走过湿漉漉的草地,跳过水洼,双脚踏进落叶里。这才是脚跟发热的原因!因为我踩过落叶。一个夏天之内它们把太阳的全部热量都吸收到体内,现在尽管变黄了,尽管落到地上了,可还是在燃烧。

倘若没有那种情况,倘若正在死去的不是大自然,不是森林,而是我,我会爱秋天,会接受它本来的样子,而不会因无休止的雨、黄叶、即将到来的寒冷及其它而伤心。走在荒凉的道路上,看见大自然慢慢凋萎,看见它走向死亡,而你却还活着，这是很困难的事情。我明白，对此你没有任何办法，大自然、森林都比我们强大，我没有资格为它们提供条件，如果出于自己内心的想法它们决定这样做，而不是那样做，那就是说，必须这样。无论你如何焦急，都无法阻止这辆车的前进。

但人毕竟有荣誉感，良心，灵魂，他毕竟不是彻头彻尾的、愚蠢至极的傻蛋，他有自己选择的权利，他不可以同情和难过吗？不知道别人怎样，但是我在看到某人死去的时候，总是受到良心的折磨：为什么是他，而不是我？至于森林，那就是实实在在的牺牲——森林死去，是为了让你活下来。而这是令人无法承受的。只有有一点值得安慰——我们是为痛苦和苦难而生的，到时候，谁知道呢，说不定命运也会眷顾你。我从秋天的森林那里学会了，因此也能够为了某人的生命、事业牺牲自己。我想，森林正是考虑到这一点，才把秋呈现在我们面前。秋的到来不是为了美，不是为了慷慨激昂的话语和阴郁的思绪，它的到来是为了教人学会自我牺牲。因此，如果在我们的寻常生活中还能找到为了帮助垂死者而赴汤蹈火、牺牲自己生命的勇士，那么，这是因为大地上秋天还充满生机。愿它就这样健康、长在！

思想越简单越完美。可能，正因此人们很少提出完美的思想，以至于他们以为完美的思想不知有多复杂。比如用右手去抓左耳朵。我承认，用右手抓左耳朵——这也得练习。但是，用左手抓左耳朵要更容易。不过也更难。当这个世界上有你，而你又有森林，工作，你还需要什么呢？我什么也不需要了。而别人需不需要，我不知道。当然，我也需要天空，海洋，小溪，森林外边的邻居，秋天穿的靴子，还有那些被称为生活琐事、离了它没法生活的东西，还有人没有它不行的精神追求。我也不拒绝它们，让它们来吧，如果它们想见到我。让我也到它们那里去吧，免得它们以为我傲慢、像个暴发户，忽视它们的存在。谢天谢地，有它们在，它们还没有消亡。但如果有你在，有工作在，那么其他的一切就不复存在。这就是我歌唱森林、工作的原因，因为这世界上只有你和森林，其它的一切：房屋，炉子，篱笆墙，洗衣盆，对你来讲都是它的附属品。当一个人认为自己与森林是两位一体、不可分离时（当然，每个人都有自己的森林），那么还能有什么别的东西存在？如果有，那它也是不存在的。

我现在是这样的，我这样想问题。这对我的生活有帮助，不打扰我的生活，不折磨我，不令我痛苦，不使我分裂。这里有我，这里有森林，这里有一切。还需要什么呢？

厌倦了去光秃秃的森林，不想再看见它了。我安安稳稳地坐在护林所的木屋里。我的良心没有任何不安。相反，还有这样的感觉：如果我现在去森林，世界上就会发生不好的事情，如果留在家里——一切都会很好。怎么，难道我是森林的敌人？我不由自主、但并不太坚决地阻止自己。

我发现：当你经常在森林里走，日夜看它而腾不出空来看看你自己时，你就好像一件衣服在被慢慢穿旧，好像一把刀子在被慢慢磨钝，之前好像有很多个你，可现在什么也没剩下。如果这种状态一直持续下去，那么你将被削磨到完全消失。眼睛看一下树木，会变小。大脑想象一下森林，会变小。皮肤触摸森林，只是触摸森林，就会变薄。在森林里转上一个月，本来你还挺大，是自己正常的身高，可这时会变小。照一照镜子或看一看水洼，你什么也看不见：脑袋在哪里，腿在哪里，耳朵、鼻子、眼睛在哪里？你不仅看不见耳朵或鼻子，这还算一半的胜利，你不仅看不见脑袋，胳膊，大腿，这也还算正常，哪里没有没头没脑的人在世上漂流？没什么，他们不认为自己是孤儿，无依无靠，一无所有，相反，他们很高兴，认为自己很幸福，——在这方面你和别人没有区别。你看一眼自己，你却不在了，代替你的是空荡荡的地方。不过，这种情况却不能引起特别的不安。你身上哪儿也不刺痛，哪儿也不疼痛，心口也不酸痛。要是你不照镜子或看水洼，一点不安的影子都不会有。你像幻影，像微风，这也好。重要的是，你走路，你活着，你吃，你喝，你睡觉，你存在，至于怎样、以什么样的方式存在，这不重要。

但是难道可以连着一两天不看自己？这样过一两天可以，可时间长了不行。森林虽然不是宫廷里的大厅，也不是镶满了镜子的理发店，但是路上的水洼很多，特别是秋天时。尽管不想，但你还是看了这个，看那个。看一看，你的样子是否还好，棉背心是否端正，头发是否凌乱？你其实不是在看自己，我不是少女，不会瞪大眼睛看自己的影子，你只是在看水洼的时候，在里面看见了自己。清早，水洼躲开黑夜，横陈在路边，仿佛它们里面不是雨水，而是天上的甘露。当人们、野兽还没有到来，还没有打乱它们的宁静，往水洼里看就是一种享受。它们似乎既不歪曲、也不美化你的形象，可同时在它们里面你变得不一样，有点特别，漂亮。晚上我从来不会看水洼里的自己。一看你就会看见自己变成一个老头，要不就是坏蛋，——如果你能看见自己。可早晨你干净，清新，你身上没有坏品质，你被人爱，你爱所有人。还有什么能比这更美好！这是你能看见自己的时候。可如果看不见自己，而且不是一天、两天呢？如果按我的心意来，我愿意永远不去看自己的嘴脸，亲眼看到它并不能让我特别高兴，但有时需要感知自己，知道你存在，在这里，在此时，你还活着，你不是幽灵，不是影像，你也不是幻影，而是有血有肉的人，有你自己的、你独有的缺点、派头、习惯、笑容、步态、言谈、姿态、手势。当我死去，当这个世界上不再有我，那时我也没有怨言。我不在了，我消失了，我是什么样的人？什么样的也不是。但是在我还活着的时候，能够看见自己的脸对我来讲很重要，尽管它不会令任何人倾倒，我只想看见自己真实的样子，而不是小到像个虫子，像个影子或者不知道像什么。

这就是我坐在护林所里，逃避森林的原因。我看自己，仔细端详因为在各个林班奔走而变小的自己，把自己增大到自己的正常尺寸，一旦长大到限度，我就出发去森林。

我对自己的命运没什么可抱怨的，我是幸运儿还是不幸者？当然，我是幸运儿。人们会对我说，你算什么幸运儿，如果你所有最美好的年华、整个的青春时代都是在森林里度过的？你见过什么，你听过什么，你到过哪些别的国家？别的国家，我确实一个也没去过，但我还是听过和见过一些东西的。要知道，问题不在于在哪里见和听，而在于你见和听的内容。我听到过秋日黄昏里树叶在风中发出的声音，听到过夜雨敲打房顶的声音，听到过清晨鹬鸟在朝霞里的歌声和湖上响亮的蛙鸣，听到过田野里蟊斯的唧唧声和孤独松树的吱吱声、暴风雪的呼啸和溪流的絮语。我也见过足够多的白天，黑夜，霞光，和各种各样的美。而什么能比这一切更美好？哪些河流能与森林里流淌的那条河相媲美？哪些苍头燕雀比我的苍头燕雀唱得更纯净、更甜美，哪些青蛙比湖上的青蛙鸣叫得更响亮？在哪里能找到我在自己的林班所见的美景，在哪个意大利、西班牙能找到？美国能找到？恐怕世界上不存在这样的美国。

奇怪的是，我总是觉得我在保卫森林，爱惜它，关心它，为它做好事，可现在我觉得一切都不是这样的，我吗，的确是为森林做了些事，但主要的好事是它带给我的，它守卫我，关心我，保护我的居住地。我们中究竟是谁照料了谁——是我照料它，还是它照料我？我想，是它照料我。我曾经是，现在还是受森林照料的无助的孩子，森林照看它，喂养它，教育它，把它培养成人。要是我有什么好的东西，当然，如果有的话，所有这一切我都归功于森林。所有坏的东西都怪我自己。我的年龄越大，我在世上生活得越久，我对森林的感激之情越强烈。如果这感激之情继续发展下去，那么，我怕它会压死我。

在这里我见到了一切，听到了一切。所以我没有理由去外国、兴高采烈地四处观看死气沉沉的城市和古老的石头，这些我在我的森林里见到的够多了。过去没有，将来也不会有任何我在森林里找不到的东西。为什么我要拖着自己的速朽之躯去我多次去过的地方？去我自己的、而且是新的地方不更好吗？即使是去那些地方，那也是为了在那里见到自己的鸫鸟、苍头燕雀、柳莺，为了见见自己的松树和云杉，为了享受自己的风的清新，为了在那里见见自己的森林，是你养育了它，保护了它，是它养育了你，保护了你。

太平鸟落满了光秃秃的花楸树，抖抖身子，再次停在雨中。我没有偷懒，数了数它们，一共十六只。后来我在松树上又看见了两只小鸟。鸟儿们没什么可吃，今年花楸果没有收成，于是我想：它们在那里是吃饱了呢，还是饿着肚子？如果它们饿着肚子，那它们为什么不去寻找别的吃食？可如果说吃饱了，这有点奇怪和不可信。现在是早晨，而早晨我从来没见过吃饱的太平鸟——它们总是在忙着觅食。但是，看一眼它们就可以得出完全相反的结论，认为它们吃饱了，鸟儿们看上去稳重得体、慢条斯理，它们披着羽毛，显得很丰满、甚至肥胖，因此行动迟缓：你朝它们扔一块石头——它们动都不动一下。

一只乌鸦飞过，惊动了太平鸟群。它们立刻离开花楸树，不见了。花楸树轻轻地晃动了一下树枝，然后就静止不动了。它上面什么也没有了，什么也不会有了，除了轻盈的雨滴和春季来临之前沉重的雪。

以前我不明白，为什么秋天森林里变得越来越透明，越来越明亮，从来没注意、也没想过，可这时看了看，明白了：森林里的天空变大了。树上的叶子全都飘落了，绿色变少了——只有小草和齿菌丛还是绿的，——而天空很大。在有的幼林里，你抬头一看，看见的全是光秃秃的树枝和天空。而且，因为森林里透光的地方变多了，它，光，也变得更明亮、更耀眼了。看一看天空，它却不是蓝色的，像冬日常有的那样，而是灰白色的，蒙着一层薄雾，好像厌倦了夏天的炎热，不像一口井那样黑暗而深远，而是充满了光明，耀人眼目。它之所以外面充满了光明，是因为内里的光太多了。我也经常有这样的情形。我开心，因为开心，我会变得更开心。甚至最后我会开心到马上就要大哭起来。为什么痛哭上了？说起来可笑——因为笑。变得忧郁、愁闷、孤独，而且只有一个原因——因为此前过于开心。

如果我笑得不太多，我不会觉得不安，可如果我特别想笑，这时我心里会和笑一起产生痛苦，而且笑得越厉害，痛苦越强烈，会产生越来越可怕的想法：会出什么事吗？想阻止自己，让自己别笑，但谁愿意主动拒绝笑这种美味呢？想痛苦地、委屈地哭，像个被侮辱的人，被损害的人，一无所有，无人理解。可是没有这样的人。谁侮辱了我，谁损害了我，谁不理解我？大家都理解我。谁诅咒我？这样的人也找不到。

山雀饿着肚子，也许，它们被我惯坏了，一大早在木屋的窗边飞来飞去，探头探脑。吃惊，失望，气愤，不满，因为我没有给它们拿吃的。我刚起床，刚把额前的头发扒拉到一边，它们就在那里了，我只要挥挥手或者把脸贴在窗玻璃上，它们就突然从森林里飞出来，就像我从房间的黑暗中走出来一样，低下头，把头转来转去，东张西望，不停地打量我。它们不怀疑我不会喂它们，但是鸟儿的耐心不足，看一会，蹦跳一会，用眼睛往黑暗的窗口里盯一阵，什么也没盯到，就飞走了，又消失在某个地方，至于什么地方，谁也不知道。

我认为，我喂它们吃的，是在为它们做好事，而它们认为，它们在为我做好事，因为接受了我的礼物。我们之中到底谁是对的，我不准备去细究。只要有一只山雀吱吱地叫一声，告诉我它从我手里拿了吃的而让我倍感幸福，我就同意它的观点。万一它们确实以自己的光临让我幸福，而我固执地、只是由于愚蠢而认为我——是它们的恩人呢？当然，常理于我有利，——既然是我倾尽所有在喂它们，它们算什么恩人呢？看着吧，随着年龄的增长，上帝会让我开窍，赐予我智慧，我会豁然开朗，明白自己是错误的，行善者不是我而是它们。那时，我不会认为自己辩论失败，而会毫不惊异地说：您看，我是对的。

秋天就是秋天，但是时光流逝，秋天马上要过去，冬天的影子在前面某个地方晃动。它会是什么样的？现在我精力充沛，心情愉快，对我来讲没有困难，我什么也不怕。它会不会用自己的寒冷把我折磨垮，会不会用大雪把我的木屋掩埋？等待我的是不是严寒和暴风雪？可能是的。但是，我不想它们，也没想过。森林里是了不起的秋天，我以它为生。我甚至觉得，秋天会永远这样继续下去。但是，不管是幸运还是不幸，没有什么东西是原地不动的，秋天会结束，冬天会到来。如果我开始说起冬天，那么，显然已无需等它太久。土地还没有上冻，白天路上的水洼还会融化，有些叶子还孤零零地挂在枝头，赤杨和悬钩子丛还是绿色的，南飞越冬的鸟群还在田野里飞来飞去，今天你还能看见它们，明天它们可能就飞走了。早晨和夜里还经常下雨，中午的时候太阳就把它赶跑，天变得温暖，温暖到你可以只穿着夹克、不戴帽子到外面的台阶上待着，特别热的时候窗外的苍蝇都会活动起来，无精打采地嗡嗡叫。太阳虽然在加快自己的脚步，但还没有快到让我们想拖延它的程度，我们还能心平气和地接受迟到的朝霞、漫长的黑夜和提前到来的黄昏。土地还在享受夏天的温暖，无论如何不想变得僵冷，但它已经开始变凉了，虽是慢慢地，却不可阻挡，大自然中的一切也都在走向冬天。

暂时还没有任何冬天的痕迹，还看不到它的影子，没有雪，没有寒冷，没有酷寒，但是冬天已经开始了。它开始得无声无息，无影无形，而且它是首先从你心里开始的。如果有人问我：冬天从哪里开始？我会回答：它从人的心里开始。人啊，别在心里期待冬天，别为它的到来做准备，别说、别想冬天的风雪，这样大自然也会在人面前瑟缩而不派冬天降临。但庸庸碌碌的人不想冬天是没法生活的。对他来讲仅有夏天是不够的，仅有温暖、幸福是不够的。他还想体验不幸的感觉。于是，在他火热的心里就会产生寒冷，然后这寒冷会蔓延开去，推动整个宇宙的寒冷。

人们会对我说，一年四季是相互更替、轮流到来的，这是无论如何无法躲避的。当然，各个季节是存在的，因此以为由于寒冷在人心里会产生冬天的想法是可笑的。难道人对于大自然中发生的一切是有责任的？他不是主宰，至少也不是上帝，不会把一切的混乱和不完美都归罪于自己。但为什么人们还要责怪他在哪里杀害了什么人，毒害、消灭、烧毁、毁灭、砍掉了什么东西？那么我们在这里就不责怪他。我们还要说：亲爱的，再毁灭点别的东西吧。幸好，我们没这么说，希望以后也不会说。可是，说由于寒冷在人的心里会产生冬天——我们害怕说这个。我们似乎会因为这个被批评幼稚。让他们批评去吧，但是让他们爱护自己的心，把寒冷从心里面排挤出来，别给它留下来的机会。

我同意进行一项实验来证明我的正确。如果人们不想让冬天存在，那就让他们所有人都心脏火热，让生活在地球上所有人的心在这一刻都热烈地跳动。而如果真的会这样，如果地球上没有一个人心脏是冰冷的，那么我相信，夏天将永存。

我爱秋天，我欣赏过它的美，可现在我看不见美，于是我开始怀疑自己的爱。这是因为我感情过于丰富、心情过于激动。我说过：秋美女，聪明的秋天，说过千万句甜言蜜语，就像蛇为表白爱情竭力谄媚：亲爱的，好人儿，最美丽的，可爱的小秋天，小兔子。可现在我想说：傻瓜秋天，坏蛋，废物和别的更厉害的词，而且不管你说出怎样严重的骂人话来，都觉得不够。你发现，它的美——是个骗局，是峡谷，它恶劣而贫瘠，它既不温柔，又不温暖——只有阴险的沉默。当时我为什么夸奖它，为什么不停地对它说爱？由于愚蠢，由于天真，由于自己心地的单纯，也可能出于担心：说，我夸夸它，它就会向我展现最好的一面。可它没有。无论如何，我现在想，事情不在于它，而在于我。但为什么在于我？难道我是最高法官，想处死——就处死，想赦免——就赦免？我是不是太高看自己了？也许，不仅我身上有，也许，它身上也有某种恶，而我却像鹦鹉一样鼓噪：没有恶？我不能同意，不能相信秋天身上也有恶。我身上有恶，这我可以相信，而世界、秋天身上有恶——我不能相信。我是正确的吗？如果我有恶，那么它们就也有。世界上有些美好的东西，我身上也有，我身上有恶，世界上也有。

就是说，这个秋天没有恶，如果你骂它坏蛋、傻瓜，说它贫瘠，那么你这样不是在说它，而是在说你自己——你是坏蛋，你是傻瓜，你也是贫瘠的。不知为什么，我能很轻易地同意这一点，我还可以把自己说得更坏，但我不能把它想象成坏蛋。但是为什么不能，既然我在责骂它？我自己就是个傻瓜，笨蛋，蠢驴，木头疙瘩——我也骂自己。但是心里不想骂自己，所以你才骂别人。

一只乌鸦飞来了，当着我的面落在松树枝上，开始奋力清理起自己的喙。它用喙在粗糙的树干上划过，就像马刀在磨刀石上划过，一下，两下。我觉得，好像都有火花落下来了——它太用力了。看看我，又嗤，嗤！哪来这么大的劲啊？我好像没求它，没强迫它，而且松树枝也不是磨刀石。如此努力怎么能不着火呢！而这一切都源于它自己爱吵架的性格。刚在森林里某个地方觅食，飞到我这里来不过是为了告诉我它吃饱了。可我为什么要知道这个？你吃饱了还是饿着肚子，和我有什么关系？即使你腹中饥饿，我也不会喂你东西吃的。况且我这里什么也没有。难道要我从大腿上撕下一块肉来？我倒是也想撕。这时，乌鸦呱呱叫了一声，挥动翅膀，飞走了。

似乎，秋天已经令人厌倦，你说，冬天快点来吧，可奇妙的就在于尽管你想要冬天，尽管秋天已经让你厌烦，它却不管你的事。它就站在那里，一动不动，想站多久就站多久。你尽管去求它，尽管用拳头去打它——它不为所动，满不在乎，不屈不挠。可如果它稍微随和一点，会怎么样呢？任何一个急性子的人，像我这样的，都会说——走开，它就会走开。而另外一个人可能不喜欢这样，会反着说——来吧。它也会回来吗？它会听谁的呢？而且，总的来讲，它一定要听谁的吗？难道它自己做不了自己的主？难道它是个不理智的孩子，不能为自己负责？既自己做得了自己的主，又能为自己负责，它为什么要听从那些自以为是、不知脑子里想什么的人呢？很显然，它不应该听从。它也没这么做。既然如此，我们为什么还要没事找事？再者说，即使它不这么做，而是坚持自己，也可能在某一个瞬间，一个特别敏感或随便什么样的瞬间，它会突然意志薄弱起来，对请求者动恻隐之心而按照他的心意去做。它的心是女人心，柔软，富于同情。

如果一个善良的人不是出于恶意说让秋天走开，那我们的损失会很小，它抓住了自己的时间，剩下的白天不多了，可如果一个坏人要求回答，而且是为了做坏事呢？这时无论如何也不能向他妥协。这时，哪怕它的期限到了，冬天也该来了，那也得让它稍微等一等，拖延一天、一小时、一瞬间。不能让这个世界上因为坏人而发生坏事。我想，它也会这样做的。如果世界上发生坏事的话，那么它的发生不是由于秋天没有按时到来——它总是清楚地记得自己的期限，需要待多久就正好待多久，——而是由于别的原因。我知道，有些人怪罪它，说：如果不是秋天，如果它来得早点的话……好像，如果不是它，如果它来得早点，一切都会变好似的。可在我看来，造成灾祸的过错不在它。它诚实地、像个勇士那样承受着自己的苦难，但它一个人承受不来，人们也应该努力。

夜晚多云，看不见星星，而当你看不见星星，你会觉得你好像是待在一个盒子里，在一个什么罐子里，在盖子下面。无论空间多么大，待在罐子里的感觉总是不会消失。罐子就是罐子，哪怕它很大很大。只要天上出现一颗哪怕是暗淡的星星，感觉就会改变——你自由了。

有人说得很对，山雀两腮丰满。依我看，它们因为太贪吃而把食物都堵到两腮后面了，不过似乎这和食物也没有任何关系，它们两腮丰满是因为它们腮部的羽毛特别密实蓬松。但为什么它们的羽毛只有腮部密实蓬松，而腹部、后背、后脑勺不呢？比如像太阳鸟似的，——后脑勺上顶着一撮毛，腮部十分正常，谁也不会想到说太阳鸟腮部丰满。还有喜鹊。我说的可不是乌鸦。它们的腮部压根就看不见。可怜巴巴的,陷进去了,就像营养不良者的两腮。人们还说,乌鸦贪吃,永远吃不够,在污水坑里找到什么东西都往肚子里塞。可它们怎么能用这些五花八门的东西填饱肚子,如果它们两腮消瘦、塌陷? 其实它们什么都没吃,整天饿着肚子,可怜的家伙们。人们是出于嫉妒和误会才说它们贪吃的,而且还把它们叫做小偷。这哪有公理啊? 山雀——才是贪吃的家伙,才是小偷。它们整天从我的窗户上抠油灰,再有几天这样猖獗的活动,你看吧,它们就把所有的玻璃连同油灰一起都抠掉,我冬天就得冷屋子里蹲着了。趁着还不晚,真该拿根有很多节疤的木棍收拾它们一顿,免得它们这么不像话。怎么,我的木棍不够吗? 没拿着木棍追赶过山雀吗? 木棍也够,我也追赶过山雀,只是没有任何成果。如果谁知道怎么对付它们,应该让他传授一下经验,我拿它们没办法,已经出离愤怒了。

我碰见了一只松鼠,它已经做好了过冬准备,换了皮毛,原来是红褐色的,现在变成灰色的了,浅灰色。可我以前穿夏装,现在还是那样穿着。为什么这么不公平? 为什么松鼠冬天要换衣服,而我没衣服可换? 我一生气就要整个冬天都穿夏装,直到它从夏装变成冬装。难道我没有权利在冷天穿暖和点? 现在怎么办,难道我就得冻得牙齿打颤,像癞皮狗一样冻死在严寒中? 我也想被冻死、冻僵,为了证实一下每一根草芥也都有权利得到同情和温暖,可我怕会把森林变成孤儿。没有我谁来保护它? 松树? 它们自己的烦心事够多的了。

亲爱的朋友,你不应该枯坐,不应该凝思,而应该行动。我们坐得太久,也想得太久了。有时我坐得那么久,以至于在地上、在凳子上生根了。有时还有这样的情形:人们从我身边走过时发现不了我,以为他们眼前是一棵树或一根灌木,——我就是那样静静地、一动不动地坐着。而且我可以十分肯定地说,在这样的静坐中有自己的乐趣(虽然我现在不需要这种乐趣)。当你像这样无所作为地坐着时,不管你周围的世界是多么地沉静,它还是动态的,你用你的不作为迫使它运动。而还有什么比看见静止的世界在运动更有趣呢? 对所有人来讲,树是原地不动的,可对我来讲它在做环球旅行,而且它只剩很少的路就可以走到头了。相反,那些运动着的物体和物质这时却变成静止的了。

乌鸦在飞。但它只是在别人眼里在飞,在你眼里它是不动的,而是原地盘旋。你可以尽情地观看它,揣摩它,用手指碰它,数它尾巴上的羽毛,它什么地方也飞不去,什么地方也去不了,除非你自己想让它走。谁对森林感兴趣,谁想了解它的生活,谁就应该学会老老实实坐着不动。只有那样才能看出趴在路上不动的石头在飞翔,才能看清永远向远处奔跑的长脚秧鸡身上所有的细节。那时可以把挂在你鼻尖上的一颗雨滴分成很多部分,可以给被打死的鼹鼠的身体注入活力。

但是,当你坐得尽兴以后,就该活动起来,也不可能坐一辈子啊!于是你开始快速动作起来,快到之前运动着的世界都在你面前停下脚步,肃立不动了。

今天我曾在森林里奔跑,急着去第十二林班,看看那里是否一切正常。于是,一切都静止不动了。太阳、星星都放慢了自己奔跑的步伐,连时间也停滞了。自然,盗伐者也站着不动了;当我跑到他们身边时,他们站在那里一动也不敢动,不能逃跑,来不及砍树,直到我停下脚步,他们才逃之夭夭。我没去追他们。

如果有人令人遗憾地以为我想为自己歌功颂德,那他就大错特错了。毋庸赘言,我确实经常表扬自己,而且表扬比批评多,可难道我真的是在表扬自己,而且是为了表扬而表扬?我从来没有考虑过我自己,而且我羞于自我表扬。我算什么人,有资格夸耀自己的善行吗?我又有什么善行吗?如果我什么时候表扬一下自己,稍微炫耀一下自己,——哪个人不这样做呢,——那么,我表扬的是自己,突出的却不是自己,而是森林。我只关心和推崇它一个。从这个意义上可以大胆地说,我是不存在的。存在的只有森林,我既存在,又好像不存在。我之所以存在,是因为森林存在,而我不存在,是因为森林不存在。你就这样判断我是存在还是不存在吧。说实话,我个人如此卑微,我的追求如此渺小,所以我不怕贬低和伤害自己,我可以说我是不存在的,存在的只有森林。但是重大的机关、全部的秘密都在于既然森林存在,那就意味着我也存在。它自己也是这样想的,也是这样吩咐的,而既然它吩咐了,就不应该不服从。我不知道，也许我错了，也许我心高自傲，但我坚信，有我，也有森林，或更有甚者——只有我，而没有任何森林。

森林，森林！你无边无际，无法形容，神秘莫测！以我这低下的智商和微弱的才能我是否可以对你做出中肯的评价，不伤害你，也不贬损你？我是什么，你是什么，永恒的、光彩照人的、妙不可言的、了不起的森林？我怀着爱意胆怯地匍匐在你面前，注视着你，你就是我的生命，除你之外我一无所求。

细雨在飘洒，落在地上，松针吸饱了水分，水滴从白桦树黄色的树叶上流下来，湿漉漉的草地在脚下延伸，湿乎乎的枝条让人感到手和脸凉丝丝的。冷雨袭人，好想念家、茶、炉子，好想在窗边坐坐，让全身都干爽。你对我来讲意味着一切，无论是在雨中，还是在寒冷中。以前我不接受、不了解、不理睬、责骂你，气得发疯，孤独得要发疯。可我骂的是谁呢？是我自己。不接受的是谁呢？我自己。不理睬的是谁呢？我自己。你生长吧，开放吧，我的主人，我将不知疲倦地为你服务。我认为这是我在世界上的责任。

在我和低低的秋阳之间竖立着一棵光秃秃的树，它的枝条上挂着水珠，水珠银光闪闪，晶莹剔透，看上去又像粒粒果实。但它们当然不是果实。夜里下过雨，它冲刷、清洗了这棵树，然后落到地上，把一些雨滴留在树上，让它们自己蒸发、落地或飞散。水分都被大地吸收了，如果不是树上的雨滴，谁也不知道刚刚下过了一场雨。乌鸦可能知道，因为夜里被雨稍稍淋了一下，喜鹊也可能知道，但它们是什么样的知情者呢？睡得很沉，听不见夜雨声，早晨才醒来。的确，它们有眼睛，所以醒来后看看四周，可能看见树和树枝上的雨滴，因而想象出夜里下过雨。也可以想象，是雨特意把水珠留在树枝上，为了让人们知道夜里下过雨，我就猜到了！可它们上哪儿猜去！正因为猜不出来，它们才是乌鸦和喜鹊。唧唧喳喳，呱呱呱呱，无止无休——似乎在说，我们全都知道，可它们能知道什么呢，如果连夜里下过雨都不知道？

不过，我说得比较武断，有推测的成分。我不敢保证乌鸦和喜鹊确实不知道夜里下过雨。说不定它们也知道呢。说实在的，它们为什么应该不知道呢！难道它们是彻头彻尾的傻瓜，要不就是比你更少见到雨，雨对它们来讲是罕见的怪事? 你太自负了, 朋友, 还是给别人留点什么吧。给你们, 乌鸦和喜鹊, 把这个雨拿去吧, 尽管我不愿意和它分开, 你们还是把它拿走吧。

天气变短了, 太阳一天天变低, 似乎它马上就要掉到地面、草地上去, 将不在空中, 而是在草地上、在地面上漫游, 就像小马驹或淘气的小男孩, 同时它还将发热, 发光。我发现我在期待一个时刻, 在那个时刻它不是自上而下俯视我, 而是自下而上注视我的眼睛, 好像它能从中看出点什么来。太阳在上方——可以理解, 太阳在下方——不同寻常, 于是脑袋里会产生这样的想法, 不禁想到: 如果真有这样的事情发生会怎样呢? 但毫无疑问, 这没有什么特别有意思和特别好的地方。它真的会在下面发光? 可它为什么要在下面发光? 难道这样它更方便? 还是它能提供更多的热量, 或者它能够看透你的内心, 把它的阴暗角落都照出来? 你是不是对太阳要求得太多、而对自己没有任何要求呢? 如果你渴望照出自己内心的阴暗角落, 那你别指望太阳, 它只有在自己需要的时候才能照出来, 你应该指望自己。

不过, 天空中的太阳还是跑得越来越低, 好像你马上就能用手够到它似的。整个夏天它离你都很遥远, 挂在遥不可及的高处, 高得你经常看不见它, 可现在你越来越频繁地见到它, 它像微尘一样时时扑入你的眼睛。你会习惯它。夏天它亮得刺眼, 而现在你几乎可以泰然自若地看着它, 打量它, 而奔跑中的它就像飞行中的乌鸦和跳跃着的兔子一样唾手可得。真想拥抱它, 把头埋在它胸前, 可这事该怎么做?

我边走边想: 夏天——是一回事, 冬天——是另外一回事。夏天我起得早, 早晨五点, 可还是觉得晚了。你起来揉揉眼睛, 可鸟儿早已经清好了喉咙, 唱过了歌, 唱一阵子之后, 太阳才升起来, 微风从林间吹起, 花儿绽放, 无论在哪里、无论干什么, 它们都是第一的; 而你, 不管做什么, 都是第二的。现在, 秋天, 我七点起床, 起得晚, 可还是早。太阳也在你之后起来, 风儿也来得迟, 而小鸟还没做完最后一场梦。夏天天长, 怎么也过不去。傍晚时分, 你像一棵高草那样向大地弯下腰, 想快点上床睡觉, 腿已经走得太累了, 眼睛被亮光照够了, 什么也不想看到了, 只有心脏还得继续跳下去。你白天睡觉, 白天醒,大自然中似乎没有了黑夜,只有你身上那属于白天的精神抖擞。

如果一切都这么糟糕,你还高兴什么?你应该哭泣,为逝去的夏天而绝望地痛哭。我认为,所有的眼泪都是天空流出来的,甚至都是从我那里借去的。

夜里走在秋日的道路上,四周一片漆黑,你的心情就好像已经结束了自己的生命,正在迈向最后的门槛。两边都是树,在黑暗中依稀可辨,像狭窄的走廊,再走一点点——就完了,结束了,与自己的生命永别了。无关紧要的是你在这世界上生活了一百年还是二十年,你还剩多少时间可活,无论剩多少,都等于什么也不剩,剩下的只是走完最后这一段路——可能是一百米,可能是五十米,也可能迈出最后一步就死了。你一边走一边准备赴死。怎么准备?当然,不是像那些真正接近死亡的人那样。那些人害怕,他们不知道自己在走向何方,也不知道那里将会发生什么,他们想的是忏悔,摆脱自己的罪责,原谅别人,洁净地离开这个世界。而你不怕,你也不打算忏悔,你也不会去原谅敌人对你的伤害。你接受死亡,就好像你并没有死去,而还活着,但你是十分严肃地接受死亡的,就好像你真正地接受了它一样。当然,后来当你发现自己没死,你可能吃惊;当你看见原来那些青草、树木、木屋,听到乌鸦呱呱和松鸦唧喳,你可能高兴你还活着。但这不是主要的。主要的是你经历了死亡,你明白了它是存在的,你接受了它并且了解了它是怎么回事,因此对你来讲它并不可怕。它仍然是可怕的,只是没有从前那样可怕了,你从它身上不只看到了死亡,还看到了生命。

在森林最深处的岔路口,我遇见了一位老人。他问我:“走哪条路回家最好,这条,还是这条?”我问他:“你家在哪里?”——“在和平大街。”——“和平大街在哪里?”——“在广场旁边。”——“广场在哪里?”——“在纪念碑附近。”——“纪念碑在哪里?在哪个城市?”——“在和平大街”,等等等等。所有迹象表明,老人忘记了他的家在哪里。我给他解释说他不应该在森林里转悠,应该想办法到公路上去,那里有人,有车,到了那里他才能快点回到家。可他坚持说:“我知道往哪边走”,——并且还往森林里闯。晚上我在黑暗中往回走,看见枞树下有什么东西在动。我走近一看,原来躺着一个人。“是你吗，老爷子？"——"是我"。——"你怎么躺下了？"——"我累了，没劲走路了，后背疼，腿疼。"我拖着他往公路边走。他完全没有精神，冷得直发抖，根本不能走。他往地上坠。"我躺下休息一会。"我批评他说："老鬼，你怎么跑到林子里来了，你活够了？你简直要把我折腾死了！"拖到半道，再也拖不动了——我累了，而且他的腿根本不能动。况且把他拖到哪里去呢？自己家在哪他不知道，去我的护林所又太远。我再次问他："你家在哪里？"——"在和平大街"。——"和平大街在哪儿？"——"在纪念碑旁边。"——"纪念碑在哪儿？"——"在和平大街。"他还这样回答我，好像把我当成一个傻瓜——说，所有人都知道这条街，就你一个人不知道。我发疯了："在哪个城市？——我大声吼叫——在莫斯科？斯大林格勒？巴黎？"——"在和平大街"，——他回答道。我仔细地想：这个和平大街在哪里呢，这个老头住在哪里呢？可还得为他做点什么，也不能把他扔在森林里啊。我把他拖到了公路边，拦住了一辆小轿车。"送送老头"，——我对司机说。"送到哪？"——"和平大街"，我说，并等着司机说话。"请上车吧"，——他对老人说。他让老人上了车，然后他们就开走了。

　　一大早就飘着细雨，树上挂满了小小的水珠，因为这些水珠，森林里的光线很特别，有点湿润，潮乎乎的。走到一棵白桦树旁边，碰碰它，你会落满一身水珠——冷水浴，不舒服，可在旁人看来：既舒服，又开心。因为这是很难得的画面：每一棵树，每一根枝条，每一个小枝桠上都挂着水珠，而且闪闪发光。森林里找不到没有水珠的地方。森林还有什么时候是这样的？从来没有。或者极其罕见。下雨的时候雨滴夹在云杉、松树的针叶间是很常见的，雨滴挂在树枝上，弯向地面也是常见的，它们像苍蝇一样落满枝条，风吹日晒之下慢慢变干，就那样不等掉落、不等到达地面，就在空中融化，并把映在它们之中的世界、森林的形象传播到世界各地，这种情况也是常见的，一切都是常见的。但是像这样，整个森林都挂满了水珠，这种情况很少发生。森林里的水珠真多，以至于我觉得自己也变成了水珠。你要飞向哪里？你将落到哪里？你的痕迹会在哪里消失？你要反映怎样的世界？你挂在什么样的枝条上？是什么样的风和太阳将把你挥散？

当我的死期来临，我会出乎所有人意料地、无声无息地消失，人们会说：他刚才还在这，可现在没了，——让那些善良的人，我为数不多的男朋友、同志和女朋友们，不要过分惊异于我的消失，也不要以为我逃离了他们或者我的一些极其忠心的保护者和盗伐者把我拉走了，好埋在一个秘密的、便于祭奠的地方。但愿他们别报警，也别在我们地区四处向人打听有没有看见某某人的尸体。无论他们走多少地方，都不会有收获的。但在这种情况下我能跑到哪去呢？倘若在我短暂的一生中我做了哪怕一件小小的善事，我也可以指望以后还能复活，虽然，说实话，我不相信这个。但是就我现有的光辉业绩来看，我不仅很难指望上帝的慈悲，而且很难指望更平常的、尘世的——凡人的慈悲。

不过，如果这样的事情真的发生、而它也完全有可能发生的话，我会建议那些特别想要找到我的人，别去找我的遗骸、颅骨、尸骨和其它的什么骨灰，而要去找森林里的一株小松树，在我消失一两年或者三年之后。一年之后这株小松树未必能找得到，两年之后它也还小，在草丛中不会太显眼，而三年之后它已经很好看了。消失的我就是这株在我死后出现在森林里的小松树。简而言之：我，一个人，死后将变成一棵松树。

我预见到很多人会不高兴——他们会说，怎么会这样，人怎么会变成松树，这难道不是致命的错误和对人本质的小觑，为什么他不英勇地冲向高空，为什么他死后不想变成高于自己的东西，比如说，下辈子不当护林员，而当个英雄、智者、教师、学者，为什么偏偏喜欢这种低下的命运？这样贬低自己不羞愧吗？不耻辱吗？既羞愧，又耻辱。我会不假思索地痛斥胆敢不前进却后退、不追求伟大却追求渺小的每一个人。但是，我会变成松树这不是我的愿望，也不是我的错误。我更愿意在死后成为英雄、智者、诗人，我想不出世界上还有什么高于这个。我变成松树不是由于自己的执拗，不是由于我不想拥有伟大而想拥有渺小、想奔向宁静的港湾，而是，说来可笑，由于我过于爱森林了。凡是过分的东西都不好。好的东西都是适度的。我过于爱森林，我给它的心力和爱超出了应有的限度，损害了对别的事物的爱，比如对人们，所以它肯定为此而以这种方式来惩罚我。

因此，当某一天你们突然看不到我而我无声无息地消失了，请你们别找我，别挖地、别搜索沼泽、别深入森林和湖泊去寻找我的尸身——在那里你们找不到我，请你们去森林里找一株小松树。那才是我。

我经常听说、但从来也没有彻底明白什么是战胜自己。我觉得这是豪言壮语，我想象的胜利经常是体育方面的。一个人在往前跑，他很困难，他想停下来，躺在绿色的草地上休息休息，但他克服了这种想法，因而战胜了自己。运动员想战胜自己很简单：跑就行了，再没什么别的可说的了。可是别人，比如说护林员，该怎样战胜自己呢？这是可能的吗？多在森林里跑？可如果林业存在的意义仅仅在于一双腿，那么林保部门应该养一些快腿儿。但是如果问题不在于腿，那在于什么呢？在于对森林的爱。但怎样战胜自己的爱——这是全世界所有的智者都在毫无希望地为之绞尽脑汁的问题，我想，这个问题未必能得到解决。战胜自己的爱，这意味着什么？意味着你爱过，但现在不想再爱了，你要拒绝爱？但这是对神明的亵渎。意味着你厌倦了爱，却还继续爱着吗？但是爱森林不是劳动，而是休息，因此说厌倦对森林的爱纯粹是无知。意味着你爱森林，还想爱它更强烈一些？但难道爱可以分出多和少吗？爱只有一种——大爱，博爱，即使它是微不足道的。

夜美好、黑暗、潮湿。路上是冰和水。树叶飘落在黄色的雪地上。夜的空气激动人心。为什么？白天的空气从来没有像夜的空气这样让我心情激动过。即使它更强烈、更芳香，即使它唤醒了最温柔的情感，即使它曾经是、现在还是最激动人心、最美好的——夜的空气还是比白天的空气美好一千倍。有时我觉得这是因为黑暗，夜的黑暗。黑暗赋予夜一种特殊的气息。但难道黑暗能够给夜带来特殊的气息？难道黑暗是可以觉察的？我本人也曾经以为不是，但结果是可以觉察的，既然它如此容易被感知。令我激动的不是夜的黑暗——而是黑暗夜光的气息。我可以到外面的台阶上或板棚旁，到柴堆边，短暂地吸入这种空气，这时我的头就会眩晕起来。回到木屋里去经历黑夜，我

高兴它的到来，感受着它的感受，我自己也不断变成黑夜，直到变累了、进入
梦乡。

第三章

秋天迟到了。暖风从波罗的海袭来，在森林上空鸣响。已经是十一月了，已经该下第一场雪了，然后融化，然后再下，水洼应该蒙上厚厚一层冰，而别的东西都应该彻底冻透，雪橇蹚出的第一条路和第一场弱风雪、第一个严寒的早晨、冰冻的土地、向天空升腾的烟雾、云杉木柴快乐的噼啪声，都应该出现了，——到时候了，是冬天该来的时候了，我们为它的到来做了准备，也已经等得太久。可是，代替冬天的是漫长而暗淡的秋天。树木变黄的时期已经过去，树上已经没有了黄色，变得与你习以为常的不同，扑入眼帘的只有光秃秃的、黑色的树干和树枝，可一整个夏天它们在你眼前都披着绿装。光秃秃的、黑色的树枝，天上黑压压的云彩，黑色的、被雨水冲刷的土地，无论何时何地，举目望去，——上下、左右，——一切都是黑的，——使森林、秋天看上去灰暗、阴郁。

秋天庆祝完自己的壮美就到南方去了，它不在了，它身后拖着长长的回忆的影子。怎么，我不喜欢这个季节，我抱怨它、咒骂它，呼唤冬天快点到来？完全不是。我不会动一个手指来加速它的到来。每个人感觉不同，对这样的森林，我是既喜欢，又在心里怀着爱意和柔情。是的，森林里似乎没有什么东西是我不能接受的。连这个暗淡的秋天我也能接受。我爱它，我甚至对它说：等一等，别走。我悄悄地说，不让任何人听见。为什么我躲躲闪闪，难道是我对自己爱它感到不好意思？说实话，是不好意思。我知道，这样的秋天是不能爱的，这样的秋天谁也不爱，它有什么好爱的：蔓延的脏污、枯萎的草地、黄色的落叶，——这里既没有生命，也没有死亡，只有暴风雨来临前的混沌、寂静，一种不良的各行其是的局面——既没有溪流闪光，也没有鸟儿歌唱，只有乌鸦凄凉的呱呱叫声和喜鹊的唧喳声。这能让谁喜欢，能给谁带来喜悦和安慰？

但无论如何，既然它在，我就挽留它。我发现我有一种奇怪的感觉：不管世界上有什么东西，只要它是运动的，有时间、有开头、当然也有结尾，我就都挽留。夏天来过——我挽留夏天，现在是秋天——我挽留秋天，它似乎已经令人厌烦了，可我死不悔改，坚持挽留，每天、每时、每刻都在坚持。太阳在天空中滑行，我遗憾它的路程太短促。风吹过，我想把它留住。大雨如注，可它们也不会让我感到难过。我想催催它们，可它们能急着去哪里呢？它们比我更清楚自己的期限，我的催促不会改变什么。我的催促当然会改变什么，它会推动太阳，它会轻轻加快风的脚步，但它真的会推动吗，真的会加快吗？

　　如果有什么东西能迫使我在这个世界上生活，早晨叫我起床，那它既不是对一块面包的念想，也不是要买新靴子、厚帽子的想法，更不是对荣誉、成绩的虚荣追求，——我觉得，这一切都不是我的生活动力，我早就看透了它们的本质，因此，当我把我的生活道路想成通往荣誉之路时，我觉得很没意思。我觉得，我支配着一种截然相反的感情，我不敢承认自己有这种想法，但能模模糊糊地意识到它：一无所有——没有荣誉、没有成绩，贫穷、忍受赤贫和饥饿。我想写出来：我的生活动力是爱，在我看来一朵花的美比成箱的黄金更珍贵，——这一切都很好，很高贵，但不能解决基本问题。为了获得不幸而活着——这难道不是一种廉价的荒诞吗？又或许，这只是最初的感觉？

　　我不知道这究竟是怎么回事，但我可以说，把生命当成通向死亡之路的这种状态令我激动，我觉得其中有个秘密，这秘密令我高兴。有了这样的想法，死亡也不会让我觉得可憎、凶险和丑陋。我能很轻松地接受它。但这也不是全部，尽管已经不算少了。死去——不是一件太麻烦的事。大限一到，你就会死，不管你带着怎样的想法迎接死亡。你将过上圆满的生活，你会按照上苍的安排过完自己的一生，你不可能有比这更好的方式来度过它，你将在生命和死亡中同时经历双重的幸福，什么能比这更好？我什么时候这样思考问题呢？是那时候吗，当我饥饿地坐在护林所里，一块面包也没有、而我却希望没有这一块面包的时候？期望你已经拥有的东西——是不是更严重的错误？当我一块面包也没有地坐着时，我向往一块面包，这没什么不正常的。只有当我发现自己想面包强过想森林时，我才产生拒绝面包的愿望。而且我能很轻易地拒绝它。

我觉得自己是被当作牺牲的绵羊，我带着这样的感受生活，它令我不快，没有人乐意觉得自己是某人的牺牲品，我努力自我安慰：说，一点令人不快的东西都没有，这只是刚开始令人不快，继续深入之后，甚至会令人非常开心，因为命运给你安排了这样的境遇，你唯一希望的境遇。令我不快的只有一点——关于牺牲的想法使我不开心，否则一切都好。

为什么我确定自己是被当作牺牲的绵羊呢？是因为我把自己献给了秋天而看不到我和它友好分手的路口？我觉得自己善良、弱小、无助，我总是这样看待自己，并且害怕自己的无助，每个生物，甚至一棵小草，甚至一只无足轻重的蚂蚁，都比我强大——我就是这么弱小和无助。那么应该怎么说秋天呢？献身于它的同时，我就会死去，但是我会把生命交给森林。总之，我是一只被当作牺牲的绵羊，我不高兴被杀死。但这不会现在就发生吧，就在当前这一时刻？屋外会突然响起脚步声，门会被打开，一个人走进来，震耳欲聋地说：到时候了！——然后把我拖出去处决。木屋里很安静，谁也不会用鞋跟发出重重的响声，打开门，出现在门孔里，——只有雨水敲打着木板墙，还有老鼠在雪堆中发出吱吱的叫声，并且秋天还在继续，冬天也应该到来了。

因为大多数人生在城市，长在城市，并在那里死去，只有在极少的情况下才离开城市来到森林里，勉强能吸收一点清新空气，有的还吸不上，因为他们在远离树木、花儿、溪流、草地的地方，在电车、汽车、楼房、电气火车之间度过自己的一生；因为他们不能经常到大自然中去，或者不想去，而且离它越来越远，因此他们开始把松树当成某种稀奇的怪物，把蝴蝶当成天外来客，——真该找些人写书或画画向这些不幸的被抛弃者展现大自然的全部魅力；真应该让大自然经常亲自光顾一下城市，这事无须腼腆和自傲，这件事情十分重要，即使我是树木和小草，也得刻不容缓地思考：应该去还是不应该去；我肯定会不假思索地拔腿就走，而且像最后一个街头女郎那样，诱惑城里人，迷惑他们,用自己的美丽让他们头晕目眩,把他们抱在怀里,一个也不放走。

不幸的是,虽然大自然在奉献,在诱惑,展示并许诺献出自己的美,可人们还是不愿意走向它。他们忙于自己的事情,与它擦肩而过,却视而不见。大自然的价值确实已经降低到不被任何人需要的程度。这是人类从来也没有过的对神明的亵渎。他忙于创造人工的大自然,已经看不见天然的大自然——森林,高山,河流了。并为此付出了惨重的代价。难道他自己——不是森林,不是河流,不是高山?还是它想创造一个人工的自己?

当然,责怪树木和小草没有付出应有的努力去诱惑、迷惑人、展现自己的美很容易,但是它们这样做也是可以理解的。如果人们贬低它们或鄙视它们,如果人们不爱它们,如果它们的存在本身被当作一种错误,如果它们被驱逐和扼杀,那么它们还能去诱惑和迷惑人吗?我惊异,被人遗忘的它们何以至今还没有丧失精神,还没有灰心丧气,还没有变得面目丑陋,还没有失去对善的信心,它们何以如此仁慈、公正,何以不知疲倦地向还能欣赏它们的少数人释放着自己的美丽和芬芳,它们何以有勇气承受苦难和艰苦、永远年轻、永远美丽,何以花草还在春天开放、河水还在流淌、高山还在矗立、森林还在泛绿,何以绿色密林中夜莺的歌声还未停息?

谢谢你们,青草和树木,谢谢你们坚忍不拔的生命,如果没有你们,世上的一切早都化为乌有了!只是因为有了你们,这激动的、冲动的怪物——人——暂时还没有闯出大祸。我想,时候一到,胜利就会到来,人们会记得你们的劳动和自我牺牲,你们会变得更加美好,只是我不知道,你们还能不能变得比现在更加美好。

真想哭,真可怜自己和秋日的森林。但是,说实话,为什么要哭,为什么要心生怜悯?难道有人要毁灭森林,试图谋害你的生命?是在毁坏,是在图谋伤害。不,意图毁灭森林、谋害我生命的具体的人是不存在的,我不认识他们,如果我认识的话,我会和他们开诚布公地谈一谈,但有他们在,他们就住在附近,和我们呼吸同样的空气,一起吃饭、睡觉、说话,甚至爱自己、爱自己的妻子、儿女——这我知道。暂时看不到他们,无论我如何努力去寻找他们,我注定失败。暂时我能做的唯一一件事——是哭喊着告诉大家他们是存在的。但是，在这里，密林深处，谁能听到我的声音，听到又能怎样？

同时，当期限来临，他们就会出现，散播烈火和死亡。我不想惊动任何人，批评任何人。如果我能决定，我就爱所有的人，这世界上没有任何一件东西会被我漏掉。我清楚地知道：我的使命，我的根本——就是爱，此外我别无所求，爱并欣赏大自然、森林，我的爱虽然不能改变这个世界的面貌，不能让它回到从前，但这怎能是我的错？显然，我没有那么大的力量，显然，我没有自我感觉的那么善良、纯粹，而我的爱——也只是空话，显然它没有能力创造奇迹，在这个世界上造就幸福。但是我凭什么被赋予这么高的荣誉？难道我比别人聪明，或者高大，还是我的眼睛比邻人的漂亮？我不比别人聪明、高大，我的眼睛也是最常见的，棕色的。我也没有被赋予大爱，而只是被赋予对它的向往、与爱些微相似的情感，而爱本身并不曾在我身上驻留。

我不知道我心里的爱是什么样的，是伟大的，还是渺小的，能够创造奇迹，还是只能无力地哭泣，但它是存在的。就算它很渺小，那又怎样呢？它用不着拥抱整个世界，我不追求它的拥抱，我只需要它像晨露一样纯净，像白天一样美好，像春天一样快乐，像林间路一样没有尽头。要是它将来也和现在一样，我就会很满意。它存在，有，——我坚持。白天，从松树旁走过时我说：我爱。夜里，在田野边艰难前行时我仍然说：我爱。在河边停下脚步时我大声呼喊：我爱！我爱！我羞于说这个，而且嘴里就说一个词也不好，但我不想阻止自己，也无力控制自己。这是什么，狂躁，心火？难道我刚刚出世，看见了世界，爱上了它，可以为爱而死？不过，这也没有什么不好意思的，我不妨碍任何人，而如果我总是对青草和树木表白爱情，那么我想，它们会原谅我的固执。

很难对很多事情都怀有信心：对朋友、对妻子、对儿子、对荣誉、对财富，很难指望健康、成功，——它算什么？——它来了，又走了，你只能看见它而已。朋友算什么？今天他是朋友，明天会变成敌人。老师算什么？今天是老师，明天会变成学生。我只对一个东西有信心——那就是爱。如果一个人爱着，如果他爱过，世界上的任何力量都不会动摇它的认识：他在爱着。爱——是他唯一所能知道的东西。关于其它的一切他都只能去猜测。

昨天我第一次看见了红腹黑雀，今天夜里就出现了霜冻。早晨木屋的房顶上都是霜，小草也冻僵了，当你走在草地上，以前草儿柔软、易变形，你的脚感觉不到它们的存在，可现在它们坚硬、有力，脚上虽然穿着靴子还是觉得冷。黄色的、瘦弱的蒲公英在路旁的林边被冻僵。森林从来不缺少花儿。似乎，夏天早已结束，它们，鲜花，已经无处、无来由开放，没有了它们，这里还能看见什么？可它们还在。我看，它们在一年的任何季节都活着，寒冷不能妨碍它们。冬天它们也在，只是被埋在雪下看不见。

如果我现在就死去，在光天化日之下，不是被狼撕咬而死，也不是被秋天所杀，而是我自愿结束自己的生命，由于疾病或别的什么痛苦，躺在护林所里，在床上，孤独一人，人们会怎么说我？他们会说：他过得多么贫穷啊！死时也是多么贫穷啊！他甚至没有自己的家。这个人真是可怜和不幸。

我一边说这些一边想，我愿意死去，能够在贫穷中生活、又在贫穷中死去，孤独地，在护林所里，是我的幸福。当然，死的方式不可以选择，拥有财富、在别人和朋友的陪伴下死去，没什么不好，很多人都苦于积德，他们的人生旅途中有妥协，也有顺从，而我的旅途中只有任性和虚荣。这里当然有虚荣，但即使你放下它，我觉得我的死也是我的快乐。拥有荣誉、成功、财富，在家人的陪伴下，在自己的豪宅中死去——非常好。但是在不属于自己、而属于国家的木屋中死去，默默无闻，只有松树和白桦的陪伴，还有山雀或老乌鸦作为朋友和遗嘱见证人，它们肯听完你最后的话并为你合上眼睛，——这样的死法只可想象、不可强求，所以，万一它真的降临，赶紧抓住它的手（而且要抓紧些），别放松。

关于死说说还可以，谁也不愿意接受它。它到来的时候，我还没有准备好，我会说——我还年轻，我的岁月多么短暂！我的岁月确实不长，而且也不能拿死开玩笑。一个人召唤什么，什么就会来。可难道我在召唤死亡吗？难道没有它我活不了？我疯狂地爱它？热烈地爱它？打死我也不会想它的。任何人想想死亡都没有错，不过——它最好别找上我。但是这里我也不对，我想，一个人，特别是男人，不应该惧怕谈论死亡。不管它有多可怕，它的降临有多恐怖，还是应该有思想准备，它还从来没有放过任何一个人，也会轮到你的，它的到来不让你措手不及是件好事。

因为害怕活得太久而去死是愚蠢的，更蠢的——是因为意识到你不被任何人需要而去死。我觉得，而且我确信，一个人不会因为妻子、儿女、情人是不是需要他而死，他只会因为不被自己需要而死。他活着——意味着被自己需要。死去——就是不被需要。那么，就是说，我考虑死亡的问题是因为我不被自己需要？我也许不被自己需要，但是对于草地、森林，我还是有用的。

有时你戴上帽子，穿上短呢大衣，在木屋中站上一个小时、两个小时，你会觉得你好像不是在木屋里，而是在森林里。你在木屋里站着，却觉得自己在森林里，这是因为没人会穿着外衣站在屋里吗？我理解，你下班回来，从森林里回到家，在凳子上坐着，没脱外衣——这是另外一回事，这时你不脱外衣是因为你累了：你走得太久、白天太长、砍伐、做标记等等，等你回到家，手不能动，腿不能走路，你一整天没吃东西，被雨浇得透湿，所以实在不能动手开炉灶、换衣服、做点什么吃。

经常有这样的情况：不管多饿，你一回到家，立刻就上床睡觉。早晨起来，晚上躺下——似乎没有白天，只有一起一落，而它们之间闪动着树桩、大树、标记、斧头、道路的灰色影子。可早晨起来的时候，你精力充沛、生机勃勃、浑身都是力量，你肚子饱饱的，做好了工作准备。木屋里有什么东西在支撑着你？这我自己也不知道。要是我知道的话，我就不会说了。莫非你身上发生的一切、进行的一切，都需要解释？我理解，人身上的许多东西：包括他是怎么出生的、怎么死的，他的心脏怎么样，他的大脑由哪些细胞组成，都可以解释。如果愿意，大自然、森林的生命中很多东西——松树是什么，星星是什么，世界上有多少海洋，山有多高，——也可以破解。似乎，没有一件小事是人类解释不清楚的。人们会说，这是由于这个、这个原因，而这个是出于别的原因。听着这样的解释，我为人类的强大而高兴，惊异于认识的无止境，同时在想——难道大自然中就没有什么不能被破解的东西，难道大自然中的一切都是可以解释的？我并非人类智力的敌人，挡在进步与开化的路上，我举双手赞成进步与开化，只是偶尔我突然会觉得无趣，因为你想到世界上的一切都可以解释明白。于是我想，应该在大自然中找到一个哪怕是最微小的东西，很小、很小的东西，一条没有真正价值的、干巴巴的小虫子，一个看不见的颗粒，让人类想去了解它，却了解不了。为什么呢？为了心理平衡，还有，仍然是为了让大自然中有不可知的事物存在。

我是一个有小才的人，不可能像有些人那样才华横溢，我曾尝试以各种方式解释这一事实，但最终还是退缩了。我穿着外衣在木屋中站着的原因不甚明了。不过，有一种想法还是闯入心里。我觉得，我戴着帽子、穿着短呢大衣站在木屋里不是因为我懒得离开温暖干燥的木屋到外面的泥泞和寒冷中去——这种粗浅的解释我是从来也不允许的，——我觉得，我穿外衣站着是因为有一项别的工作在等我，而那不是我今天应该完成的工作。也许，需要在泥地里走，也需要挥动斧头，但这都要在另外一个地方做，用不同的方式，总的来讲要做得像什么也没做一样。这就是我一动不动、站一两个小时的原因，时间不知不觉地过去，一天也不知不觉地过去。双腿没湿，双臂没酸，傍晚时你干够了活，回到自己的护林所，脱去外衣，做饭，疲倦地上床睡觉。

第二场雪。第一场雪是几天前下的。它刚落在冰冻的大地上，就开始了解冻天气，雪就全化了。不管秋天如何拖延，冬天还是近在眼前了。什么也阻挡不了它的到来。不过，如果你问我现在外面是什么季节——是秋天，还是冬天，我回答不上来。回答倒是也能回答，我可以说——是冬天，也可以说——是秋天，而且怎么说都对，但同时也都不对。因为我没有一个准确的概念。这就是天气反常的时候！你一会说是这个，一会说是另外一个，你在两者之间徘徊，但你不能确定说是某一个。如果你说是冬天，可现在还不是冬天的时候。虽然下过雪，但雪却存不住，也不知道它会存留几天，——或许一天、两天。没有寒冷，没有酷寒。天气温暖，有雨，雨很冷，而且似乎无始无终。如果你说这是秋天，但这究竟算什么秋天呢？叶子早就从树上飘落了，落到地上了，树木都光秃秃的。白天很短，天刚亮——就要黑了。早晨和夜晚都会从北方刮来寒气,冷到你的心里。

这样的反常天气让我高兴,还是害怕?既不让我高兴,也不让我害怕,因为尽管非常愿意,我却改变不了这一规律。而确定性是必需的,因为没有什么比不确定、不明确的东西更糟了。天气不确定,于是你也不能确定自己。你是什么样的——高,矮,一只眼睛斜视?不管你是高,还是矮,甚或一只眼睛斜视——这些你都能确定,不需要大的学问,要是你不能确定——你就照照镜子,它会告诉你的。可你是善良,还是凶恶——这个没法确定。哪里能找到一面镜子,照出真实的你?

我觉得,人不会失去任何东西,却能获得一切。他既不会失去童年,也不会失去健康、春天、心爱的姑娘、生命。他却能获得老年、疾病、秋天、离别、死亡。一个人的损失,——这都是爱说漂亮话的人想出来的,因为他们无事可做。这个人,他没有那么可怜,他不会失去和哭泣。却在获得,并像个富人那样,不断地增其所有,而且,失去的越多,得到的越多。现在我失去了秋天,可难道我真的失去了它吗?难道它离我而去,永远不再回来?难道它不会送给我最后一吻?它也可能不回来。我想,这是我最后一个秋天了,但它不是我失去的,而是我得到的。我找到了它,我为有它而高兴。而它,即使已经走了,却也没有离开我一点点。别了,秋天,你好!我不说:你好,冬天。而说:你好,秋天。同样,我不说:你好,春天!却说:你好,冬天。不,在这个世界上人什么也不会失去——连一根细小的头发和一个剪掉的指甲也不会失去。不管怎么说,别了,秋天!

唯一让我感到遗憾的是,死后我就不能保卫森林了。而且关于我的回忆也会很快消失。新的护林员会来到护林所,他对森林不会比我爱的少。也许不会少,但不会像我一样爱它。我觉得,只有我的爱才是真正的爱,其它的爱尽管不错,但也不能算好。但内心里有个声音告诉我,我是错误的。当我自吹自擂、自以为无可替代时,我是错误的,——这个连小孩子都明白。我这样说与其说是由于自己的高尚、伟大,不如说是由于自己的渺小。当我为自己终将死去而遗憾时,我是错误的。我的心能感觉到,我可以平静地生活,而没有对死亡的遗憾。这不是因为对死亡不感到遗憾，而是应该这样。至于回忆，难道它真的很快会烟消云散，像我的肉体一样化为乌有吗？它可能会化为乌有，如烟云消散，但是能消散到哪里去呢？世界上那个能够收留关于我们的回忆的地方在哪里呢？回忆不可能只藏在书里或人们的心中。无论它在哪里流浪，都不会绕过森林、高山、田野。而森林的记忆力非常好，秋天时落下的一片叶子，也会被铭记不忘。

你与森林彼此交融，很难分清哪里是你，哪里是森林，其实也没有区分的必要。人们说：他溶化在大自然中了。这是一种没有经过深思熟虑的、不够准确的表达。既然已经溶化了，那你在哪里？（其实）你没有溶化，你还在，而且由于自己的本性而变得僵硬，这本性全部属于你，它如此明显，它与森林平等存在，不是只有你，也不是只有森林，森林不像你以为的、和从前曾经发生过的那样，没有你、避开你而存在，而是与你共同生活，爱得像一个人，就像生活在一起的丈夫与妻子、相爱的男人与女人、天空与大地、溪流与岸、白天与黑夜，太阳与月亮。我在说什么？森林在悄悄地说什么？森林在低语，这也是我在说话。我在说话，这也是森林在低语。这时，能够把我和森林区分开来吗？我觉得，这只会白费力气。我们如此热烈地拥抱在一起，要想把我们分开，只能杀死其中的一个。我们就是年轻的人们、丈夫和妻子们传说并向往的那一对，互为另一半的两个人。我的另一半——是森林，是爱把我和森林连结在一起，我很高兴找到了自己的另一半。

这样的选择也许会引起某些人的惊异或反感，还会吓着另外一些人：他和森林——这算什么一对啊？可在我和森林的关系里我看到的是和平与快乐，因此我不觉得这有什么不好。天空与大地，男人与女人，他与她——谁找到谁做自己的另一半，真的那么重要吗？重要的是找到了她，爱她，无尽欢喜，虽然也有痛苦。

不，不一定要沉醉于大自然，但是应该在森林里、大山上游走、寻找美丽的地方，在树丛中忍受蚊虫的叮咬，等待欣赏朝霞的火焰。这种亲眼观看的方法非常好，而且简单，哪一个热爱大自然的人没有老老实实地采用过这种方式、把背包往肩上一背，去遥远的河边、湖畔住上一两天，享受宁静、黄昏、夜晚的星星、篝火的光和热？我也曾不止一次这样做过，不过说实话，这对我没有任何用处：一个长年住在森林里、而不是偶尔疾驰而入森林的人，没有必要去寻找什么独特的美——它们会自己追到你身边，哪怕你不愿意。那么多人为自己开发森林、海洋、高山，只是因为他们在那里发现了令他们心神激荡的风景，遇到了唯一一个看了之后不可能不爱的地方。这样的发现造就了多少诗人，艺术家，热爱、珍惜、崇拜故土的人——而他们曾经什么也不是，他们的内心曾经冷酷而空虚。

我不反对这样的观看方法，对之只有欢迎，但我还知道另外一种观看大自然并点燃对大自然之爱的火花的方法，如果我说起它，那不是为了贬低第一种，而是为了说出第二种，不知什么原因人们总是忘记后者。

它的实质正相反：寻找最不美丽和最没意思的地方，要不就把自己关在没有窗户的木屋里或城市里一个黑暗的房间中，后者的窗户靠着隔壁楼房的外墙，然后想象森林。不过，森林自己就会出现在你的想象中，无须唤起。只要在这样的房间中坐上一天、两天、三天，听听胶合板隔墙那边邻居的喊声、街上汽车和电车的沙沙声、收音机里爵士乐的吼声和电视上交响乐团的演奏——森林、寂静、舒适的河边浴场、松树、田野里的白桦树、林间小路旁的两株甘菊、温暖的夏日黄昏、空中的小燕子、井边的螽斯就都会出现在你的耳边、眼前，而且它们不像某些虚无缥缈的幻象，而是清晰可见、真真切切，与你童年时或几年前见过的一模一样。但是，童年见到它们时，你却没有注意过它们，如果现在不坐在房间里，你也可能根本不会想起它们来，可能不会爱上它们，谁知道呢。可现在它们如此风情万种地出现在你面前，你确定地知道，没有这个接骨木树丛（尽管之前你曾上千次从它旁边走过）或者黄色的甘菊你将无法生活。

人们会对我说，为了发现好的而去寻找不好的——这是不是自虐，这是不是有点傻？傻的成分或许有，但我会这样想：有那么多人在生活中从来不去森林，不去追寻美丽的地方，那就是说，他们的生活中没有对森林、对大自然的爱,如此一来就产生这样一个问题:我们亲身体验另一种方式有什么不好呢?因为我们将不是为了恶、而是为了善去努力。但从另一方面讲,让人们远离绿色、森林、河流、鲜花、光明、鸟儿的歌唱,把他们驱赶到狭窄、阴暗的小屋里,唯一的目的却是让他们于黑暗中坐累之后想念美丽的大自然、想象它并唤起对它的狂热而炽烈的爱——这算什么善呢?谁能向我们保证事情一定会这样,而不是别的样子?万一被驱赶到这些令人窒息的小屋中的人们习惯了黑暗和狭窄及其它一切的不便,离开森林后彻底忘记了森林、不给留下从前关于它的任何记忆、而爱上了自己的禁闭室呢?一切皆有可能,一切都可能发生。

　　森林马上就要入睡、死去,大地即将被寒冷封锁,可我想活着,而且要快点,再快点。我似乎从来没有这么迫切地想活着。好像生命在此之前一直沉睡,而现在苏醒过来了。夏天时我还生活得逍遥自在,好像我身后不是那么多年的光阴,而是永恒,我不慌不忙,对时间视而不见,睡了一天——也不可惜:一天的时间在茫茫历史长河中算得了什么?——而现在,虽然我吝惜每个小时,还是没有空闲时间,什么都来不及做。可从前,不论我干多少活,一切都保留了下来。那么,是那种状态不好,还是这种状态不好?我想,这两种状态都很好,哪一种我都不想指责。以前不慌不忙地活着,这也有自己的理由,现在我变得匆匆忙忙。是我改变了吗?我想不是。表面上看好像是变了,开始着急了,可内心里还是原来的样子。是什么样子呢?不慌不忙的。可从前表面上不慌不忙,心里却急着呢。也可以这样说:我现在是不慌不忙地匆匆忙忙,以前是匆匆忙忙地不慌不忙。

　　我现在面临着最严峻的考验,那就是:生活枯燥而无趣。我这个年龄应该见识的一切我好像都见识了:该爱的爱过了,能做的做到了。可能,我耗尽了我的精力、过完了我该过的白天,也可能,这一切都微不足道,我还需要生活和工作?但我怎么会如此烦恼?我像个百岁老人,似乎什么都知道,什么都见识了。我想生活,想工作,但是经常会没有精力;有精力工作,就没有精力生活。生活的愿望越强烈,留给生活的精力就越少。活着并对生活感到欣喜——这个连傻瓜都能做到,可你试试在没有生活愿望的情况下过一阵子。说起来很容易: 不对。是的, 不对, 但是我有什么办法, 又不是我自己想要不爱生活, 不是我自己自寻烦恼。我在与烦恼作斗争, 想把它从我身边赶跑。可它总是悄悄来到我身边。

我不是在思考生活的目的和意义。我在祈求上帝, 在我还活着的时候赐给我对生活的兴趣。

我看着窗外一抹寒冷的天色, 没来由地对它感到高兴。我不知道我对这一天的欣赏、喜悦什么时候是尽头, 在哪里戛然而止。可我越是欣喜, 就越是觉得恐惧。显然, 人并不是无穷无尽、无止无休的生物, 也不是无底洞, 不怕被没完没了地泼水, 对吧? 洞确实是无底的, 问题就在于——你能干什么, 你是什么样的"洞"? 有的人可能少饮几口就死掉了。别的人可能刚吸收一点就受不了了。也有这样的时候: 人们虽然在汲取, 可汲取对他们没有好处, 他们并没有因这美酒而变好, 却变坏了。只有很少的人才能得到应该得到的东西: 既汲取了, 又心情愉快。我暂时属于第一阶段中的一员。这一阶段的人们既想死, 又怕死。他们能汲取到, 他们有这个命, 也会得到应该得到的, 但是这一切没有恐惧是不行的。确切地说, 因为恐惧, 才开心、才有趣, 而且尝一尝这饮品也是一种诱惑。喝下它, 接受你的命运吧!

初秋时, 我也很痛苦, 但是没有绝望, 也没有不想活着的欲望。我忍耐着, 我觉得, 我背着十字架, 而且能一直把它背到自己生命的尽头。现在痛苦消失了, 生活变轻松了, 我却说: 我不想活着, 我没有活着的力气和精力。怎样做才能重新点燃生活的欲望呢? 再次痛苦, 再次想死? 可如果我现在想死的话, 我就会彻底死去, 真正地死去, 我的肉体会从这个世界消失。而我暂时还不想这样死。我说的是: 我会死的, 但暂时还没到我的死期。真蠢, 我哪里知道我的死期呢? 说不定, 它正好今天就到了呢? 不, 还没到。我是想工作, 想暂时活着吗? 是。那就是说, 死期还未到。当它真正到来时, 我不会逃避, 也不会请求它拖延, 而是会像接受今天一样接受它, 把它当作应该的东西, 但现在这个白天还没有到来。

怎么才能想活着, 怎样才能让自己爱上生活呢? 我自己回答自己: 活着并不提愚蠢的问题。这里没有捷径，道路只有一条——能怎么活着就怎么活着。对一切都应该这样看待：我接受生活，但不会抱住它不放。确切地说，就是我平等对待生与死，而且平静接受降临到我身上的一切。我心中因不想活着而产生的绝望和不想活着的愿望本身来自于巨大的能量，来自于想要活着的强烈愿望。既然这样，那么还有什么可焦急的，还有什么可绝望的？一切都好，一切都在路上，让我们继续向前。

森林中宁静而无声。正值冬天，树上没有叶子，树枝全都光秃秃的，这给人一种严酷和无助的感觉。北风会吹起，自北向南、自东向西穿过整个森林——无论在哪里它都没有任何阻挡，像在管道中吹过一样。只在有松树的地方，可能停下来，打旋儿。我喜欢在刮风的时候在森林里散步，那感觉就像在风帆下面，你好像不是在陆地上，而是在海洋里。你一会儿偏向左，一会儿偏向右——改变着戗风方向，而风力很大，凉爽得令人陶醉。（有时候）风把你甩到一边，就像揉面团一样，没把你撞死就算幸运。可你还是感到高兴——谢谢，亲爱的。它轻轻碰一下你的额头，稍稍爱抚一下——你也很高兴。它直接吹向你的胸膛，好像在阻止你进入一扇神秘的门，而你在挣脱——这时你对它也没有怨恨。而如果它抓住你的后背，就像拉起女孩子白净的双手——这时你除了感激，不知道说什么好。你飞过树木，衣襟碰到树丛，你在树干之间灵巧地躲闪。如果你腿蹬累了，就随便找一株白桦树，靠着它休息。而风还在继续磨练你，刮得越来越猛。它会把你带到森林的最南端，就好像带走一片树叶。但一切都有结局，风也有结束的时候。它飘走了，而你扶着白桦树留下来。森林中的任何东西都不能阻止它，可你却在途中碰到了一株幸运的白桦树。

昨天我还在哭诉、痛苦，可今天早晨起来我就开始想活着，忘记了昨天的烦恼，似乎它从来也没有发生过，它毫无根据，是凭空臆造的，只是雷雨的一个影子，像远处的乌云，在提醒你一切都不是那么容易、逃避死亡也并不简单。

但今天为什么要想到死？我不愿意想，对我来讲死亡并不存在。看见灰色的、阴暗的天空，我爱它，今天看见了，明天、后天还能看见，看见光秃秃的、沉睡的森林，我很高兴，而它也不会让我产生任何悲伤的、不愉快的感情和想法，看见路上冰冻的水洼，我也很高兴，看见它们就意味着我高兴，并且准备给它们每个都唱一首热情洋溢的歌。早晨人的感觉很强烈，可能，到中午的时候感觉应该变弱，可我更强烈地爱中午，因此对晚上我已经心有余而力不足，想爱不能爱了。树还是原来的样子，色彩也还是单调的，灰色的，风景也一样——晚上没有任何新的东西：还是那条路，还是那片森林、那个山坡、那座木屋、那棵路边的松树，还是那只乌鸦停在阳光下、等我提着脏水桶从木屋里出来，还是那样的黄昏来临，这一切我都看过太多次了，可它们总是让我激动不已，每次看见它们我都有新的感觉。

这是一种奇怪的感觉。它有时非常强烈，让人无法忍受。当你觉得有这种感觉时，其实你已经在失去它，抛开它、想办法打断它，可能用一句话，可能大踏步向前走，可能换换地方，也可能唱一首歌。可当你体验到这种感觉的时候，它并不让你感到苦闷，它好像在迸发，你完全不会去躲避它，而是说——让它迸发吧……这种强烈的感受是什么呢？应该把它叫做什么呢？我把它叫做爱。不过我也认为这可能不是爱，而是别的情感。但如果这不是爱，那这又是什么呢？我能感受到这片森林，我和它生活在一起，我时刻准备着为了它而牺牲自己，我爱它，我不厌烦它，我能够一连几个小时地看着它，没有它我会寂寞，和它在一起我会很幸福，而且只有和它在一起我才觉得幸福，——这不是爱又是什么？我找不到别的词来形容这种感情。

我们的爱在哪里？它藏在什么地方？它在森林中，藏在树丛里。它胆怯，像野兽，它活泼，像早晨的山雀，它执着，像松树的绿色，它坚定，像日夜的交替，——没有它我们真的无法生活，我们多么努力地追求它，多么精心地呵护它、照料它！我们呵护着自己的爱，胜过爱森林，它也在呵护着我们。它藏在森林之中。要想找到它，需要到森林里去。人们会问我：应该在哪些林间小路上寻找它？我会说：在最美丽的小路上。应该在哪些草地上寻找它？在最柔软的草地上。应该在什么树林中寻找它：松树林，白桦林，还是云杉林？在最令人愉快的树林中。应该在什么时候寻找它？在怦然心动的时刻。怎么，难道它像苹果或梨子那样挂在树上、需要把它摘下来, 或者它开着鲜艳的红花? 它像果实或花朵一样挂在枝头, 如果有谁喜欢, 它就会像松鼠一样跳过来, 否则就会像乌鸦一样叫起来, 它会像一条条蛇或一个小树桩, 出现在喜爱它的人面前——重要的只是需要去寻找它。怎么, 每个在森林里游荡的人都能找到它吗? 每个去寻找的人都能找到。然后他该拿它怎么办呢? 像闻一朵花一样闻它, 还是品尝它的味道? 既闻它的气息, 也品尝它的味道, 还会想到一些别的办法。那么为什么人们还不到森林里去, 不去寻找, 而在叹息——说, 不, 没有它, 它绕过去了? 他们也去森林里, 也在寻找, 只是找不到而已。因为这粒果实很难找, 不是每个人都能找到它。怎么, 别人没找到, 而你却找到了? 我说的不是我找到了, 而是我在寻找, 并且相信我能够找到它。

第二部　春

第一章

我觉得，我全部的痛苦在于我被说服或我自己确信我什么也不是，我很渺小，各方面都很糟糕，以至于我害怕自己，觉得自己愚钝、无能——只有别人是出色的。我的森林不好，我的白天不好，我的嘴巴、头发也都不好。只要是属于我的，都毫无用处。如果我身边有一个护林员，哪怕他跟我一样，甚至还不如我，我也觉得他是最完美的。

明白自己很难，斗胆说出你是谁、你是什么样的，更难。现在我说，我贬低自己，这不好，我不喜欢，可一个小时之后我将吹捧自己，我将激动地宣称我是世界上最出色的人，我还会觉得，这也是不好的。应该找到一种尺度，使人既不抬高自己，也不贬低自己，而是踏踏实实地活着，像一棵树或一个白天。难道白天也有这样的疏漏，导致它有时踮脚，有时屈膝？我渺小，还是伟大？要是我一点都不关心这个问题多好，否则还可能想到，由于这个问题：我是渺小，还是伟大，世界都会毁灭。但是，人显然不能不想他是渺小、还是伟大的问题。他可能这样想，他也可能那样想，他的观点可能急剧变化，无论如何不能固定下来。为什么会发生这样的情况？这是由于我不信任自己，由于我把森林和自己都一分为二并不断地交替成为两者之一？要不就是我只是一个小护林员，而森林却很伟大？要不就是我很伟大，而森林却是渺小的？我既不想做一个小护林员，也不想成为伟人。我想成为我自己，但是，如果我眼前是森林，而它既伟大、又渺小，我怎样才能成为我自己？森林是伟大的，这只是一种感觉，有时它也可以缩小到与几家合住住宅里的一个房间一般大。但那时它也是伟大的。那么我也既伟大，又渺小？渺小感是从哪里来的呢？不是森林诞生了它吗？不是我自己的思索催生了它吗？

开始，我像一张白纸，不好不坏，不大不小，不黑不白。后来，我的一切都偏离了方向,于是我变得既大又小,既黑又白。再后来,我变得只剩下小、坏和黑。不过,事情还会发展到我变得只剩下伟大和美好,像上帝一样。但结果也可能是:我变得坏和黑。

冬天带给我智慧,它向我提问题,迫使我思索。它使我变得渺小?还是相反,使我变得高大?我有点害怕,我不好,我不满意自己,我——很渺小。只有森林会给我安慰。冬天夺去我的一半,带走伟大,留下渺小,因此我才变得渺小?我什么也不知道,我只知道冬天把这些问题带给我,而我想得到它们的答案。

树枝从雪的重压下解脱出来,晃动了一下,而我还以为它是被我吓得颤抖了一下。但是,我看见雪落下去了,就是说,它轻松地晃动了一下。但我走近它的时候,脸上表情十分严肃,更重要的是我的心情也十分沉重,它不可能不被我吓着。确定了它是由于雪的重压和我的惊吓而晃动之后,我才安下心来。

我看不见森林不是因为眼瞎,而是因为森林根本不看我,因为它不喜欢我。或许是它觉得我有什么可疑的地方,或许是我的长相不符合它的心意:鼻子不直,头发稀少,眼睛颜色不对。所以它不理睬我。可为什么不理睬我?你看,我自己知道我不是美男子,但我也不是丑八怪!腿不瘸,眼不瞎,背不驼。可假如我真的瘸腿、驼背,难道就可以不理睬我了吗?这好像有点不善良。也许,我在它面前犯了什么错,它以此来惩罚我的罪过?这样也是可能的,可那么一来我该怎样知道我犯了什么错?我犯的错太多了,我不可能赎完所有的罪,那怎么,我要这样不见森林地活下去,它也要一直躲着我,像第一美女一样高不可攀、冷淡傲慢?

我不想活着不是由于生活纠纷,也不是由于寒冷和冬天。还在少不更事的时候,我就想活着,可现在忽然产生了不想活着的想法。现在凡是来到我身边的都将是双重的:生命产生死亡,美产生丑,善产生恶,柔情产生残酷。我只能肯定一点——与森林在一起的愿望,这是不可改变的。而且,请记住:如果你心情悲痛,这不是因为你不好,不是因为你无用,不是因为你没有精力,相反,你充满力量,你精力充沛,你十分优秀。你总有一种东西是超越好与不好，想与不想的。这究竟是什么，我不知道，可以说，我甚至感觉不到它、不相信它存在，经常会忘记它，但是它的确存在。

为什么会有人自杀呢？是因为不想活了吗？完全不对。这是由于想活着的强烈愿望，令人痛苦的、无法消除的、不容拖延的强烈愿望。但是它们不适于生存。就是说，苦闷、不想活着是错误的，这只是一种感觉，——实际上错误的是对活着的渴望。想活着不对，不想活着也不对。一个人渴望活着，就等于杀人或自杀。

森林、草地渴望活着，因此在春天到来之前它们就杀死了自己。我只实施了最小的、也可能是必须的恶，但我没有别的路可走。我说的不是生理上的杀人，而是精神上的重生。但难道我重生了吗？我变得和以前不一样了吗？

我和死亡，哪个更厉害？哪个将是胜利者？如果我被它战胜，我该做什么？抱怨命苦、哭泣、哀叹？在春天到来之前，像行尸走肉一般活着，不去感受大自然、生命和森林？唉，唉，我真痛苦！我对自己不满意。但是也满意。为什么？因为我清楚，我已经死了，不管怎么样也接受了自己的死亡并不做反抗，这已经够多的了。现在我和它的斗争要容易一些。主要的困难不在于你不能战胜死亡，能够战胜死亡的那种力量是有的。困难不在于有的力量不受人支配，而在于不知道这是什么力量，你看不见它。可如果你能说出这是什么力量，那你就可以认为你征服了它。

现在我活着，而我曾经死去。我觉得自己没有生气、压抑、拘束、封闭，还有其他一些不好的状态，但我把这归因于生命，而不是死亡。我不敢把这归因于死亡。我想，——如果你把它归因于死亡，就是自己杀了自己。我曾追问生命：这是为什么？当然，它没有给过我任何回答。如果生命给了我回答，那就更加奇怪了。我问的不是它，而是死亡。它不回答我，于是我就开始失望，不仅对自己，也对生命。这时我突然产生这样的想法：我这个傻瓜，在干什么啊，在给谁提问题啊？因为我问错对象了，应该问死亡、而不是问生命，死亡会告诉你一切。而且很准确。我刚问完，它马上就给了我答案。

可以认为，冬天现在才来到我身边，而此前我一直处于秋天的统治之下。我差点死了。我想，现在我暂时还是奄奄一息。我究竟什么时候能彻底死去呢？春天？那冬天会是我生命慢慢逝去的时候，是生命的秋天？在这种情况下可以这样说：我似乎过着一种被放慢了速度的生活，在延缓到达一个期限的时日。森林里是秋天时，我过的是夏天，现在是冬天，可我这里却是秋天？在这种情况下需要期待春天的到来吗，如果与它一起到来的还有我的最后死亡？这时你会不由自主地陷入沉思。但是，说实话，为什么不期待呢？难道我是胆小鬼，害怕死亡？还是它是洪水猛兽，让人害怕？它当然是凶猛、可怖的，但还没到不能接受的程度。它来了，我们就接受它，不拒绝，就像从前不拒绝生活（你拒绝不拒绝——它都会来的）。

它难以接近，这很不好。我想一直睡觉，我忧愁苦闷、牢骚满腹，我冷漠、淡定，任何的美此刻都不能打动我，即使世间最美丽的女子站在我面前，我也高兴不起来，这都不足为奇。这些当然都不好，换一个时候我肯定会因为自己如此堕落而痛骂自己一顿，但是有什么好骂的呢？我犯什么错了吗？俗话说，小胳膊拧不过大腿。冬天、死亡——可以说这就是一切。就是说，应该背负起自己的十字架，不应该抱怨。

奇怪的是，你刚刚同意这一观点，好心情就来光顾你了，似乎死亡——它和生命一样美好，似乎你不是接受了苦闷、忧愁、不满、疑虑，而是扛起了天赐的幸福，闻到了玫瑰的花香。确切地说是这样的：死后也可以活着。而且必须活着。这让我感到高兴。结论就是：生命大于死亡，即使你已经死去，这个世界上不再有你，而只有关于你的回忆、一个苍白的影子、看不见的灵魂，那时你也仍然活着，就像夏日的蒲公英，盛开之后，它被孩子们折断、扔在路边很多天，但还活着。接受死亡吧，接受吧——我的心对我说，劝说我，——反正换一种活法是不可能的。别接受，——另外一个声音对我说，——要知道这可是死亡来找你，而不是一个偶然的路人来找水喝。接受死亡没什么稀奇的，可怎样重生到这个世上来呢？

在离护林所不远的山谷边一处旧掩蔽所里住着一只狐狸。我经常能在田野里、草垛旁看见它的脚印，它在那里捉老鼠，小溪边、草地上也有它的脚印，它在那里寻找黑琴鸡。可最近它常到我的护林所来。早晨我起来，往台阶上一看，在那里，台阶的最边缘，已经有狐狸的脚印和痕迹。我不知所措。我该怎样对待这个痕迹？生气还是高兴？一方面，这似乎没什么不好的——它来了，留下了自己的印记，然后就走了。它做了什么坏事，怎样欺侮你了？但另一方面，台阶上的那个小角落不是它的，而是我的，如果我愿意我自己可以在这儿留下痕迹，可我没留，其次，狐狸怎样我不知道，但是人通常是不应该留这样的印记的。行，如果它特别想的话，它可以来，可以做做客，可以通告一些消息，可自己的东西最好留在别处。完全没必要为了在朋友的门槛上撒尿而去他那里做客。

脑袋发沉，好像被冻住了一样，不久前有一场大寒，脑袋受了凉。我全身也冻僵了，像土地一样。这让我很痛苦，一个活人，却死气沉沉的，人好像是完整无损的，却抬不起手、抬不起腿。我害怕自己的死，如果我已死去，那么我没有理由怕它。如果我活着且马上要死了，那么则是另外一回事，我将不舍得与生命告别，我将紧紧抓住它，但一个死人，他能感觉到什么，能感受到什么？他死了，这就说明了一切。不过，虽然他死了，他也不是一块毫无感觉的木头，旧的东西他还记得，对新的东西他充满期待。但是，他记得旧事却没有遗憾，他期待新事却没有焦急不安的疑虑，他知道——新事会来的。他唯有一个困难：作为一个死者，还要度过这个漫长的冬日，虽然不像倒下死去那么难，但也难以忍受。你似乎随时都处于一种准备好应付一切的状态，像个士兵，或者消防员，或者摇篮边的母亲。严寒稍稍减弱，太阳刚刚醒来，溪流就开始潺潺流淌，水面就开始闪光，风儿就开始变暖，土地也开始化冻——这时马上就会有一只绿色的小豆荚冲向光明，一刻也不耽搁。它会不会犹豫，——去还是不去，该不该冲向高空？它没有这样的疑虑。

我做事，我砍柴、巡查，我似乎什么也没做。我没有用心工作。我既责备自己，又不责备自己。原因很明了——冬天。它来到了森林里，来到了我身边。因此，责怪自己懒散、萎靡是愚蠢的。难道冬天可以到森林里来，却不可以到你身边来？可秋天在的时候，你为什么说：我这里没有秋天，我这里是春天？那时我不想过秋天，那时我年轻、精力充沛，可现在我无精打采，把冬天当作自己的死亡。也许，那时，秋天时，我只是觉得自己不能接受秋天，觉得自己还年轻、离秋天还远，实际上却深陷其中，而当我歌颂自己的青春，我不过是在苟延残喘。死亡其实就在眼前。我自欺欺人，并且真的骗过了自己。好在我那时不知道这一点，倘若知道，我的眼里得多流多少泪水，我的胸中得发出多少痛苦的呻吟！不舍得与生命告别（怎能舍得！），不舍得离开这个世界，哪怕它让人厌烦，哪怕它不完美，哪怕它糟糕透顶，哪怕你不喜欢邻居，哪怕你鼻子上长出了粉刺，但当你真的告别了生命、迈过了那个门槛，你还有什么舍不得的？你还流什么眼泪？你什么眼泪也流不出。因为你什么也没有失去。难道，死去之后，你真的失去了生命？但你还活着。失去了太阳？但它还在照耀，尽管不如夏天时那样灿烂。而且，你还有秋天、夏天时不曾有过的东西。你有生活的希望和信心，你相信春天会到来，你会死而复生。而怀有美好的希望、相信并期待它，这是多么令人开心的事情啊！的确，这是一个人身上能发生的最好的事情。

　　如果要回忆秋天，那么会想起厚厚的木板、双人锯、拿着锯俯身在木板上方的自己，咯吱咯吱地来回拉锯锯木板。很奇怪，秋天虽然很美，却像死亡一样迫近，不过，它不像死亡那么恐怖、可怕，这难道不是因为我们习惯了冬天，却无法习惯死亡？可又哪有时间习惯它——今天它来了，今天你就没了。无论如何，我不仅记得木板、双人锯、俯身在木板上方的自己，——这样的场景马上会出现在脑海中，显然它更刻骨铭心，我还会想起雪天在森林里行走、冰冻的河流、冰下多石滩的地方水流的咕嘟声，还有菜园里兔子的脚印、水獭、被雪压得悄悄弯下腰的白桦树干、月夜，还有脚下闪光的雪花，好像你走在星空中，还有红腹黑雀火热的胸膛，它在迎接被冻得脸色苍白的太阳。就是说，冬天也有可爱之处，人会在它身上找到可爱之处。为什么明白这一点很重要？为了让我们不要完全拒绝冬天。

　　厌倦了不想活着的愿望和绝望之后，我愿意在一个美好的时刻同意死去，自己结束自己，一个罪人的生命，或者让自己相信自己的存在是无用的、没有必要的。我想，我不会做任何特别坏的事。坏事，我当然可能做，我的罪孽和不可饶恕的错误是——意图谋害自己的灵魂，而这是任何人都不能为你开脱的。但我不想这样做，不是因为你罪无可赦，而是因为自杀之后你仍然会活着，而且你的绝望和恐惧之环会收得越来越紧。这种解脱的假象很有诱惑力。你觉得，你只要自刎或上吊就可以摆脱所有的苦难，飞上天堂去享受仙果。如果这条路是正确的，那么每天将会有多少受苦受难的疯子割断自己的喉咙，去向那里啊！不过类似的情景我们根本看不见，我们看见的是人们虽然饱受痛苦和折磨，承受着各种损失，但是却在漫步、游荡、走路，以另外的方式寻求令人痛苦的解脱之路。这条路离死亡近、离生命远，而无论它多么遥远，我们都奋力抓住它、呼唤它到自己身边来。

冬日森林的宁静祥和是不足信的。感觉好像它在沉睡，寂静无声，它已沉入美好的梦乡，像木墩一样无知无觉。而且会在这梦中沉睡到春天。怎么不是这样呢？冬天正是它最痛苦的时候。它因为自己死气沉沉、不开花、不生长而难过。可难道有谁要求它开花了吗？难道太阳召唤它，难道月亮催促它这样做？没有任何人催促它。可有人催促我。是谁？是生命，我自己，人们，森林。也许，森林不痛苦，只有我一个人痛苦，它独自矗立在那里，不知愁苦。可我睡不着觉——这就是我痛苦的原因。不管我怎么说我接受了死亡，不管我如何哀求死亡降临，我的死期还是很遥远，关于死亡的话——还只是空话，别的什么也不是。只有我死了，那时我才真正死气沉沉，那时死亡才能来到我身边。在活着的同时认为自己已经死去或做个活死人很难，而这时认为自己活着——却是很大、很严重的矛盾。森林里是冬天，我这里也应该是冬天，可我还活着，我没有死去，也没有沉睡。而我又是从哪里知道我是活着，还是已经死去？也许，我早就如同行尸走肉，我的骨头正在土里腐烂。我们认识太多的会走、会看、会做其他事情的死人了，他们早已经死去和腐朽，却还在大地上游荡。这些好人充斥着这个世界。

春天，等待我的是与蒲公英的约会，我在心里面想象着这次约会的场景。

在路旁、在井边、在护林所外面、在草地上我都能看见它。可现在它很遥远，遥远得看不见单独的花朵，而是全体一起变成黄色——像一小片黄色的雾笼罩在草地上方。如果蒲公英离得再远一点，——那么连雾也看不见了，只有头脑中对于蒲公英的想念。这时身边就有一朵小花，于是回忆起自己从前如何端详它，如何走近和远离它，那时你不是专门去看它，而是在走路——为什么不能看一看呢？我觉得，我现在想象中的蒲公英比实际生活中的还要清晰，如果它现在出现在我眼前，我会停下来看它，闻它那浓烈的苦味，它会使我心情激动，就像有位姑娘近在眼前。我回忆起自己折蒲公英花或注视蒲公英时的所有情景，那时我不是无事可做，就是完全不知为何要那样做。

当然，即使有着极其强烈的愿望，你也不能全部记起与蒲公英每一次见面的情景。一共有多少蒲公英？也许不是很多很多，但也不是只有一个或十个、二十个，而是成百上千，而且每一个都让人喜欢，每一个都给我留下了美好回忆，留下了对于温柔、亲切的感激之情，每一个都活生生地站在眼前，——当它们事实上已经不存在、至少你身边没有它们的时候。它们即将离去，对此我并不感到痛苦，我很高兴将来还能再见到它们。它们是否高兴和我见面？我愿意这样想：它们高兴。

严寒，它让我很不舒服。无论我如何努力去接受冬天，可心里却容不下它。我觉得冷，很冷，我的棉袄很小，我的后背很疼，我的靴子似乎也很沉。而外面是什么情形？空气沉重，寒冷，暴风雪——无处可坐，无处可站——你只能像个饿狼一样奔跑，还得对自己的奔跑感到高兴。

我似乎并不饥饿，暂时我还有面包，井里也还有水，可是因为冬天，面包好像变得不能果腹，生活也似乎变得无依无靠。显然，我还不能站稳脚跟，所以冬天一出现就把我打垮了。

如果我是一个贵族老爷、富人，有拖地的皮袄、毡靴，有更肥美、浓稠的食物，有马拉的雪橇，有温暖的火炕，还有陪在身边的女人，那样我也许会喜欢冬天。可冬天却在用它的残暴摧残我的精神、冷透我的内心。因为冬天，我身体瑟缩、心情苦恼。

　　糟糕的心情，确切地说是糟糕的状态，取决于我自己。冬天非常好。好样的，冬天，它简直太好了！我不好。但是不好的我也没有不好到需要痛斥自己、把自己踹到一边去，或者对冬天说：走开！说倒是可以说，但它真的能走开吗？对此我表示深深的怀疑。如果可以这样告诉自己，那么每个人都会说"走开"，把不好的自己赶跑，把好的自己留下，可不好的自己就坐在那里，你赶他，他也不走。甚至还躺下来，好像故意作对似的翘起二郎腿，要茶、要咖啡，让你给他放音乐、拿一本好书。他会说，兄弟，我在这张床上睡觉。我喜欢睡软床。然后占领你唯一的床铺，把你赶到地板上。这书我第一次读。他会拿起你的一本书来读，从中得到满足，笑得喘不过气来或泪流不止，而你只能坐在窗边，看着森林，想象你该做点什么。可他看完书，会把书放在一边，对你说：我好像有点饿了。快想想，给我弄点什么吃的。于是你就开始想。趁他靠着自制的圈椅坐着，你赶忙去打水，削土豆皮，生炉子，煮饭，给他拿吃的喝的，像照顾吃奶的孩子一样照顾他，——你全心全意为他服务，听他指挥。（而且你觉得幸福，因为你身边好歹有个人。）感觉好像有点不合逻辑？停下来，从旁观者的角度看看，就可以合乎逻辑地说：快点，老兄，离开这里，爱去哪去哪吧。我不是你的奴役，也不是你的仆人，你也不是老爷，我不需要听你的。可是你讨好他，对他卑躬屈膝，他却大模大样，放肆傲慢，像鹅一样趾高气扬。而你却还对这种状况感到满意。一旦他开始收拾自己的破烂东西要走，你可能会大喊：别走，留下来，永远和我在一起！不过，你喊，还是不喊，这我可不知道。我希望是这样。

　　我听到一个微弱的声音，回头看去：声音从哪里来的呢？周围是光秃秃的田野，没有大树，也没有灌木。忽然看见一棵柔弱的小草。是它在看见我的时候动了一下。我往旁边闪开一点。它还在颤抖。我又往前探了探身。它忽然不出声了。我从它旁边绕了过去。我摘下帽子，好听得更清楚。它还在发出簌簌声，尽管声音很小，而且这声音是从雪地上轻轻传来的。真是怪事！莫非我是什么猛兽，小草见了我也颤抖？我走得远远的，但是小草的声音还是久久地响在耳边。它跟了我整整一天。我停下来，想让耳朵清静清静，可还是能够听见小草的声音。直至今日它还在我耳中萦绕不绝。可它为什么不该颤抖呢？我可能不是猛兽，但也不是天使。

记得，小时候奶奶织了一副手套，现在我还觉得很温暖。如果冬天我不戴手套，在风雪天或大冷天光着手——这不是因为我没钱或没时间到城里去买手套，也根本不是因为这样的手套哪里都没有卖的，商店里手套特别多，而只是因为奶奶的手套的温暖至今仍留在我的手上。

那么人们会对我说：为什么你穿裤子，为什么你不光着腿走路？要知道在你童年时也给你买过裤子，而且不止一条，而是好几条。（究竟买过几条，我不记得了。）为什么它们的温暖没留在你腿上，旧裤子刚穿坏，你马上就去买条新的？对此我自己也不知道，而且很奇怪。看来，奶奶的手套比那些裤子更长久。

冬日，它来到你身边，和你亲热，像驯服的野兽或小孩子。有谁没见过它！它温柔亲切，它用真诚的爱意把你包围，没人能给你比它更温柔的爱抚。当然，只有它。你为它付出很多，而它却很吝啬，这种情况很难想象。它为你付出，而你很吝啬——这样说更准确。它没有任何引人注目的地方，它很平常，与每天中午三点钟的冬日一样。还是那样宁静的光，暗淡而短促的，在林中流淌，还是那些云杉和松树在寒冷的薄雾中若隐若现，还是同样的雪留在路上、田野里、树枝上；灰白色的天空；稀薄的云彩，透出点点蓝天；黄昏时分昏暗的太阳和树枝上比阳光还亮的红腹黑雀；风平浪静；用机器运来、匆匆忙忙卸下的木板；雪橇；蒙着一层霜的斧子。单独看上去，这一点都不亲切温柔，天空、木板、斧子都不会对你温存，不会拥抱你，而如果你注意一下霜的话，那么它对你更多的是刺痛，而不是爱抚。一幅常见的画面，似乎从小它就在这里，昨天、明天也还在——它身上不可动摇、永恒的、以至令人忧愁的东西太多了。而这一切在一起产生一种感受，似乎这个世界给了我一个甜蜜的吻。它响亮地吻了一下你的额头——你就带上了印记。我很高兴，但这不是因为我带上了印记，而是因为我在冬日里看到了柔情。

每走一步我都可以为大自然唱一首赞歌：歌唱白雪中的青松、白桦树枝条上的霜、冰冻的田野、披着绿叶的柳树。世界上似乎没有一样东西是我不愿意对之心怀感激并为之歌唱的。某种废物，比如白桦树的节疤，我也愿意接受。这并不能让我恼火，而只会让我激动。你看，可以因为早晨而感到高兴，可以欢迎太阳的到来，可以承认对松树或冰冻的田野的爱——可以根据自己的喜好做出选择，而这种选择是多种多样、充满矛盾和莫名其妙的。你欢迎早晨，因为不这样做似乎无法开始这一天。你向太阳表示祝贺，因为不能不对它这个劳动能手说上几句话。你爱上了柳树——这时你的好感和感情也是可以理解的。我不反对颂扬其他一切事物——暴风雪、严寒、吹雪等。如果持这样的观点，那么这个世界上岂不是不存在那种对之既应该颂扬、又需要畏惧和逃离的东西，那种带来死亡、别离和破坏的东西？因此我觉得我的颂扬和爱不是真正的颂扬和爱，而是某种虚假的情感，它说明的恰恰不是爱，而是冷漠。或者是对自己的爱，而不是对树木和白雪的。但也可能是这样：我的感情十分严肃和真诚，它们的稳固注定了我将来会极度苦闷并对我现在赞颂的东西充满嫉妒。

灰蒙蒙的冬日，你头顶上方是兔子肚子一样的灰色天空。它好像全都是白的，却发出灰色，而且不是看上去这样，而是实实在在就是这样。但是，不仅白色的东西看上去是灰色的，连发黑的树木、木屋、远处的森林也都变成灰色的了，虽然后者平时由于浓郁的绿色而显得发黑，像木炭一样，现在它也变得软绵绵的、在自己的一片灰色之中与地平线连成一片。似乎，大自然中的一切都被灰色征服，只有我一个人它战胜不了。可能它没来得及，也可能为了保持平衡它没有理会我，要不就是它觉得我不值得征服。

早晨我精神抖擞地从床上跳起来，精神抖擞地生起炉子，现在我精神抖擞地看着我身边的大自然。你看，我心里说，它投降了，可我是不会投降的！但是灰色很柔和，它不给你压力，不使你忧愁，但它的柔和同时又给你压力、使你忧愁，它还用它的美好包裹你、诱惑你。于是你会慢慢地深入这灰色之中。这时的你已经消失不见。真想大喊一声：喂，你在哪里！可是，看不见你。

我执拗地向寒冷发火。而我越发火，就越执拗。可执拗一阵之后——我就会想：犯得着这样执拗吗？但这样的问题谁能答得上来？人们说，蒲公英一年能给一次回答。可现在上哪找蒲公英去？它开花的时候是夏天，六月。我坐上雪橇去草地，那里夏天长过蒲公英，——也许，已经死去的它现在会突然开口对我说些什么？不必等到夏天到来。野地里还有很多雪，看不到地面，我只能凭记忆找到以前蒲公英生长的地方。现在，我好像已经站在它面前了，侧耳细听。我听见了凹凸不平的雪地上方风儿轻轻的脚步声，听到了雪下老鼠在洞中同样轻轻的尖叫声，你不能马上分辨出是雪在呼啸、还是老鼠在劳作，我听到了森林另一边野兔如大炮轰鸣一样响亮的喷嚏声，听见了我背后松树上乌鸦的呼吸声。而这是什么声音？它模模糊糊、不甚清晰，比风儿最轻盈的呼吸还安静，比老鼠的尖叫和雪地的呼啸还安静。莫不是蒲公英在雪下发出声音？我竖起耳朵，仔细倾听。不对，这是被太阳晒热的白桦树在憧憬春天时柔嫩的浆液：等到大地开化，浆液会从黑土地中涌向白色的树干，树叶就会变绿。我忘记了蒲公英的声音，想起春天很快就要来了。我要耐心等到夏天，到时候就知道我该不该对冬天发火了。

　　在林中我看见了一只像土豆一样圆圆的、胖乎乎的小鸟。我走到它身边，它不怕我，没有飞走，似乎，我伸手就能抓到它，它居然能让我离它这么近。我的心情开始变得高兴而轻松，因为我看见了一只我不认识的小鸟，还因为鸟儿对我很友好，没有以为我对它有恶意，没有害怕我，没有从我身边飞走，像所有的鸟儿，甚至包括对我了如指掌的乌鸦，通常所做的那样。我甚至高兴得流下了眼泪。鸟儿的信任多么令人开心！之前你不认识它，从来也没见过它，也不知道会不会见到它，——可现在你见到了它，你对它没有恶意，相反，你从心里对它充满好感，它也理解并接受这个，而且可能同样很高兴你是值得信任的，你没有从它身边跑开、没有躲进灌木丛中。

　　我站在那里，看着它，努力记住它的样子，便于以后向鸟类专家请教这是什么鸟，我没想到要去抓住它，或者更无聊地打死它。这一和平景象没有维持很久。不知是我动了一下、离它太近了，还是它对我的好奇心感到厌烦了，反正它一拍翅膀飞走了。也可能是我不想把这令人难以置信的会面拖得太久，无意中惊吓到了它。如果所有的鸟儿都像家养的鸡和鹅一样不怕我们，直接从我们手里吃食，往我们眼前飞，在我们脚边聚集成群，——这将是多么地耻辱，多么地令人难过！但是，从一方面讲，我们企图谋害它们的生命，而它们像怕歹徒和强盗一样怕我们，这难道不令人难过吗？令人难过。

仅仅因为要穿太多衣服这一点，我就已经不喜欢冬天了。又是背心，又是衬衫，又是毛衣，又是外裤，又是棉袄，又是帽子，又是手套，还有无数的破东西，有沉重的靴子，有围脖，还有别的。老天爷给你的所有东西：脑袋，胳膊，腿上，都得穿戴点什么。有腿脚——你就得给它穿上皮靴、毡靴。有脑袋——你就得戴帽子。有手——你就得把每个指头都套上手套。你穿着衣服，把自己包裹得严严实实，让别人看不见你，以至于你禁不住问自己：你在哪里？——可你找不到自己。你找得到帽子，找得到毡靴、皮袄，而你的躯体却不见了，看不见它，好像没有它似的。因此，如果人们对"走来的是谁？"这个问题给出这样的回答：——是帽子，是毡靴，我也不会感到惊奇。事实上也确实是帽子或毡靴在走。这里没有人。

我喜欢夏天，那时候我身上没有这些破东西，或者数量很少——一件、两件的，而且都很轻，像羽毛，像绒毛，你穿着它们看上去也不像一头大笨熊、一个厚毡靴、一只绵羊，而像一只小鸟，那时你身上的一切都是开放的，都露在外面，与空气、雨水、土地亲密接触。脚接触土地，脸接触雨水，肩膀接触风。看着你的时候，人们都说：看，脚在走，脑袋在走，胳膊在匆忙前行。那时你全身都是开放的，你的衣服就是——包围你的空气，森林，天空，风，山，还有背心，还有内裤，它们也如此轻盈，似乎是由风、天空、大气编织而成。

一个阳光灿烂的白天，明亮、洁净、幸福的白天。无论你往哪里看，所有东西都让你喜欢。你看一眼松树——松树美丽动人。它的绿叶很美，它的树枝、树干也很美，树干像圆柱一样支撑起寒冷的天空。你看一眼云杉——它也不难看。尖顶的大山巍然屹立，占据半边天空。你来到野外，这里也美好、和谐。接骨木不高，但是很漂亮。枝条柔软、结实，枝繁叶茂、生气勃勃——对它怎能不侧目欣赏？秋天过后，一丛蒿草在岩石间保存下来。谁见到它能不高兴? 在白天寒冷的热气中, 似乎了无生气的它微微颤抖, 和它交流使你开心。田野看上去很大, 可它上面的一切都很小: 小草、灌木丛、小树, 都紧紧依偎着大地。可在森林里你无法随意看一步之外的地方, 因为你的眼神总是被云杉或石头、树桩或松林的边际所吸引。而树木、原野, 这一切都消失在广阔的天际。

如果要从全年所有的白天中选出一个最明亮的, 那么这个白天将是冬日的白天。为什么? 因为它同时也是最黑暗的。春天时白天是明亮的, 好像没有比这时候更明亮的白天了, ——这时太阳高挂, 照耀大地, 流水和融化的雪闪闪发光, 年轻姑娘的眼睛也闪闪发光, 你的铁铲也在菜园里闪闪发光。冬天有什么东西闪闪发光呢? 只有雪。太阳低低地挂在远处的林梢, 无法离开它。周围的光线与其说是白色的, 不如说是粉色的, 天空和松树都变成了红色。

冬天到来之后, 今天太阳第一次照进了我的小窗, 并在墙上留下了影子。当我看见它时, 我对这一重大事件表示感叹, 但是我没有感叹很久, 也就是那么一小会, 它就无影无踪了——太阳跑掉了, 但是我心里有什么牢固的东西动摇了。我马上想到: 冬天结束了。现在没有它, 以前没有它, 将来也永远不会有它了。可哪有这么回事! 由于寒冷, 窗外的空气看上去烟雾缭绕, 而你刚把头探出去到台阶上——你就会觉得凉飕飕的, 很冷, 不想去巡查。想整天坐在木屋里, 取暖, 可难道你能坐得住? 腿脚和身体还好, 可心灵觉得寂寞, 在木屋里它觉得压抑而苦闷, 想到外面散散步。于是你就把自己的身体留在护林所里, 而将心灵放飞, 让活跃好动的它在雪地上奔跑, 它不惧严寒, 不怕陷入松软的雪地, ——跑够了, 就回来了, 谁还能把它抢走? 可万一你放它走了, 它因为获得自由而得意忘形, 跑到什么地方, 比如遥远的山村, 不再回来, 迷失在密林中, 或者被哪个猎人抓住、打伤、装进袋子里呢? 不, 无论到森林里去的愿望如何强烈, 还是必须留下来。胳膊、大腿, 你们快去吧, 最好让我们在雪地里冻伤、冻死, 经受痛苦, 但我们不会把心灵交出去的!

天上曾经飘着薄薄的冬日的云, 那甚至不是云, 而是雪尘, 从原野上升起, 在太阳下闪光。有太阳, 稍微有点冷, 我第一次见识了被人们称为"光的春天"的春天。光不止在早晚时分增加了，白天光也变多了。中午也一样，如果天空洁净，光就到处闪耀，但冬天仍然是冬天。虽然周围一直到地平线都很明亮，可你还是感觉天空只有一半是亮的，就是南边的那一半，而北边是黑的，好像白天在它自己最明亮、也就是当它照亮世界的一部分并使之熠熠生辉的时候，被分成了两半，分界线从天空中间穿过。站在其中的一半——你好像在白天里，因为光明而欣喜；站在另一半——你好像在黑夜里。这种状态充满了令人愉快和不安的感受：哪一半天空会笼罩你——明亮的，还是黑暗的？由于这种二分性，冬季的天空显得很低、很小、瑟缩，像泄了气的皮球。而它在夏天是广阔的、高远的，像钟一样鸣响。你抬头看天，寻找与它——明亮的一半相反的那部分天空，但你找不到——它远远地走开了，离去了。

我不是根据天冷，而是根据冬天出现、来临的日期来判断它的到来。哪怕冬天比非洲的夏天还热，只要它的期限到了，那就是它的、而不是别的什么期限到了。夏天过后不可能有春天，秋天之后也不可能有夏天。全部的秘密都在于四季严格守时的交替，在于死亡和新生。如果一棵树出生并长满了叶子，而它的这些叶子又必须落下去，那么它们就会落下去，至于这应该发生在春天还是夏天——与我们没有任何关系。它们可以夏天凋落、冬天生长，如果它们喜欢；但是，一旦出生，它们就一定会死去，而死去之后——一定会重生。因为树木应该出生或死去——所以一年四季：春、夏、秋、冬，才会来临。

天空中已经堆满了、塞满了云彩。森林里的色彩已经黯淡了。没有白雪闪光，没有小溪在阳光下嬉戏。眼里没有蔚蓝的颜色和蓝色的远方。你的目光被定格在森林、云彩和路边的树桩上——它没有别的出路。没有山雀唧唧喳喳叫，没有水珠从房檐上滴落，没有太阳在原野里游荡，只有喜鹊喳喳叫，它的叫声沉没在灰色的雾霭中。被白雪衬托得更加浓重的松树的绿色在哪里？它变黑了。春天、夏天的梦想在哪里？在这样的日子里谁、谁的头脑里会产生这样的梦想？难道会是乌鸦，由于天生的矛盾感？它总是和别人不一样。关于冬天的思绪在哪里？没有这个思绪。那么有什么？什么也没有。天空中是灰色的、激动人心的云层，太阳也不能将它穿透，几个小时光亮的白天，零度的温暖，距离春天到来还有些时日。不是冬天，也不是春天。是开春之前。

离春天越近，心跳得就越自由。就是说，我是对的，我的绝望情绪——是冬天给我的礼物。这其实不是我的、而是冬天的绝望之情，它把它转嫁给我，而我承担了它。如果我没有上钩、没有模仿森林，那么我会无忧无虑地度过冬天，而感觉不到沉重。但是，那样一来，我也就不可能拥有夏天、秋天、春天，不能因它们而欣喜，也不能与它们共同度过快乐的节日和忧伤的日子、共同经历我的青涩与成熟，那么我该算什么呢？当然，绝望的时刻是沉重的，不想活着的愿望、对死亡的恐惧都落到你头上，压迫你，把你拖向坟墓——这一切的确如此，但是能够再一次体验出生，体验年轻、幼小，像一片嫩叶一样的感觉，感受光明、夏天和爱，爱自己的秋天，——天啊，活着——是多么地幸福！为此我愿意上百次地迎接死亡和冬天。

夜里来到外面的台阶上，我听到了灵动的雪的声音。由于雾气、由于温暖、由于变热的太阳光线，积雪恢复了活力，开始了呼吸。它们的呼吸是那么安静、那么微弱，你甚至不能把它们和自己的心跳声区分开来。天空中的星星沿着自己的轨道运行，它们也发出更大的声音。积雪没敢出声，它的声音太短暂、太易逝了。它在生与死之间跳动，有时你看一眼——看到的全是雪，有时你早晨醒来一看——雪呢，它在哪里？大地上没有雪，取而代之的是去年的草。雪远去了，像一匹马，像童年美丽的梦。你跑过去追赶它，可是嫩绿的草绊住了你的脚。你跑去寻找雪，却迎来了绿色的夏天。但你不讨厌这样的骗局，而且你也不认为这里有欺骗：你跑去是为了它，跑回仍然是为了它。

我有两条主路从公路通向护林所——条在森林里，是黑暗的，另一条是明亮的，沿着林缘蜿蜒曲折。一条路一面连着高大的松树、茂密的花楸丛，另外一条面对着广阔的田野。这条路很亮堂，通向南面，我喜欢它，总是把它作为首选，尤其是春天的时候。由于无事可做，我在这里建了一个作坊，当然这也是为了驱赶冬日的怠惰和懒散。我在这里堆雪人。我成不了像样的雕塑家，我是一个不好的雕塑者。我不寻求雕塑作品中要求的意义，我的塑像也没有任何思想内容。这不是经过构思的塑像，而确切地说，是攒成的大雪块，我喜欢用手抚摩它们。而在我的抚摸之下，它们当然会改变模样，具有一些稀奇古怪的轮廓。进行这样的创作的时候，对我来讲，重要的不是塑造出形象，而是用手抚摩雪的过程。抚摩雪人的时候，我经常觉得我是在用这种方式表达自己对大自然、冬天、世界的态度——我抚摩它们。什么时候，在其他的什么情况下可以如此具体直观地向冬天或春天表达自己的爱？用语言说出来？这非常好。但是说话可以说一箩筐废话，况且，哪一个恋爱的人会把自己的感情拘泥于一句话呢？一个动作、一个行为——也许不用更多，但是比语言更直接、更坦白。我抚摩着自己亲手制作的作品，心里觉得在出自于我手下的奇形怪状的曲线中蕴含着某种意义：它们表达着我对大自然、对森林、对世间一切生物的爱。我甚至觉得爱的最纯粹的表达——就是温柔的抚摩。假如我是艺术家，会塑造人形，那么我手中的雪人受到爱抚之后肯定会变得栩栩如生，但是我不会、而且好像也不想塑造人形，因此它是不会活起来的。而这世界上又有谁需要我的丑八怪们！它们，我柔情爱意的果实，还将长期站立在路上，只要春天的太阳不强烈地照耀它们，它们就不会倒下，不会融化。但即成的事实无法改变——我爱它们，我爱抚它们，我娇惯它们，把这一切当成一支神秘的舞蹈，而我爱谁、爱抚谁、娇惯谁——这有意义吗？

春天美丽而美好，但它有些东西让你感到不满意。你知道，这也许是你的最后一个春天，将来的已经是另外一个、而不会是这个春天了，但你还是说：将来的春天还是这样的。虽然新事物的到来令人愉快，但与旧事物告别却令人痛苦。况且旧事物一去就不再回来。是不是需要抛开它去追求新事物？还是稍微等一等，两者都接受，而且即使想要抛弃某一个，也慢慢来呢？这我不知道。针对这两者我都有许多定规。我可以说应该这样做，然后又改变主意，我甚至可以既这样做、又那样做，但对我来讲重要的是知道正确的路在哪里。确切地说，就是我知道我和旧事物的关系已经完结，但我却无力接受新事物，而且也许永远也无法接受它，——于是我给自己延长期限，既然我自己不行，希望随着时间的推移，它能助我一臂之力。也可以让自己不绝望，但那该怎样强迫自己？你心情不好，你强迫自己，你绝望？了解自己很重要——你是什么样的人，你有什么能力，——你能在森林中找到自己。找到自己——这也意味着在森林中找到自己。而在此之前你的自己是迷失的。不应该为自己寻找森林，而应该在森林中寻找自己。或者，不应该在森林中寻找自己，而应该在自己心里寻找森林？这里哪个更正确？找到自己后，你就知道该如何自我定位了。

冬寒刚刚减弱一点，我就开始吐口水、像孩子一样哎呦哎呦喊、像鸟儿一样唧唧喳喳叫，嘴里因为喜爱而流出涎水，极度兴奋。我能感觉到体内的兴奋，可经验告诉我：主要的是——尺度，应该让你的心平静下来，沉稳下来——这未必是好事。爱吧——没人不喜欢，没人反对，但是请你平静地爱，理智地爱，别让不切实际的过分激动毁了你，让大脑和心脏都保持冷静，至于爱高于恨，——这不重要。我这样对自己说，这样劝阻自己、说服自己，如果可能，我真想说服自己，可是心意、情感是能被说服的吗？你想的是这个，可你的心想让你做的却是别的：关于仇恨，这都是胡扯。想爱——就爱吧，如果你有能力爱、有能力活着，那就活在你的爱里，直到你生命中最后的日子，而且如果你死去的话，也不是因为爱，而是因为爱离开了你，因为没有爱你活不下去了。你自己永远也不会抛弃它。

我高兴什么呢？我高兴，因为我有双腿，而且它们会走，有双手、眼睛、耳朵、心脏；我高兴，因为有白天、黑夜；我高兴和朋友见面；我高兴，因为我能够高兴。我这像小马驹一样的麻利劲从哪里来的？哪儿来的这种勇士的强悍让我热血沸腾？可这不是由于强悍，也不是由于热血沸腾，而是由于艰难、痛苦，由于冬日太久，由于寒冷、黑暗和恐惧。在这漫长的秋天和冬天，我经历了多少磨难、多少痛苦，多少次奄奄一息，接近死亡——这有谁知道？有谁见证？难道是目睹过我阴郁的样子的太阳？或者是在路上陪伴过我的那只喜鹊？还是我在森林中每次都要经过的那棵松树？但是它们能知道、能看见什么呢？有谁、在什么时候不担心犯错，审视过别人的内心？不，这不是小马驹式的麻利，不是疯狂的喜悦——我高兴了，就说这里什么都有，——而是春天的喜悦，自由的喜悦，是出自压抑、出自痛苦的喜悦。它的衡量标准是什么呢？是你的不愉快经历，你微笑的力量，还是黑暗之后的光明？这样看来，可能喜悦就变成了另外的样子，虽然，坦率地讲，喜悦无论何时何地都是一样的，无论它是来自幸福、还是来自痛苦。

早春比冬天更让人难以承受。冬天你坐在木屋里挨冻，忍受着种种不便，同时你知道，不管你愿不愿意忍受——寒冷总还是要来的。你还是把冬天认为是理所应当的，尽管不愿意。可是春天你的焦急、期待、怨恨日益增长，你已经开始思念温暖、阳光，可严寒还在每天折磨你。你心里想：明天就该滴水了，明天就该阳光灿烂了。可明天、后天都没有阳光灿烂。只有中午太阳晒得最热的时候房顶上才会掉下几个细小的水滴，在山谷的南坡，太阳和风把积雪晒化、吹走，好像在用刨子清理它们，窗外，一只小山雀唧唧喳喳地唱几首听不清的歌——春天就此结束了。这时的一切都是骗人的；包括太阳、远方、风的味道，和血液中莫名的激动。中午，你沉入幻想之中：噢，春天来了！——于是你在想象之中描摹开花的草地、青草、小溪，可到了晚上你一看，雪和严寒都已全副武装，它们还得待好多天。当然，好在是春天亲自诱惑了你，不是它，还能有谁能够诱惑你呢？但这也是个令人沉重的玩笑——因为必须从春天返回冬天。有时，你听够山雀的歌声，突然奔跑起来。跑上十分钟，二十分钟，就已经跑不动了，心里闷得难受，你也不知道自己在往哪里跑，可你就是觉得应该奔跑，好像必须得去拯救某人于危难或者在拐角处迎接他。后来，你突然明白自己为什么奔跑，——原来这是因为春天诱惑了你，又抛弃了你。当它诱惑你的时候，你追赶它，当它抛弃了你，——你才停住脚步。你莫名其妙地站着，责怪它：它会不会长期玩这种骗人的把戏？你这个笨蛋会不会长期天真地相信它？它发慈悲赏你几个水滴，你就对此心满意足。

只有当时间过去、你也经历了一些事情之后，你才会明白你身上都发生了什么，而且你经历的事件越严重、越可怕，你现在就越觉得它们可怕。在我的第一个半年，我都经历了什么？真让人非常惊讶和恐惧，但是所有的惊惧也代表不了我的小部分经历。即使现在，当这一切都刚刚过去，也仍然如此。对秋天我还是爱的，它对我也很亲近。但冬天却让我遭了不少的罪。我是怎样活下来的，怎样保全自己的——这我自己都不明白。理智上明白，理智什么都能理解，可心却拒绝理解。我这样说不是为了抱怨命运不公、刻画丑恶的生活画面、引起别人同情和树立自己的英雄形象。无论我刻画的是什么样的生活画面，我都不认为自己是英雄。我没当过英雄，而且现在讲的也不是英雄。讲的是一个人经历了哪些考验以及他的路途如何艰辛。我那时多么热爱生活，后来我就多么痛恨它。我曾经怎样对森林呼喊"我爱你"，就曾经怎样对它大喊"我恨你"，迄今为止，我还没有比这更热烈、更执著地做过任何一件事。

这个冬天让我遭了不少罪，非常痛苦，以至于我似乎已经不想再经历一次这样的冬天了，我希望它不再回来。以后我将怎样生活，没有冬天我的人生之路将如何继续——很难说。我说：我再也不想要它。它就会离开吗？不再回来吗？雪就不会覆盖大地、冷风就不会从北方吹来、严寒也不会降临到森林头上吗？很难想象没有冬天的森林，更难想象——我怎样才能离开寒冷。

困难的时候，我怎么没有喊叫，没有呼救？怎么听不到我的哀嚎、呻吟？怎么看不见我的眼泪和困苦的可怕情景？为什么我没有用笔画下那些情景？它们没有发生过，从今以后也不会发生。我没有大喊大叫，因为我生来自尊自爱，没有呼救，因为没人可喊，——冬天，在森林里你能喊出什么来呢——猞猁，还是狼？可你从它们那里是得不到什么帮助的。而且我也想亲身体验一下这些困难。我没有让人看见眼泪——我从小就不会哭，——虽然，如果仔细看，还是能看到一些流出来的眼泪。我没有描绘恐怖画面，这也是有原因的，——我不喜欢恐怖的东西，我不相信它们，我喜欢美好的事物。为了真实，为了真理，为了实事，某些地方当然需要浓墨重彩，但它们显得有些苍白，需要再多加一些黑色，但是，为了不让人们产生错觉，现在我不想这样做。

傍晚。太阳落山了，天空在变黑，融雪变暗了，在渐渐变暗的天空的背景下，树木的枝干消失了，看不见了。向黑夜过渡的傍晚很美丽，我看着森林，我的头上是天空，很想看一看天空。看森林的时间越长，想看看天空的愿望就越强烈。但是我想：森林更漂亮，我要看森林。同时我也明白，现在天空中有多么美丽，而如果我不看它，它就会消失。我忍了又忍，终于没有忍住，看了一眼。的确，非常美丽：天空是黑暗的，而星星是明亮的，当你看着这一切，你心中会对这幅美景产生一种特殊的喜爱，这当然是可以理解的，哪一种美能够高于永恒的天空之美呢？可我眼睛看着天空，心里却开始想念森林：没有它我该怎么办？怎么能不看它？真想把自己的眼睛摘下来，一只抛向天空，一只抛向森林——给你们，吃吧，我想对它们说，尽情地吃吧，吃到不能再吃为止，只是以后再不能忍受这种折磨。

太阳像树一样，向四面八方伸展。在这个时刻，森林似乎受昏暗的折磨已久，可现在它充满了阳光，太阳栖息在它的枝头、树干，并在草地的边缘找个地方落脚。走进松林，看见太阳你一点也不奇怪，——哪一片松林没有阳光能生存？——太阳温暖着它，同时也炙烤着它。你走进云杉林——那里也一片光明。太阳还不习惯这里，云杉在有太阳的时候感觉也不舒服，似乎是有点窘迫，可它能怎么办呢，既然现在是春天，阳光像河水一样在森林里流淌？你走出森林，来到田野里，田野里没有阳光，太阳好像完全留在了森林里。其实田野本身也不存在。那么存在什么呢？某种庞大的虚空，既看不见大地，也看不见天空，你眼前是个无边的空洞。这个空洞就被称为田野。你站在那里，不敢向前迈腿。万一真的有无底洞呢，你一脚跨进去，掉下去怎么办？可你还有什么可掉的，——你已经掉下去了，你已经跨进去了。

我看着窗外的接骨木树丛——心里既不想看它，又觉得不看它可惜。不看它，——还有什么可看的？看森林？它当然很美丽，但它现在怎能和树丛相比？看积雪？它们很漂亮，但是比树丛还差得远。看凄惨的饥饿的乌鸦？最不想看的就是它，够了，看够了。看离森林很远的小松树、小白桦？看它们倒是让人很开心，可我看过了。它们无法与接骨木树丛相比。树丛，它就在这里，在我的眼前，有金色、有银色、光彩照人，我看着它，这与众不同的接骨木树丛，觉得世界上什么东西都没有它美丽，也的确没有什么东西比它更美丽。

与大自然单独相处的生活使我变得眼光挑剔，因此，无论是白天，还是晚上，我不是每个都能接受的。接受我当然也接受，不接受还能怎样？如果它来了,你也不能把它推到外面,推到台阶上,也不能把它关在门外——你做不到,况且我的门总是敞开的,——而只能说出自己的不满,如果有哪一天不是我喜欢的。我仔细检视每一天,就像试穿新衣服一样:我要看它的样式,看它的做工,看它是否平整。换一个人,即将到来的一天什么样是无所谓的,他会像跳进六月的小溪里一样投入这一天,不管它是好,还是坏,——总会过去的。我不这样。我希望新来的一天像崭新的衣服,没有毛病。如果它一部分好、另一部分有毛病,不好看,那么这一天白送我也不要。我怎么,与自己作对——总要带着没用的东西?让大家笑话?我肯定要给自己选择日子,它的色与香、日出与日落、树木的阴影、土地的气息与风的灵动都应该符合我的心意。我要看看它在河边、在田野里的样子,看看它在沼泽旁边是否美丽。我公正地认为,既然要接受它,就不能接受丑陋的、不像样子的它,免得和它在一起没意思,但也别让它忙得晕头转向。它应该令人振奋,待人温柔,用阳光给你温暖,用微风带来清凉。我不吹毛求疵,但也不希望它阴沉、晦暗,冷风嗖嗖,寒气逼人,可当今有谁会为自己选择日子?

我躺在木屋中,没有忙于回忆童年、分析自己在工作中所受的委屈、算计自己还剩多少钱、多少面包、多少糖并考虑我是否还能活到下一次发工资,没有写信给亲戚进行老生常谈的家庭辩论,没有琢磨女孩子,没有描绘未来的美好画面,也没有思考人类的难题,而是在感受森林。它不在你身边,你看不见它,白天你已经把它看了个够,现在结实的木板墙保护着你,黑暗为你阻挡着它,可你没救了,你没有防护,它透过厚厚的木板往你身边钻。木板算什么。皮肤,我最后的防护,宝贵血管的卫士,连它都好像不见了,所以我不光赤身裸体,而且被剥去了皮肤,躺着用裸露的神经直接接触森林、草地、灌木、大树。这种拥抱是否甜美?可怕而且难以忍受。

乌云遮月。绝美的画面,似乎可以让你永志不忘。但我们可曾记得这样的夜晚?也许,我们记得某一个夜晚,但两个、三个——未必记得住。白天还能留在记忆中一段时间,或许一个月,可一年之后不知哪里会飞来一阵无形的风,把它吹得一干二净。会记得曾经有过一个夜晚,但这个夜晚是什么样的——这个记忆不会保留下来。我对此感到遗憾吗？一点也不。高兴吗？我也不感到高兴。它是什么样的对我来讲并不重要，重要的是它曾经来过。在整个一生中你会看见特别多的月夜，即使很愿意，你也想不起它们的样子。但不会保留下来——意味着什么？当然，不会保留下来的是云彩飘飞、月光闪闪的风景、云影轮廓的形象：像一只狗、一个姑娘、或者一条鳄鱼。但它们也会保留下来，深深地印在记忆里，我觉得，当我长眠于大地时，这些云彩也会栖息在我空洞的眼窝里。

阳光已经足够多了，它已经超过了黑暗，它已经足够把所有的积雪晒化。早晨、中午、晚上，森林里都撒满阳光，白天本身也变得像个明亮的金球。你一边走，一边用线拉着它，可它冲向高处，你放开它，于是它越飞越高，消失在高空。

现在，又一天挣脱了我的束缚，但我不觉得可惜，因为它飞向了天空的高处、天空的深处，却也飞进了我的心里。

日子过去了，什么也没有留下来——没有喜悦，也没有哀愁，没有不安，也没有遗憾。它来自于生命的深处，又很快消失得无影无踪。早晨很美好，中午很美好，晚上也很美好，太阳曾在天空中玩耍，云彩曾在地平线上聚集，风儿曾从森林的上方掠过，积雪曾经闪闪发光并融化成水——一切都曾有过，一切都来充实你的感受：山雀的唧喳，乌鸦的呱呱，还有房檐上坠落的水珠的滴答声。现在是结局——虚空。但这是谁的虚空？你的。是你想到的要不悲不喜地度过一天。可早晨，难道它没有高兴过吗，当它初上林梢？太阳，难道它没有痛苦过吗，当它落向西边云杉林的边际？云彩，它们没有悲伤过吗，当它们渐渐消失在地平线？风儿，它没有伤心过吗，当它在无尽的空间里飘荡？早晨高兴过，太阳痛苦过，风儿也伤心过，森林中的一切都有过丰富多彩的生活，它们的生活不可能不丰富多彩，因为什么都不可能无声无息地来到这里，也不可能无声无息地离去。

春天来了，积雪还没有完全融化，森林也没有来得及披上绿装，而我勇敢地展望未来，不过我并不憧憬我将来的两大重要事件——死去和继续活着。

现在我对它们不感兴趣。我不感兴趣不是因为我无视它们或者它们对我来讲没有区别，而是因为它们当中的任何一个在我看来都是美好的。确切地说，我清楚地知道我将活着，无论生机勃勃，还是死气沉沉。只有一个渺小的目标——说服自己，生机勃勃地活着好于死气沉沉地活着。我想，这是确定无疑的。

白天温暖，夜里却很冷。白天，房檐滴水，山雀喳喳叫，白雪消融，路上都是水洼或流水。夜里，脚下是寒冰，白天的太阳把雪晒得只剩下硬壳，现在它坚硬、易碎、踩上去咯吱咯吱响，这时心情也很好。现在，无论白天，还是黑夜，我都一样——大自然却有所不同。但这种不同不会导致某种不和谐、不协调，相反，它带来和平、宁静，它以某种神奇的方式将两种相反的特质：温暖与寒冷，白天与黑夜，结合在一起。是谁把它们结合起来的？我，还是春天？我想说——是我，因为我心情愉快，但这会显得傲慢，不谦虚。我想说——是春天，但我确信，它也不会接受这种说法。是我和春天——我想，这种说法会让我两个都满意。

接骨木的树枝上孤零零地挂着一颗水珠。我凑近它，看见了我自己和映照在它里面的整个世界：森林，树木，一棵白桦树。水洼里、小溪中、湖泊里，无论在哪儿你都看不到这么多东西。只有变得像水滴那么小，你才能装得下这整个世界。我想象它悬挂夜里映照天空的情景：群星都聚集到它——这个小东西身边来，即使到来的不是星星本身，而是它们的影子，但是这个小小勇士能够容纳这么大的东西，这是多么美妙的才能！我经受不住诱惑，用舌头舔掉了这颗水珠，吞下了整个世界。我很幸福——它在那里，在我的身体里。我用手摸自己的肚子。我忽然感到害怕——可千万别怀孕啊！

白天，无论有没有太阳，都很温暖，只有夜里——才是冷的。化雪后裸露出来的大地，时而上冻，时而解冻。与之相适应，我有时被抛进热浪，有时被抛进寒流，我有时高兴，有时忧伤，有时生机勃勃，有时死气沉沉，怎么也无法稳定下来。不过，也许暂时还不需要寻求稳定，而应该像大地一样，忍受变化；忍一忍，东跑西颠跑累了，我就能安静下来，并在自己的安静中找到稳定。我会变得沉静、恒定，像夏天一样。只有这样的想法才能给我安慰，使我能够忍受痛苦。幸福会来到我身边，不会与我擦肩而过。要不我就变成院子中间的一根柱子，站上一天两天——直到给自己找到支柱。让人们批评我吧，让他们把我赶出林庄吧——我要放下关于森林的所有烦恼，拒绝饮食。我将站立，——不是作为一个人，而是作为林班线上的一根柱子。雨雪会落到我身上，旁边居住的狐狸会来报到，乌鸦会落在我身上沉思片刻，用啄啄一两下，尝一尝我脑袋瓜的坚硬滋味，展翅飞走，游客们会来拉我、拽我——我一动不动，即使林庄经理来了也不在意——柱子就是因为站着不动才是柱子。我的身躯会挺立在那里，我会死去，变得像木头一样僵硬，到那时，我将彻底摆脱变化。

我穿上厚一点的衣服，来到院子里，停下脚步，站住，站了几分钟，望着天空，我的右半身有点发痒。这时怎能不去搔痒，既然有这个愿望？搔了右边，还想搔左边。于是又搔了左半身，怎能让它不开心呢？我又站了一会，很想多站一会，但是突然想起炉子上还煮着土豆。无论如何不能不管土豆，煮的时间稍久——那个味道真是不好！它会又稀又黏，像肥皂一样。可我喜欢又干又面的土豆。不得不跑回木屋里，抢救土豆，我那伟大的站立只好留待下次了。

我顺着田野往下走，来到一片低地，一头撞进雾里。刚才还和田野在一起，现在却只剩一个人。不想与雾为伴？但为什么不呢？它围绕着我，关心着我，诱惑着我，我亲爱的雾，我的诱惑者。我该做的是——接受或者拒绝它的爱。接受——就意味着我和它关系友好，可以让它和我捉迷藏。不接受，我就会发火——那时它最好赶快从我身边走开。我接受了它。刚才和田野在一起，而现在和雾在一起。我爱过田野，而现在我爱的是雾。我爱的对象不是特别可靠，今天在这里，明天就飞走了，而且它也不是实实在在存在的，你用手摸不到它，你也无法与它亲热。我走进雾中，沉浸在这爱之中。我走出来——雾留在我的身后。而我还要沿路向上返回。

人性真是可恶：似乎，我什么都有，衣食无忧，自由自在，现在森林里道路泥泞，难以通行，砍树的和盗伐的都不能进入，我心情轻松愉快，睡眠质量好，美梦不断——总之，一切都令我十分满意。似乎可以无忧无虑地活着了。可是，过不了多久，一种忧愁忽然会袭上心头，使我不安。哪种忧愁呢？你开始研究它，却发现根本没有什么哀愁，只不过你忘记了自己是幸福的，这种感受从你的记忆中消失，因此你才眉头紧皱。如果你能马上明白，那很好，你可以抛开你的烦恼和忧愁。可如果你不能马上明白，那么你就得整天闷闷不乐，忧心忡忡，一天、两天，甚至一周，烦恼和恐惧折磨你，好像你面临末日审判，面临全人类的灾难，似乎你承担了所有的苦难，正深受折磨。可这时你没有受到任何折磨。你轻如鸿毛，你抛开了自己的烦恼。为免忘记，你会在手上或一张小纸片上写下："我是幸福的"，——看吧，阴沉的白天里你看看它，就会豁然开朗。像孩子一样手舞足蹈、开心快乐。这样的状态最多一天，第二天你会再次忘记自己的幸福：手上的字迹已经洗掉了，那张小纸片也弄丢了。

　　我曾经说过"冬天""死亡""无力生活"，那时我觉得那将是我最艰难的时刻。可现在我已经度过了冬天。怎么样，我高兴吗？幸福得在森林里手舞足蹈吗？的确手舞足蹈，为春天的小溪和自己的幸福心情而欣喜，但有时我也突然会感到害怕。远处是蓝色，田野在泛绿，森林披上柔软光滑的新叶，我风华正茂、精力充沛，可我却无所事事。我不想活着，这已经不是因为寒冷和严寒，不是因为冬天，而是因为春天，因为好天气。那些东西，属于冬天的，绝望，你很容易忍受，你不想活着，你没有力气，可你抓住生活不放。它对你的打击越沉重，越险恶，你就越加坚决地保卫自己。春天时不想活着的愿望是更加致命的。你想活着——却在努力争取死去，你喜欢生活——但你却不想要它，主动逃离它。这时你该怎样保全自己，怎样使自己不被这冷酷无情、神秘莫测的致命力量所伤？而且是不是需要这样的自我保护呢？保护自己不受恶的伤害是需要的，可是善呢？如果它无情地把你拖向深渊，对此你既幸福，又恐惧，你既想向人们呼救，又想沉默不语，躲到角落里，自己一个人呆一会儿，不去破坏宁静。你既想活着，又努力争取死去，又在等待，——究竟你的哪种想法会占上风？

你正在陷入它, 这无底的深渊, 你奄奄一息。你奄奄一息不是因为寒冷, 不是因为疾病和困苦, 而是因为温暖, 因为阳光, 因为饱满的生命, 因为春天, 因为健康。

我会因为词语、人们、谈话、谩骂和夸奖而激动万分, ——无论哪个都一样。如果有个人跟我说了一个词——那么, 我就彻夜不眠, 苦苦思索这个词的含义。他只说了 "你好", "是的", 可我想, 这能是什么意思呢? 于是我会翻来覆去地看这个词, 对着灯光看它, 还要尝尝它的味道。我心里回响着这个词, 就像螽斯在田野里鸣叫。我不愿去想它们, 可还是在想。一只乌鸦挡住我的路, 我呆若木鸡, 怎么也回不过神来: 我既快乐, 又忧伤, 既想哭, 又想笑, 一心想跑到什么地方去。可说实在的, 往哪里跑, 为了什么目的、什么原因跑呢? 因为在森里里碰到了一只乌鸦。好久没有见过布谷鸟了。如果我猜到它除了自己的身体, 还要献出自己的声音, 布谷布谷的叫声, 那么我马上就会像患了中风一样, 失去知觉, 进入昏迷状态, 失去理智, 我坠入奇怪的梦境, 先是体验到一种可怕的、无法言说的幸福, 然后是极度的痛苦。

如果人们以为一个人会因为消极, 因为不想活着, 因为虚弱和疾病而死去, 那么他们是错误的。由于不想活着的愿望和疾病, 他当然会死去, 但是很难想象死亡是某种消磨时间的方式: 你像木头一样躺着, 手脚一动不能动, 你身上没有一块肌肉能动, 这时死亡正在发生——你正在死去。为了让死亡到来, 需要与活着一样的力量, 一点也不能少。无力活着, 这只是一个人的感觉。如果他没有赴死的力量, 那么他永远也死不了, 他可能会活千年、百万年, 我们也会在路上遇见年迈的老者, 他们早在天空和高山出现之前就已出生, 他们比宇宙还要长寿。但奥妙就在于, 人生来就被同时赋予了生的力量和死的力量, 因此, 当死亡来临的时候, 他就会因这力量而死。当然, 具体情况各不相同, 横死的情况也是常见的, 不过我们说的是普通的死亡。

昨天, 当我在路旁一条弯弯的小溪边停下脚步时, 我冰冷的心中有什么东西动了一下, 一阵发紧。只是微微动了一下, 稍稍有点发紧, 以至于站在小溪边时, 我甚至没明白自己怎么了。可我刚一走开, 夜色就降临在我的左侧, 我想了想，马上明白了——这是生命来到了我身边。怯生生，柔柔弱弱，瘦瘦的，像新生的柳枝，像细细的竹竿，像这春天的小溪。当白天还没有过去，太阳还挂在高处——小溪慢慢流淌。晚上来临，太阳落山，风寒刺骨，这时——小溪会结冰，凝滞不动。但这已经是最后的严寒了。

现在，重生的我将如何看待鲜花、草地、树木和森林？我将对天空感到怎样的惊喜？我是否会有惊喜？我将怎样走路、吃饭、说话、生病和哭泣？我极度珍惜和渴望的一些东西是否会离我而去？我会不会很勇敢，不惧怕盗伐者？命运会不会夺走我的理智？我能否区分白天与黑夜，黑夜与白天？我是否会快乐、健康、光鲜、能干？我是否会愚蠢、粗鲁、无耻、固执？在草地上奔跑，付出爱——我希望这个能保留下来。怜悯、同情——这个我也不想放弃。可这样一来，你会失去什么，得到什么？你什么也没有失去，你什么也没有得到。你还是你自己。你失去了生命，你也得到了生命。

也许，看着鲜花的时候，我不会高兴，而会哭泣？或者，我不会保护森林，而会烧毁和砍伐它？会不爱姑娘们，而恨她们？也许，一切事情我都反着做，在应该做好事的时候做坏事？现在我什么也不知道。知道我重生了、我活着、森林就在我前方，这对我来讲足够了。不，我是在自欺欺人：我什么都知道——知道我会做什么、不会做什么，我清清楚楚地知道我自己和我所走的路将是什么样的，但是我不打算说出这些。

一天、两天、三天，天空中没有任何遮拦，星光无比灿烂，当你从外面回到木屋，上床睡觉时，你还能看见眼前满天的星星，一种奇怪的感觉挥之不去。你觉得，你好像缺点什么东西——乌云、云彩不够多，遮不住天空，使你觉得自己没有保护、没有遮盖。但你这是什么奇思怪想啊！人们什么时候认为过乌云或云彩可以当被子盖？我的被子又是干什么用的？尽管它不好，也不太保暖——我用它盖腿，把它往上拽，拽到胸前，直到它碰到下巴。无论我多冷，我从来都不会把头缩到被子里——我不喜欢呼吸封闭的空气，——因此，露在外面的只有我的脑袋。我静静地躺着，慢慢入睡。我讨厌天空没有遮拦，讨厌我赤身露体躺在天空下面，身体渐渐变凉、变硬，完全暴露在别人的眼前。

第二章

　　四月的雨，四月的潮湿，春天的云布满天空，夜里下过雨，春天在窗外哭泣，我没有睡觉，一直在仔细倾听它的哭声。但它为什么哭泣呢？什么让它焦虑，让它不安？难道是谁欺负了它？谁也没有欺负它。而且，要想让一个人哭泣，一定要欺负他吗？难道只有委屈的泪水？难道人们有时不会只是因为想哭泣而哭泣？心中愉快——要知道这同时也是忧愁。况且，春天没有在人面前哭泣，没有让大家看到它哭泣，它趁着所有人睡觉的时候哭泣，它的哭声没有打扰到任何人，它只是独自轻轻地哭了一阵——黑暗的夜里飘过一阵明亮的雨，而早晨擦干眼泪，恢复了平静。看得出来，原因很简单。因为春天是太令人高兴的季节了：一切生机勃勃，一切都在开放——包括草地，包括树木——美好的生活就在眼前，有很多事做，有很多幻想。就好像站着的一个人，站着站着，忽然一下子动了起来。去哪里呢？不得而知。他动身不是因为无聊，也不是因为他厌倦了站立，而是因为道路在召唤他，幸福在等待他。为什么这时不可以流泪，不可以摆脱古老的沉重？哭过，就等于洗刷了自己，——一切都过去了。可它未来的命运并不轻松。离秋天、冬天还很遥远——多少日子过去，它不会永远年轻，它只是在某一个瞬间出现，把大地变得美丽，然后永远离开。谁也不会想起它，谁也不会请求它留下，即使有人请求，这又有什么用呢？生活是残酷的：既然来了——那你就赶紧走，别磨蹭，给别人让条路。可它如此美丽、年轻、纯净，冬天怎能与它相比？但这还是让它们自己决定吧。少女为自己的眼泪害羞，为自己的美丽、纯洁害羞，为即将失去的一切和失去了感到可惜的一切害羞。她为自己害羞。她真是个傻瓜。让她哭吧。我不会去安慰她，不会对她说鼓励的话语，把所有的事物都一分为二：说，这个这样，这个那样，这个由于这个，这个由于那个，什么会过去，什么不会结束。反正她不会明白的。况且这眼泪是活生生的，出自于爱，出自于心灵的成熟，出自于生命的盛典。让她哭一哭吧，她会更坚强。她在窗外抽泣一会，絮叨一会，我就无法再平静地看她流泪，而想去安慰她，但是我努力克制自己。小伙子，别管闲事了。不是所有的事情都能靠哭泣解决的。别打扰她，她会从哭泣中得到满足，因为有时候眼泪——也是一种幸福。

接近黎明时分的夜。我会睁开眼睛，看一看黑洞洞的窗户外面，如果外面不是特别黑，集中注意力仔细看，可以看见窗口有一根黑色的松枝。其实，与其说是看见它在那里，不如说是猜出来的。长久以来，在躺在床上睡觉的所有夜晚和所有时刻，你已经习惯了它，你已经把它从头到脚看个仔仔细细，并把它装进了心里，你和它已经无法分开。即使猛烈的西风把它吹断，即使为了不挡光，我自己用斧头砍倒松树，即使夜黑得分辨不出松枝，无论如何努力，——我总是能够在自己固定的地方看见它，一点也不会觉得奇怪：说，它丢了，又出来了。怪事就是怪事，当然，如果被折断或砍掉的树枝忽然重新出现在原来的地方，可以把它当作某种难以置信的东西：说，命运把它抛到大地上，可它执拗，发脾气，违抗上天的旨意，既然这样，就让它明白它是什么样的、应该呆在什么地方，别吵别闹，别固执己见。但是，哪怕风一百次折断它、斧头一百次砍断它，它也会第一百零一次回到它原来呆过的地方。松枝对命运如此的桀骜不驯令我困惑不解，我认为这是一种亵渎神明的放肆。我时刻准备着劝说它不要违抗命运，要服从，我时刻准备做一切事情来阻止它在窗外晃来晃去，——可我的所有努力都将是徒劳的。我觉得我似乎可以说服它做什么事，可我的这种自信是从哪里来的呢？

可如果有那么一个时候，不是现在，而是遥远的未来，发生不幸，在一个非常美好的时刻，世界头朝下飞下来，陷入某种毁灭性的灾难，那个在这场灾难中幸存下来的人将会去探索大毁灭的原因，他完全有把握找到它：它就在于那根奇异松枝的桀骜不驯，它不想把我一个人留下，甚至敢于违抗天命。其实，巨大的灾难总是由这些微不足道的原因引起的。

我可以不夸口地说——生活教我养成了讲究礼貌的习惯。我尽量不打扰任何人地活着，但是我似乎有点努力得过了头。如果我在森林里走路的时候打哈欠，那么我努力使自己的哈欠不打扰任何人，不惊动任何人。如果我跨越小溪，这时我也不发出声音，不跺脚，而是轻轻地做所有的动作，好像我怕的不是惊动野兽或人，而是惊动我自己。如果我在护林所里吃饭，哪怕只在桌边坐一次，我也不吧嗒嘴，不吸溜，嘴和鼻子不出声，不发出粗野的、似乎是帮助吞咽的声音，而是无声地、干干净净地吃，像老鼠一样，很多人一起时我也这样吃东西和坐着。睡觉时，我选择一种不让自己在睡梦中像被捆住的野马一样打鼾的姿势。总之，我是一个有修养、有教养的人：笑时——不哈哈大笑，让整个森林都听见，哭时用手绢捂住嘴，不声不响。我如此安静，以至于一个听力不灵敏的人如果和我比邻而居，他不会以为我还活着，而会认为我早就死了。我努力克制自己的激情。野兽不愿意这样做。一只狐狸打个喷嚏，我在整个森林里都能听到它的喷嚏声，真想跑过去对它说："祝你健康，小姐"。夜里，一群驼鹿从护林所外面走过，冰冻的大地也会颤抖，它们就是这样用力地用蹄子敲打着地面。一只野兔在田野里跳起来，它的动作多轻啊，可它也像牛奶饼一样砰地一声落到地上。而它一旦吃起东西、啃起山杨树皮来，那么夜里那种音乐，那种无所顾忌的吧嗒嘴的声音、喘气的声音、咂嘴的声音，会让你听个够，这只不停地吧嗒嘴的兔子会让你产生强烈的食欲，你一忍再忍，最终还是忍不住大半夜从床上爬起来，赶快去空锅里摸索。可我还没说到响鼻呢？哪个野兽或小鸟不打响鼻呢？看它们的眼神就知道——一只乌鸦，它也会在某个夜晚发出这样的响鼻声，震得树枝都弯了。也许，它们也压低自己的响鼻声——谁愿意把自己的烦恼表现出来呢，——但它们的声音还是很响，比我的声音大。于是我责怪自己过分讲究说：那么讲究干什么？既然只有你一个人，那么就没什么不好意思的：想怎么呆着就怎么呆着，谁看得见，谁听得见？

　　早晨醒来，我打了一个哈欠，张大嘴巴，忽然呆住了。我觉得，太阳对我的行为很不满意。那是个晴朗的早晨，可忽然阴沉起来，乌云飘过来遮住了太阳，使我看不见它。也是，它为什么要看一个打哈欠的粗人呢？从那时起一直到晚上，我都垂头丧气，责怪自己。

春天就要来了，可我像那个不信人言的使徒多马一样，拒绝接受它，我说：还不是时候，还要冷的。到时候我们再高兴吧。结果怎样？春天来的时候，我没高兴，现在也不高兴。我不高兴不是因为对它不满，而是因为之前，在它刚刚到来的时候，我没有高兴。而那时我才应该舒展自己的脸庞，对它微笑，说甜言蜜语。可我却转过身去，装作没看见它。我怎能原谅自己的这种无礼！我知道，春天没有生我的气，我的忧郁也不会伤害它，可我心里还是有点不舒服，感觉不好。哪怕点头打个招呼也行，那样也算好了。可是我没有，还装作它不存在的样子。尽管我是对的，过后也确实冷过，离春天还很遥远，但我现在还是觉得自己是个叛徒，在艰难的时刻没有支持它。我心情郁闷，饱受良心的折磨：我是个卑鄙小人。

树木死了一般，没有树叶挂在枝头，但是，很快春天就会恢复它们的生机。而暂时只有小鸟落满枝头，唱歌、跳舞、在树枝上飞来飞去，似乎在以自己的存在召唤它们醒来。音乐——在大地回春的时节，是光明之后出现的第一个事物。我今天也是——睡梦中，突然在黎明前听到美妙的歌声，迷迷糊糊地觉得自己死而复生，听到的正是天堂极乐鸟的歌唱。赶快驱走身上的睡意，揉揉眼睛，往窗外看去。我看到了什么？一只乌鸦。而且听到了它的叫声。而这可能不是好兆头。

据说，冬天雪落到地上盖住大地的时候，那是它在保护大地免于羞辱。当然可以认为这是对的。那么春天，冰雪消融、大地重新变得好像毫无遮拦的时候，算什么呢？一方面，大地被盖住、免于羞辱，另一方面——大地被迫裸露自己、没羞没臊地出现在人们面前？这很难让人相信。而且我从来没见过有谁愿意在春天到来、冰雪消融之后，看着赤裸的大地，羞赧地垂下眼帘或者愤怒地用手指点着说——你看它，多不要脸！同时，我多次见过出离愤怒的贞洁维护者。但他们也没有戳过手指，没有垂下眼睛。当然，也有人戳过手指、垂下过眼睛，但谁敢批评他们呢？要知道他们戳手指不是由于刁钻任性和无事可做，而是出于正义，因为他们认为应该那样做。而且，如果它就那样躺在你面前，充满着罪恶和圣洁，不加遮拦地诱惑着意志薄弱的心灵，你怎能不戳手指、怎能不移开目光？如果遇到这种情况，我不仅会戳手指、转眼不看，我还要刺瞎自己的双眼，好让自己不去看这个无耻的家伙，——可失明之后，我在森林里该怎么办呢？要知道即使眼睛好使我也不能很好地应付一切。尽管戳手指吧，可还是不得不看。

春天的云彩在地平线上堆积起来。云彩是那么多，它们看上去是那么沉重，让人觉得它们不会落到地上，而这仅仅是因为如果其中的一片云彩落下来，它的重量就能把大地砸得粉碎——云彩高于并重于世界上最高的山峰。与它们相比，大地显得柔软、脆弱，它在它们的威胁之下胆怯、瑟缩，它的恐惧永远挥之不去。为什么？因为可怕的云彩永远也不会落到地上，更不会把它砸碎。如果落下，那也不是沉重的，而是轻盈的、胆怯的、善良的，唤醒地上的每一棵小草，浇灌田野和森林。怎么会这样：它们外表可怖，而实际美好、善良？它们并不美好，也不善良，它们恶毒而阴郁。它们在天空中流浪，但它们不能永远流浪。于是，它们就落下来，并且由重变轻，要是它们把大地砸碎、踩烂，它们自己往哪里落呢？

我期待夜莺在小河边放声歌唱的时刻。怎么，我来到小溪边，伫立在那里，侧耳细听它是否放开喉咙？不，我不这样做，而且森林里有的地方还有雪，自然界还没到夜莺歌唱的时候。我不过是不浪费时间而已。在森林寂静无声、没有响彻候鸟的叫声时，我为相逢做着准备。听到鸫鸟或百灵的啁啾令人开心、幸福，而夜莺的歌声，像一把利刃刺伤你的心，这并不是每个人都能承受的。对我来讲，夜莺的歌声既是最高的奖赏，又是最重的惩罚，当它落在赤杨树上放声高歌的时候，它的歌声响彻周围的大地，这时我觉得，世界上没有什么比这歌声更美好、更可怕。我怕我会承受不了它的歌声，而像服了甜蜜的毒药一样死去。

我怎样保护自己避免这样的死亡？在夜莺开始歌唱、发出第一个音之前一两个月，我只做一件事，那就是听乌鸦叫。我不能说它们的唱腔使我开心，其实不然——我对它们无法忍受。它们的声音对我的作用与红布对公牛的作用无异。哪怕我心情极其舒畅，沐浴在无上和谐的波浪中，只要听到乌鸦的一个轻轻的叫声——不是呱呱叫，而是它的一个微小的暗示，——瞬间就可以使我暴怒、发抖。我会跑出木屋，对乌鸦挥舞拳头，诅咒它受到严厉的惩罚。说实话，我的威胁对它不太起作用，这让我更加怒火中烧。于是，无力阻止它细碎叫声的我开始追赶乌鸦，从一棵树到另一棵树，乌鸦看着我，可能觉得我气得精神失常了，或者闲得没事出来活动活动。现在，在对夜莺的期待中我正在变成忍耐的典范。哪怕乌鸦扯着嗓子喊，拼命喊，喊破它自己的铁嗓子——我都一动不动，纹丝不动，我也不会对它有不好的想法，我不仅不会对它大吵大嚷，而且不会把它的声音当作地狱之声和死亡征兆，而把它当作美妙的歌声，尽管它无法与夜莺的歌声媲美。坦白地说，这种想法我很难接受，但是我忍耐着，期待我的时刻到来。

我这样做能得到什么？当夜莺飞来的时候，我对它的歌声做好了准备。我如此习惯乌鸦的呱呱叫声，甚至告诉自己，这是绝妙的音乐，如今无论什么样的夜莺我都不怕了。我不好，可为什么现在我不能接受好的事物？听一听夜莺的歌声，一切马上就会回到正轨：我欣赏美好的、拒绝不好的事物。痛苦的只有乌鸦一个，它困惑不解，何以我突然把怒火换成了善心？但是这已经不归我管了。

星光映照在河水中，我站在河岸上，背对着黑黢黢的森林，看着冷冷的河水，我需要走夜路回家去。这里有河，奔流的河水，星星的倒影，还有我，站在水边，不想离去。前面是漆黑的路、头上方光秃秃的树枝、坑坑包包、水洼、沼泽边潮湿的气息、我的狂奔和急于回到护林所躺下睡觉的迫切心情。夜间的路罕见地美好。在森林里奔波了一天，你已经累了，现在你只是最后一搏，要扑向炉灶、扑向床铺、扑向你的家门。因此，你觉得这条路既漫长，又短暂，因为你奔跑的时候会忘记它，它也不会留在你的记忆里，而同时你却怎么也跑不到终点。河边的站立既短促，又长久，只是方式不同。在这里你只是短暂停留，可你觉得你站立得太久。河水的奔流和止息使时间变得漫长而又短暂。而且我站在这里时是面向光明的，可一旦动身——就走向黑暗。我为什么在河边停留、耽搁，整晚站立？我看出什么了？得到什么了？阴沉的夜色，遥远的路途，与河水的分离，我不愿意离开它，但我又不能像测量河流奔跑和空中星辰流动的标杆一样站到天亮。没我有人家也一样能把这测量出来。

春天或夏天的必然来临令我惊异。可这似乎没什么好惊异的。更惊人的应该是春天宣布自己有权决定自己的去留，说走就走，再也不回来；或者是夏天用它的温暖稍稍给了我们一点热量、稍稍爱抚了我们之后，突然意外失踪，好像掉到什么地方去了似的。我经历了很多的冬天、春天和夏天，可这种事情还从来没有发生过。同时，每一次当某个季节来临的时候，你都犹疑、期待：它还会不会再来呢？而当它还是再次到来的时候，你仍然欣喜。这是怎么回事？我想，大自然和人一样，受制于彷徨的情绪，它总是有疑虑。因此，当某个季节来临的时候，它，大自然，总是犹豫，这个季节该不该有呢？表面看，这个问题可能不那么重要，可有它自己的复杂性和困难性。要知道大自然在裁决某个季节"该不该有"的时候，它似乎有责任赋予它全部的美。丝毫不能耽搁，也不能讲究繁文缛节，而这不是总能做到的。万一什么地方出点差错，什么东西忽然发生变化、或者完全脱离正常轨道呢？那么该怎样应对？大自然、森林有种一丝不苟的准确性，——我们把它称为公正，——它们的眼界有点狭窄，而不开阔。只要它，大自然，说了"好的"，它就会一直想着那件事，不想耽搁，更不用说停止。假如，春天在赶来的时候突然耽搁了，这和我们有什么关系呢？它彻底不来也没什么。我们不会特别悲伤。春天不来，至少冬天、夏天、秋天还会来。不管怎么说，总会有什么到来的。它干嘛如此努力、争取一定要来，即使超出自己能力所限也在所不惜？没有春天我们也能活下去。就是说，它不是在为我们努力，而是为自己。它在使自己获得满足，而结果是——同时也使我们获得安慰。

很难集中精力、重新开始此生。你以为——你躺在幸福的襁褓中，从你那里什么也捞不到，所以你很轻松。似乎不是这样的。主要的东西才刚刚开始。幸福的童年，人们把它当做失去的乐园来回忆，我们会把它留在身后，开始庸常的白天，辛苦的劳动，以及其他的一切，在这种情况下能做到什么呢？我很难理解，为什么这被称为重生、新生活，其中旧的东西太多太多。可能，我希望上天赐与我幸福，我将抓住幸福的尾巴，不再松手——它各方面都符合我的心意。而问题就在于，幸福似乎来到了你身边，你似乎也抓住了它、没有放手，可有时你定睛一看——手里什么也没有，你两手空空。这就是说，你每次都得去抓住它不放手，但还是两手空空。确实，——它究竟在哪里？难道你能抓住这一天、这个春天，不放手？你也许可以留住一天，如果你有什么可抓的话，如果它有头发、手臂、双腿。否则你能做什么？站在田野中间，大大地张开双臂，你想留住一天，可它从你旁边溜走，就像指缝间漏下的水。你一大早就站在那里，信心满满：你说，我一定能留住它。中午时你的这种信心还在增长，之后我无法理解的这一过程里会发生点什么，尽管你抓着这个白天，你抓住了它，但它还是从你这里飘走，落到西边，消失在黑暗中。

大地总是令人激动，而当它赤裸裸地躺在那里，没有绿草，没有白雪，有些地方被犁翻过，有些地方没有动过犁，尤其如此。白雪刚刚离开它，绿草还没来得及生发。冬天时没有割掉的黄草垂头丧气地倒伏在地，在这里你可以看见所有种类的、还没有腐烂的野生花草：蒿草、金丝桃、甘菊、千叶蓍。草是干的，因为干燥而布满灰尘，你拿一根点燃的火柴靠近它——它马上就会着火，像火药一样燃起熊熊火焰。你认为白雪和绿草是大地的衣衫，可现在大地它一丝不挂。它不是一个姑娘，也不是一个女人，可这不重要，当你看到这样的大地时，你的激动之情总是与看见美丽的姑娘毫无二致：她（它）害羞，胆怯，站在你面前，激起你内心强烈的情感，她（它）唾手可得，美丽清新。

来到田野里，躺到地上，我忽然想与它结为夫妻。我辗转反侧，可大地无论如何不接受我：它冰冷、潮湿，而且散发着坟墓的气息。我浑身沾满了土，可是没有得到任何享受，相反，还觉得很难堪，因为我像风雨来临之前的马儿一样趴在了地上。

如果某一天使我苦恼，我心情沉重、焦急不安，那么我不接受这一天也不是因为它寒冷、潮湿或刮风，因为路上泥泞脏污、因为下雨或其他类似的现象，而是因为我不能完全接受它。比如，雨、乌云、风我都接受了，而那一小块还没有成形就飘走了的云彩，我就不接受。我责骂它，诅咒它。它可能也会在我的情感中存在，过不了一两分钟，它就会飞走，隐没在森林的边缘，消失得无影无踪，我也不会想起它，因此，似乎我和它没有任何关系，它在与不在，我都不会勉强自己接受或不接受它，可我却在心里努力去接受它，而我越努力，结果就越糟糕。现在它已经在森林的边缘消失一半了，现在另一半也开始快速消失，只剩下一个小尾巴了，可实际上根本没有什么尾巴，只不过另一片更大、更阴沉的云彩占据了它的位置；而我应该忘掉原来的那片云彩，想着这一片，可我还是固执地想起原来那个。我想起它，不是因为我不能忘记它——它让我特别喜欢，或特别不喜欢，而是因为至今仍无法接受它。一个小时、两个小时过去后，雨会停下来，太阳会探出头来，森林会露出微笑，在光明和太阳的照耀下闪闪发光，看着这一切，你应该变得愉快起来，可你依然心情郁闷，而且还是因为那一小块云彩。为什么不接受它？接受它太难了！难以接受不是因为它给你留下来一些特别的东西，它的样子使你特别难受，而是因为你心里对它没什么好感，因为这块云彩不舒展、不自由、不会打开自己，像你对其他的一切打开自己一样。毫无疑问，黑云比明亮的白天更难让人接近，但它也完全可以进入你的内心，如果你善于向它开放自己。重要的是，应该放那块小云彩进来，让它进入你的内心，而不是像个孤儿一样在天上流浪。我把它放进来，接了它。于是，幸福和它一起来到了你的身边。

　　这个世界上的一切都乱套了——外面是春天，可我这里是夏天。我什么都有，什么也不需要了。我需要早晨吗？它早早醒来，来到窗外。中午呢？它就在门口。晚上呢？它还在，只是已经很疲惫。我还缺什么？我有什么不满意的？无论是阳光灿烂，还是阴霾满天，无论是白天，还是黑夜——我心中总是有一个太阳，而这就是我称之为夏天的东西。于是我催促还在耽搁的春天：快跑吧，我悄悄地说，快点跑，错过你我不可惜，我自己就是夏天，我想和夏天融为一体。而因为我已和夏天融为一体，因为森林里是春天、而我这里是夏天，我很难过、烦躁、焦急。于是我想：等到夏天来临，我就终于可以安心地生活，从从容容地和每一个白天、每一个夏夜同作同息。只是到时候，我是否安在？是否已与大自然完全融为一体？我的外表是否还保留某些人体的迹象：鼻子，眼睛，嘴巴，大腿，双唇，——我是否会化为微尘？是否会消失？是否会结束自己在人世的生存？是否会悄悄变作看不见的鬼魂？那时我是否会飘荡在我的林中土地的上方？我怎样吃喝、怎样与邻居交谈？当然，这些问题对我来讲，既有点让人高兴，又让人高兴不起来，因为有些事情如果发生了，那它就是必定要发生的，而这一变化为何不该引起我的兴趣？不过，也可能，我没有消失，而是发生了奇迹，不是奇迹，而是某种普通的、平常的，但你现在和将来无论如何都想不到的事情，你再想一千年也想不到的、而且别人也没有想到的事情，它就在你眼前，近得你永远也抓不到它。也根本不会有什么鬼魂，一切都会保留在原地，我也不会告别自己的鼻子、眼睛（说实话，既然它们还没有让我感到厌倦，我为什么要和它们告别？），你还会和现在一个样，同时又和你知道的现在的你不一样。无论你是否会长出翅膀，像蝴蝶一样在田野里飞来飞去，或者变成一只虫子，在地上爬来爬去——这一切都不会让你感到沉重，而只会让你感到喜悦、幸福、感动、一种很好的平衡、清醒、迷糊。你什么时候才能融入这个世界，让它接受完整的你，一点也不缩小，也不伤害别人？这将是什么样的生活？我会是什么样子？我是否会继续保卫我的森林或者转而去保护别的森林，是否会把爱、痛苦和怜悯保留在心中，是否会保留思索、感觉、感受和因鸟儿欣喜的能力——我不知道。

我到邻居伊万家去做客，现在就坐在他这里，话已说到尽兴。我望着我的森林所在的方向，尽管它现在离我很遥远——我还是觉得它很近。这是因为我在望向它的方向。如果我在他身边，而不看他，我与他的距离却如此遥远，远得像逝者与我们活人的距离。他们似乎就在身边，可以触摸他们的额头、双手、耳朵，确定他们就在这里，哪儿也没去，可谁能说出此时把他们和我们分开的距离有多远？一百公里、一千公里、一百万公里？我想，这么大胆的人是找不到的。一个人的，当然还有野兽的眼神可以拉近任何一个物体，只要你带着祝愿看它，哪怕它流落到天边、落到一个十分荒远的地方、落入地狱，你也可以把它拉近。你怀着爱意看它，把你们分开的距离有多远并不重要——它就会向你靠近。你不想要它，你不看它——这时它就会离你远去，直到完全看不到为止。因此，我很不理解那些旅行者和流放犯，不理解他们为什么会害思乡病，奔回家乡，只为看看一小片故土。我能理解他们远离家乡的苦楚，却不能不理解他们的痛苦呻吟。看一看亲爱的家乡所在的方向，许愿要好好看看它，你就会看见它。不过这时一定要注意别太用力，太用力会把你的愿望变成一场梦。它们会出现在你的梦里，那是故乡美丽的自然风光——河流上方的小山冈，菜园里的土豆秧，散发腐烂气味的阶梯，——给自己钉个棺材吧——你已经死了。这时再怎么看也不能使你起死回生了。可一个沉睡的人怎么能知道他在看向什么地方？哪里是南、哪里是北？

春天让我变得无精打采的，我变得懒散，并为自己的懒散辩解。我说：都冷了那么长时间了，又是下雪、又是暴风雪、又是寒冷的——这下好天可算到来了。我是否有权利像小草一样生活几天，无所事事地呆一阵子？我的声音在这样的提问中变得坚定，带上了要求的语气，略有提高，我本人也变得越来越严肃，给自己的问题注入一种激情，似乎我终于受到上帝的接见，并要求他回答：可怜的人类是否还将长期受苦、不见光明？我越是无权如此无所事事，我要求的声音就越响亮。因为谁有权无所事事啊？我说：应该像小草那样生活一阵子。但是小草也在劳动，也在埋头苦干，可怜的，它在自己的工作日之内所干的活比一个劳动能手还多。没有像无所事事的、懒虫一般的、游手好闲的、轻浮的小草。只有工作的小草、劳动的小草。而它们应该受到我们的表扬。如果小草不挥汗如雨地劳动，人也不劳动，那么世界还会是我们现在看到的样子吗？

春天让我彻底爱上了它，我狂野、不羁，把自己费了九牛二虎之力获得的平静完全抛到了一边。可我曾经夸口说自己意志坚强，而且将坚强到底。可现在它——你的坚强，在哪里？它早已随着第一缕微风飘散了。人真是奇怪！除了傲慢和虚荣，他还有什么？只有软弱和对恶的随波逐流。但是，如果你必须拒绝这个春天，同时又接受它，那该怎么办？怎么生活？一手把它推开，一手拥它入怀? 这需要拥有不属于我的城堡, 还有特殊的生活方式。把自己封闭在木屋中、修道院里, 当个修士、杂役, 而不是护林员, 禁绝自己的肉欲, 持斋, 誓保贞洁。闭上眼睛, 捂住耳朵, 什么也不看、什么也不听, 只是这样一来要它们——眼睛, 有什么用? 我为什么这样说? 春天扰乱了我的心, 使我激动、不安, 在我心里制造了矛盾的思想, 可是我不想这样。我需要安宁。请给我一个这样的春天, 让我看着它的时候感到幸福。可我既不幸福, 也不安宁, 却在激情澎湃中爆炸。我曾以为, 等到春天到来, 我将像旁观者那样用严厉的目光看它, 甚至似乎完全不是看它, 而是目光轻轻地一瞥: 说, 这是谁在那里爬过我的草地? 接受客人, 还是拒绝他? 如果是个不那么让人愉快的客人, 那就拒绝见他, 趁他还没看到我, 就跑到森林里去。我还想过: 当它到来的时候, 我已经上马准备出发。它所有的热情和奋斗——这都是它的命运, 和我无关, 我纯洁、坚强、安静, 我已死去并投入新的生活, 善与恶似乎已不是为我而存在。春天喧闹一阵, 低声说说话, 激动一阵, 而我们将从高处俯视它。

没有结果。它把我弄得晕头转向, 尽管我绝望地进行抵抗, 责骂自己、诅咒自己, 尽管我不接受它的诱惑, 但是我能感觉到它在吸引我, 把我拉向它。而且, 如果它完全把我拉过去, 我也不会惊奇。我会忘记我从前的功业, 变得像春天, 变成春天。我将与它如此相像, 以至于我们完全融为一体, 同时又似乎是分开的。当人们问起春天在哪里? 我会指着它, 同时也指着自己: 它在这里。不过也可能, 为了不让人们对这样的回答感到困惑, 为了不让他们对我们的各自为政感到迷惑, 我单独指向春天, 而对自己只字不提, 或者只提自己, 完全不提春天。或者, 如果碰上特别爱较真的提问者, 要求准确地回答——让你告诉他、而且一定要解释清楚, 为什么这个这样, 这个那样, 这个在哪里, 那个在哪里, ——我是不会告诉他的, 我只会从他眼前消失, 需要多久就多久, 一天、一小时或五分钟, 要不就永远消失, 那样他就只能看见春天, 就会安下心来。

如果一个人出生于冬天, 而冬天又绵延不绝, 多年不断, 那么, 看着光秃秃的树, 这个人无论如何想不到它的僵死状态只会持续到春天, 春天一来它就会恢复生机。大自然安排得如此巧妙，因此当你看着冬天的树时，你怎么也不会想到它还会活过来。相反，更快到来的想法是：它已经过完了自己的日子，现在像僵尸一样矗立在森林里，只是因为严寒它才没有腐烂。

今天，我来到一株小橡树旁边，它的枝条上还没有绿叶，叶芽也还没有长大，我用手碰了碰小橡树，把它稍稍压弯，它马上挺直了身子，动了一下，晃了一下后变得更加挺拔，好像我碰到的是一个充满了生机和活力的人体。然后，我从它身边走开了好久，去触摸了别的树木，却意外地发现了它的柔软，似乎我在触碰它的时候，确实是想确认一下它已经死了，但是我感受到了它的生命，我很惊讶，以为这是奇迹。就好像我去触摸一个人，想确认一下他是否还活着，而他对我的行为报以惊讶。

春天和秋天，你呼吸着生命和死亡的空气，你吸入的除了氧气和森林里的各种颗粒，同时还有生命和死亡的成分。秋天，你吸入更多死亡的成分，而春天，——你吸入更多生命的成分。这就是春天和秋天空气如此甜蜜和奇异的原因。你满怀喜悦地同时吸入两者，如果其中一个使你焦急、恐惧，那么另外一个就会让你激动、幸福。夏天，你只汲取生命的空气，冬天——只汲取死亡的空气，——这就是你发现不了它们的原因，尽管它们也十分清新、香气四溢，却仍然给人一种很平常的感觉，不会让人热血沸腾，不会让人激动不安。确切地说，是它们使你感到开心和安慰，而你习惯了它们。当然，这也有好处：时而，你突然闻到一股肺草的味道，于是涌上一阵甜蜜慵懒的倦怠，时而，一股被太阳晒热的嫩蕨菜的味道刺激你的嗅觉，时而，马林果树像最温柔的姑娘一样爱抚你，但是，严格来讲，这并不是夏天的味道，而是肺草、蕨菜、马林果的，这是它们在以自己的存在提醒我们注意它们，注意它们的生与死，而不是夏天。

春天，树枝上最早出现的叶子、饱满的叶芽和山坡上融化的土地也都散发着芳香，还有慢慢消融的白雪，山谷里的小溪，和雪莲——一切都在表明自己的存在，无论是冬天，还是夏天；我们似乎应该有权利说：春天没有自己的味道，它只是由水、土地、青草的味道构成，但这将是个错误。

在春天的所有迹象中能明显感受到春天本身的气息。它不是由个别的香气、而是由青草或树木的味道构成的，并且自由自在，谁捕捉到了这种味道，谁就捕捉到了真正的春意。

就我个人而言，当我吸入这种味道时，我会失去理智。我会想：有没有什么比它更美妙、更强烈？你吸入它，就等于吸入自己的死亡、生命，你同时汲取生命与死亡，就等于啜饮永生之水，而这是神仙的特权。

一根花楸树枝拦挡了我的路，我把它拨到一边，它却打疼了我的脸。我生气了。首先，我是轻轻地、谦恭地把它拨开的，不是粗鲁地、而是彬彬有礼地推开它的；其次，谁能打自己人呢？我对它进行了小小的说服教育。回家的路上，它又挡住了我的路，我又把它拨到一边。这一次它没有打我，但是——能感觉到它刚劲、粗鲁，似乎它内心燃烧着激情，激烈地对抗着我的手。如果我不是死死地抓住它，那它会再次打到我，毫不犹豫，根本不考虑我的说服教育和我讲的道理。我又对它说了些话。又第三次从它身边经过。它的力量和粗鲁劲没有减少。它坚定、执着，像一块石头，尽管看上去柔弱、温顺。我还想站一会儿，对它说几句睿智的话，可头脑中突然产生了这样的想法：我是不是白白浪费时间，我能说服倔强的它吗？即使我把全世界所有睿智的思想都用在它身上，我也不能说服它，因为它是对的，而我是错的。我放开它，撤退了。

似乎，承认有春天一点也不难。可事实不是这样的，你不接受它，你觉得只有春天还不够，因此你很痛苦。我的生活带有痛苦的色彩，不过，说实话，这是为什么？我需要什么？我为什么而痛苦？需要金山银山，牛奶成河？我对现有的一切非常满足。就是说，我实际上不满足，却欺骗自己，说自己很满足。就是说，我还需要一些东西。也许，我真的需要金山银山？也许，没有它们我活不了，只是因为怕愧对自己而拒绝它们？也许，这是我秘密的、唯一的理想——得到金山银山，管它那里长不长青草？可如果仔细想一想，我需要山，而且还是金山，有什么用呢？难道森林里的地方不够我活动双腿，或者高山有一种吸引力，使你想攀爬上去、高高在上，为了到达冰雪覆盖、人迹罕至、光芒耀眼的山峰，进而接近上天并从高山之巅俯视这个罪恶的世界？好吧，山还可以勉强接受。但我为什么需要金山？我该怎么处理这些金子？像个吝啬鬼一样守着箱子，受制于金钱？但我不相信金钱能控制人，也不承认这一点。金钱非我所爱。无需争议，财富是好东西，但需自己努力去获取。追逐金钱是一种俗世的虚空，一个尊重自己的人是不屑为之的。让那些总是缺少点什么的人去做这件事吧。

我不喜欢我的痛苦。我想做一个温和、宁静的人。但也可能，我的金山银山是我能给我自己提供的最好的东西？似乎，这是最令人信服的说法。痛苦不是使所有的人都变好、变高尚吗？可我为它，我的黄金，感到惭愧，我逃离它，而自己需要什么样的山，我不知道。

不知道为什么，但我总是高兴看见草叶间的太阳。大概，你高兴是因为这时你透过洒满阳光的草叶看见的是自己，你能感受到太阳的温暖和光明。大概，在这个时刻，当你看着被太阳照得通体发亮的树叶时，你也的确光明而洁净。

多少次，我都发现：只要我看一看披着阳光的草叶，不管曾经多么阴郁，我都会变得无忧无虑，豁然开朗，充满柔情，生活的烦恼都会离我而去，我似乎落入某个国度，堕入另外一个美好家园——大海，童年。我不思索，不痛苦，不焦急，我像田野里的一棵小草在这片蓝天下茁壮成长，作为一个成年男人，在这样的时候，我大概真的变成了一棵小草或一片叶子，只是这变化我和别人都看不见。

春天有点无耻。天气温暖的时候，我就打算去森林里，避开偶然过客的目光，给自己选个比较偏僻的林中空地，脱下衣服，站在阳光下。每当这时，我尤其感觉到春天的无耻。站着的时候我特别害怕出现别的声音：万一有个偶然路过的人闯进来，看见我，被吓到呢？我觉得，森林也和我一样，在仔细倾听过冬的树叶和小草的声音：是不是有人来了，是不是有人看见了它赤裸的身体？但我觉得它的担心是多余的。森林的赤裸、春天的赤裸没有人发现。穿上衣装的人们同时也把春天穿在了身上，因此，现在看着它的时候，人们没有觉得任何不便。这也是可以理解的。无论冬天、秋天，还是夏天，我都不脱光衣服、赤身裸体地站在森林里。暂时还没有任何人撞见我做这桩怪事，但是我自己也意识到，我在做一件不体面、无耻的事情，却不悔改、不害臊，依然故我。我觉得春天无耻是有原因的。如果有一个人走过，或者一只鸟或蝴蝶飞过，我会觉得不好意思，飞快地套上衣物，免得自己臭名远扬。可它既害羞，又不害羞，既害怕，又不害怕。如果看见人，它也不会穿上衣服，就那样风情万种地站着，一览无余地展示自己的裸体，让人们爱上它，迷恋上它。这时，被它迷住的游客可要小心了！

橡树的黄叶在枝头挂了整整一个冬天，现在才开始掉落。春天和秋天的落叶是有区别的。秋天叶落是因为它即将死去。它的生命即将结束，它飘向大地。它主动死去，依照自己的意愿死去，没有任何人强迫它。春天叶落是因为有别的叶子推它。年轻的生命尽情绽放，它要求有自己的通道。哪一种死亡更好，这种还是那种？我想，两种都好，既然有新旧交替。当然，也可以批评橡树叶，因为它没有按自己的意愿在秋天落下，而拖延到春天，似乎意识到自己注定要死去，但不想屈服于命运的安排，而奋起抗争，决定把自己的生命延长到被别人取代为止。不过，这样看来，是否有必要因此而批评它呢？为什么应该只看到这件事不好的一面？万一它们留到现在不是为了靠别人延续生命，而是因为没有确信新的会来，所以才一直挂到春天。春天来了，叶芽里钻出了新叶，老叶意识到它们没有什么可担心的了，它们的世界没有结束，生命在延续，也就是说，它们可以安心地飘走了。于是它们开始飘舞。于是橡树上一片黄叶也不剩，好像它不愿留下。其实它也不是不愿意留下。在枝头悬挂，还是在泥土里腐烂——对它来讲，看来已经无所谓了。

五月的金龟子爬上松树的树干，它很漂亮，体型硕大，应该抓住它，把它晒干，有机会向熟人炫耀一下——我真的受不了这种诱惑。我用两根手指捏住它的背部，它快速蹬腿，试图挣脱。后来我把它放了。金龟子爬出不远，停下来，喘口气，环顾四周，平复情绪。猛然间，我闻到一种令人愉快的、特殊的来自森林的气息，这久违了的气息——我把它丢了，我苦苦寻找过它。在这气息中，我分辨出了金龟子爬过的松树皮的味道、这棵松树下稀有花草的味道、风儿拂过的树梢和树叶的味道、卡在树干上的干树枝的味道；我深吸了一口气，我已经好久没有这样呼吸过了，我看见眼前展开一幅森林的画卷，我好像从一个人变成了一只金龟子或别的什么，——但我在用新的眼睛、以新的视角看着这画卷，就好像在黑暗中挣扎了一百年之后才获得自由。我对自己说：抓住这个瞬间，它很快就会再次跑掉，而且永远不再回来。世界如此美好，再过不久，它就变得无影无形，无法感知。这就是一只重获自由的五月的甲虫和我一起干的事。

毫无疑问，来到森林里，折一朵小花或一枝芬芳的稠李令人愉快。那么，如果什么也不用拿，到林地里去干什么呢？但是，如果你什么也不折，怎么来的怎么走，什么也没折断，什么也没破坏，什么也没惊动，那样更加令人愉快。看见一株芳香四溢的铃兰，如果它让你特别喜欢，你闻闻它，看看它，——就大胆地往前走——那么，因为你没有把它折损，没有用脚踩坏它，没有动它，它就不会生你的气。在蕨菜丛中看见一公一母两个刺猬——你可以和它们打个招呼，如果你是个有教养、讲礼数的人，认为在森林里与陌生人相遇时你应该首先打招呼，就像与同住的邻居相遇时一样，你可以给他让路，也可以不给他让路、自己走自己的，好在你和他们所走的路从不交叉，你不必努力伸出胳膊肘，保护你自己的路。黎明时分，听见鸫鸟的啁啾，你可以把这当作对你这个人物的善意问候，你也可以十分公正地以为，你本人与鸫鸟及其歌声没有任何关系，无论你近在咫尺，还是远在千里之外，鸫鸟都会歌唱，自由自在地为自己或自己的另一半努力歌唱，它的另一半和它并肩坐在枝头，而你完全不必责怪鸟儿的这种自私并愤怒地射杀它。

当然，可以空着手到森林里来、抱着一大把甘菊花离开，可以折一些三叶草和蒲公英花，用它们做一个花环，给自己或自己的男女朋友们加冕，像皇帝一样，可以抓刺猬或用木棍打蛇。但最好这些事都不做。可那该做什么呢？总得做点什么呀。应该从森林里带走什么呢？如果你不把鸫鸟打死，而带走它的歌声，不折下大把铃兰，而带走它的气息，不运走稠李，而运走它的气息，你就会领悟一种永恒的难以捉摸的美，你不能用手把它拿走，只可以把它放在心里，留在你的记忆里，——我想，这时你获得的比你折下世间所有蒲公英、打死所有鹡鸟所得的要多得多。问题只在于，怎样把这无法携带的东西放到心里带走。

我在黎明时分醒来，天还很黑，可森林里到处都能听到鸟儿的歌声。我突然觉得，我已经死了，鸟儿们在为我做安魂弥撒。碰碰自己，摸摸自己——似乎还活着。这时才想起来，春天来了，鸟儿们歌唱是为了宣告它的到来，赞颂生命。于是我觉得惭愧，因为我把生活的颂歌当成了它的安魂曲，把鸟儿的歌唱算到自己头上。然后，思想来了一个一百八十度大转弯：如果你或你的某位朋友的确在今天早上死去了，鸟儿的确为此歌唱，那又怎样呢？它们为什么歌唱——为生命的到来欢歌，还是为它的离去悲泣？我想，世界上没有任何一个人能回答我的问题。

叶芽已经完全打开，但树叶还没有长出来，黑色的森林就这样披上了没有叶子的绿装。森林的这种绿色闪烁不定，一天天变化，正因为它是不固定的，所以它才闪闪烁烁。这还不算是真正的绿色，而是绿色的影子，是它在胆怯地提示自己的存在，这不是真正的声音，而是一种动静，是模糊不清的喃喃自语。

可怜的雪在融化，变成雪水四处流淌。如今很少能见到雪，只有在茂密的云杉林里或某个深坑里偶尔能碰到它。森林洁净、干燥，因为干燥，当你走路的时候，它会发出咔嚓咔嚓的声音。沿路的水沟里盛满了清澈透明的水，而水底是去年的黑色树叶。入冬以来，大地吸收了太多的水分，坑洼里的水还将保留很长时间。

似乎，世界上没有任何东西比水洼里的春水更洁净，更有益健康，我觉得。如果世界上真的有活水和死水，如果它不是个骗局，也不是人们的异想天开，如果它不是某种自发的变态反应，使当代的怀疑主义者们感到窘迫，那么，它只存在于春天的这些水洼里。而且，我将非常愿意打上满满一桶这样的水，根据自己的判断去帮助别人复生，不过，如果我不信任自己、自己的知识，也不考虑我的做法是否正确、是否出错，而复活了一个不该复活的人，那么我将放弃自己的想法。

这个时候的幻视非常奇异。看近处的一棵树——你看不到它的绿色。到远处再看它——你就会看见绿色。大概,自然界中这样的反常现象是正常的,当你听到某种奇谈怪论,有人对你把黑的说成白的,或者把小的说成大的,把远的说成近的,你也不觉得这一切都是荒谬的无稽之谈、胡说八道、智力游戏,而觉得有真实、可信的地方。

乌鸦——我冬、春、夏、秋的忠实伴侣,——这才是我想要为之唱赞歌的人。所有其他的鸟儿都很好,值得歌颂,我只发现它们有一个缺点——它们变化无常。它们会与我交好半年,半年过后你一看——都飞走了,你甚至不知道它们飞到哪里去了。至于乌鸦,冬天时它怎样呆在松树枝上,现在还怎样呆着,而且还将这样呆着,只要我还活着,只要森林还在生长,什么样的心理动荡、什么样的大地风暴都不能把它赶走。有时感觉它因为总也不动而僵住了——在炎热和暴风雪肆虐的时候,它都耐心地、久久地呆在那里。有这样忠实的生活伴侣,我不应该抱怨。我的确不抱怨,可有时也会诉诉苦,可大家不都这样吗?活着的人就不应该哭泣,不应该谈起绝望、死亡,不该怕死,不该敬畏和喜欢生命吗?

乌鸦,尽管我不是特别爱它(这有很多我能理解的和我不能理解的原因),但是,我想,随着时间的推移,乌鸦会获得我的爱的。我们应该鼓励忠诚,鼓励忍耐和忠诚。

那么森林怎么办,我们该怎么支配对它的爱?难道等到年老的时候再看上乌鸦?也许,正因如此它才呆在松树枝上,急切地等待,等待属于它自己的时刻,等到它自己的期限来临,它是否会向我俯下身来,为我送上温热的、醉人的一吻?

昨天夜里,我来到一棵松树下,把面颊贴在它上面,胸中忽然产生一种激动之情。我站在那里,拥抱了松树,心脏剧烈地跳动,因为我拥抱着松树。即使拥抱一个姑娘也不可能有这样的感觉,而拥抱一棵树却使我格外激动。在所有方面都是这样。和人们说话,与最聪明的人谈一谈,听听他的有益建议,解开谜团，——我不会为之所动。可只要与小河边的野鸭、蒲公英、蝴蝶、黑琴鸡交谈起来——它们的谈话对我来讲都是一件甜蜜的事情。如果我与一位姑娘同床共枕——那么和她在一起的睡眠不过是普普通通的消磨时间。如果我与白天、黑夜、大树、明月、白云同床共枕——我会觉得心头发热、震颤，无法平息。在森林里遇见一个人——我会为见面感到高兴，可如果碰到一只猞猁、野兔、狐狸——高兴会加倍。我高兴得想心动落泪。我为这样的冲动而自责：怎么会这样？我说，你抬高野兽、植物，贬低人类，你不是人，不够做人的资格。虽然自责，我却拿自己一点办法也没有。而我不想隐瞒我的感情，不想虚伪。错就错吧，让人们批评我另类和轻浮吧。我同意这一点。但是只要不砍我的头，我仍然会坚持自己。大概，不该对我过于严厉。也许，我因为在森林中孤独生活而发了疯，对人不习惯了，因此觉得森林更亲近。这不意味着我反对人们、离经叛道、要把森林置于人类之上。我也可以与人交往，可以在小餐会上娱乐，但是在花草之间的宴饮更让我开心。

第三章

树上的叶芽开始萌动了，树枝也微微泛绿。然而离绿叶满枝还早，还要再过大约两个星期，树木才会披上叶子。不过，也许正相反，到那时它们将脱去衣衫，裸露自己？有一个习惯性的比喻：树木穿上绿色的衣衫。可绿叶怎么能成为衣衫呢，如果它比大树身体上任何一个部分都更敏感？当树木披上绿叶，我觉得，它是在从自己身上剥下皮肤，为了能更敏锐地感知这个世界，怀着爱和恨在其中生活，而不是像木偶一样站着。我触摸一片嫩叶，碰它一下，感觉到了它的疼痛。大概，没有这种灵敏的感觉它不可能保持与日月星辰的联系。

一只山雀从早晨起就唧唧喳喳地叫，但是它，这小鸟，是从什么地方冒出来的呢？森林中，田野里，百灵鸟早就在叫个不停，鸫鸟在树林里歌唱，而护林所上面的椋鸟巢里早就定居着一对椋鸟。这山雀迟到的歌声是什么意思呢，如果春天已经到来并且离去了，而且眼看夏天就要到了？难道是它每天忙忙碌碌，忙得晕头转向，竟然错过了春天？是它在树枝上睡过了头？也许，是它看着春天却不相信春天已经到来？相信肯定是相信，春天一定会来，否则怎么可以，但它又这样想：春天什么时候来还不知道，现在可不是春天。就这样等到了春天结束。而现在，为了证实春天的到来，它就勉强地唱出这迟来的歌声，似乎如果它不出声，就不会有春天了。

我一觉醒来，发现自己头上有一根松枝，吓了一跳。我的天哪，终于开始了！莫非我真的变成了一棵松树，所以我的头上长出了松枝？我看自己：大腿、胳膊——都还在原处，完好无损，但是带着松针的树枝也在。我还是个人，而没有变成一棵树，这让我感到很高兴。可是有一个问题：为何脑袋上有个树枝？当然，树枝不是角，不会那么引人注目，但我也好像并不需要它。我倒是可以平静对待它，哪怕长出一棵树都行，可人们看见我头上顶着个树枝会说什么呢？他们会怎么想我？他们肯定会笑话我，要不就会把我抓起来放进笼子里去展览，就像对待某种天外的怪物，仔细观看和研究我——总之，我将以我的存在丰富科学知识。但如果他们不把我抓起来，不来打扰我的安宁，那么我该如何顶着头上的松枝生活呢？它如果一直这么小还好，万一它开始生长，变高变大（它完全有理由生长）——它会像密林一样把我包围、隐没，而我却无法自救，那该怎么办？当然，一方面，我不反对它生长：如果它愿意，就让它生长吧，我甚至会很高兴它长大，——这样我总能给人们带来点好处，制造点清新空气；可从另一方面看，脑袋上拖着一棵树对我来讲既麻烦，又不划算。我思想斗争了很久，最后终于妥协了——既然松枝存在，就让它存在下去吧。妥协了之后，我忽然想起来这树枝是我昨天从森林里捡回来的，——有人把它折下来又扔掉了，——上床睡觉的时候，我把它放在床头了。可我还以为它是从我脑袋上长出来的呢。真可气。

我为什么喜欢这个早晨？当然，它本身就让我喜欢，但我还这样想：既然有这个早晨，就意味着还会有其他的早晨。而如果我的早晨不太让我喜欢、在某个方面存在着不足：或者是露水太凉，或者是太阳来得太迟，或者是风太大，吹来了过多的乌云，使森林里阴沉沉的令人不舒服，——那么，一想到在某个地方有其它的早晨，明媚的、灿烂的，有怡人的露珠和准时升起的太阳，——我就特别高兴，以至于觉得我那灰暗的、倒霉的早晨变得好多了，如果直率地说——简直是非常美好了，所以无论是冰凉的露水，还是太阳，无论是呼啸的风，还是乌云，我现在都不把它们当作是降临到我头上的惩罚，而是当作珍贵的礼物。

可以在道德方面堕落，比如撒谎、爱慕虚荣、发火，也可以只是看看窗外，看到太阳、大树，对它微笑——这时你就完了。或者看到田野里的甘菊、风中的白桦、水井、飞动的乌鸦、啄木鸟，然后把目光转向自己，前进一步。任何一个动作，包括挥一挥手，每一次回眸——这已经是堕落。因此，可以说我每天都在堕落，总在一天之内坠入无底的深坑。那么我什么时候爬上来？而且我可能爬上来吗, 如果整天都在坠落? 当我坠落的时候, 我就已经爬上来了, 难道注视太阳不是一种攀升? 森林、田野的风光——这难道不是美好、不是幸福? 但是, 既然我看着太阳就能爬起来, 那么我怎么会在看着它时跌倒? 早晨, 看着太阳, 我和它一起升起; 晚上, 看着太阳, 我和它一起坠落。

一朵小花、一棵树、一块石头的生命存在不止一天两天、不止百年千年, 不是从它诞生的那一刻起到最后完全消失, 而是永远。比如, 我记住并爱上了长在马林果树丛旁边的一棵蒲公英。我是不是可以说, 它只活过了一个春天? 它将与我同生共死, 可谁知道呢, 说不定我死后它还会继续活在我儿子、孙子、朋友、熟人的记忆里和心里! 春天过去了, 蒲公英死去了, 可我把它保留在记忆中——它曾让我觉得如此亲切——后来就忘了。

有一次, 我在树丛旁边走过, 看了一眼, 发现它又生机勃勃, 绽放着花朵。蒲公英早已经从我的记忆中消失了, 可它又开始在林边绽放。

绿叶和蓝天。我曾经多少次见过这样的画面, 可我从来都不能对它视而不见。这树叶和白日蓝天的组合总是令我异常激动。我认为我激动的原因如下: 每次我看树叶和天空的时候, 我看见的既不是单独的树叶和单独的天空, 也不是它们在一起的组合——我看见的是蔚蓝的树叶和碧绿的天空。确切地说, 是我把树叶看成天空, 把天空看成树叶。那时我觉得, 在每一片叶子里都装着一个蓝天, 而天空就是一片巨大的叶子, 挂在树上。而且, 我眼里的叶子越蓝、天空越绿, 我心里就越高兴。为了更确切一点甚至可以这样说: 对我来讲, 树叶曾经多么绿, 现在仍然多么绿, 天空曾经多么蓝, 现在也多么蓝, 但同时, 我会把树叶看成蓝天, 而把天空看成绿叶。此情此景怎能不令人高兴! 这样的画面、这样的美景简直可以让人心醉神迷、欣喜若狂, 一直到死都觉得特别幸福。如果我没有变成这样, 那只能是因为我要保持清醒的状态, 以便向人们描述这美丽的景色。

无论你在这个世界上生活多久, 前方有所期待的感觉总是让你高兴。如果你觉得未来没有任何期待, 这很不好。但是, 现在春天来了, 我的心脏又开始怯怯地跳动起来, 于是, 我像一个少年, 像一个婴儿, 在等待着, 开始了等待。我在等待什么？对于这个问题我不能给出一个确切的答案。我只能十分确定地说，我等待的不是幸福，不是爱情，不是财富，不是荣誉，甚至也不是沙场征战、英雄业绩，尽管对于后者，英雄业绩，我一直都想要，以前希望、现在仍然希望自己能够成就这样的伟业。我只等待一点——希望生活继续下去，因为我相信，我想要的一切也会随着它一起到来。为什么现在我不想要幸福、荣誉、英雄业绩？因为对新生活中新事物的等待高于其他一切等待。这时你没有任何欲望。欲望消失了，你的欲望得到了充分的满足。尽管没有刻意，你却满足了你所有的欲望。在我看来，现在最难的是度过一生。

当我手头做着一件事，心里却把它想象成类似的另外一件事时，我才会对我的工作感兴趣并对它充满热情（诚然，尽管我热爱森林，我还是不能总是乐于工作）。今天我在树林里的火烧地上种松树籽。阳光，温暖，晴好的天气。我手里拿着装树籽的袋子。我跪在一小块已经翻松的正方形土地前面。从袋子里抓出一小把树籽，撒到土里，用手掌小心地拍实——接下来种下一块地。干这个活我是否开心？总的来讲，我不觉得这件事特别没意思，也不想说它比别的事——砍倒树木开辟林间通道或清理林中火烧地——更好或更不好。毫无疑问，偶尔和别人一起唱歌，或者讲笑话，或者躺在炕炉上无所事事都比这更舒服。我不会说，我一边往地里撒种子，一边流泪，也不会说我因此而高兴得手舞足蹈。把一些种子撒到一块地上——有时候这甚至很好笑，这一时刻的庄严让你觉得好笑，使你振奋，用手掌拍完二十、三十块地——这还可以忍受。但是如果你的袋子里装着上百万颗种子，而翻过的地块又多得令人眼花缭乱，还有太阳在你头顶上拼命地呼着热气、没有被晒热的土地在你脚下释放着冷气，如果你的手掌拍得麻木、失去知觉，你的膝盖磨出了血，你的后背怎么努力也伸不直，一天却很漫长——从早到晚它得包含多少个工时，——那么，大家还是不要过分严厉地批评我，这个工作不是特别让我开心，除非让你狠狠地咒骂它。事情可能会是这样，可能会让人难过和觉得不公平，如果没有下面这根救命稻草：那就是我把自己做的一件事想象成另外一件事的能力。

　　那么，我想象的是什么呢，当我在春天撒下松树种子的时候？当我吃完午饭、躺在自己的床铺上，或者干活干得手脚疲乏、停下来休息，或者遇见老朋友、与之倾心交谈的时刻？我想象，在我播下松树种子的时候，我同时在这个世界上播种善与爱，我刚一想象出这样的画面，原本无聊乏味、令人厌倦的工作马上变得似乎不那么乏味，我的身体里产生新的力量，我的精神变得坚定。那时，我可以爬着用手掌拍遍整个世界。更有甚者，不知道为什么会发生这样的事情，但我那时确实完全不觉得自己是个播撒树种的护林员，尽管我非常想把自己当成一个护林员。而且我也看不见火烧地、看不见没种的空白地块和周围的森林。那时我把自己想象成一个非常伟大的、撒播善良的人。即使想到我是个护林员，想到我在火烧地上面对着空白地块、手里拿着树籽袋子，我也不觉得惭愧、不安。似乎这一切都不是这样的，这一切都不存在：没有森林，没有地块，没有松树籽。只有人类，世界，善与爱的种子。上天赋予了你撒播理性、善良、永恒的能力。这时，你还会抱怨无聊和腰痛吗？

　　当树枝上叶芽绽放，我发现（或是觉得？）我想亲吻每一片新叶。如果我有权这样做，我肯定就做了。但是谁给我这个权力了？而且，为什么必须是我用自己的嘴唇去玷污这些柔嫩的造物？当然，我对它们没有坏心，而且我的亲吻，如果我用它去爱抚树叶，也不会有任何坏处。但我算是什么主宰吗？我赢得亲吻每一片叶子的权利了吗？难道森林是我主宰的后宫，我可以为所欲为？再说一遍，如果我说了算，我将在春天亲吻每一片树叶，它们是多么美丽、鲜嫩、充满魅力，但是我知道，除了我，还有喜欢亲吻树叶的：太阳，风，朝霞和晚霞，黑夜，白天，雾，路人的眼神，星星……

　　我为什么还要说我想在春天亲吻覆盖着一层黏液的小树叶？我觉得，是它们想亲吻我，并且真的在亲吻我，使我费很大力气才能走遍整个森林。在我看来，这时就有点不公平。如果假定是我想亲吻全部的树叶，那么意识到还存在其他亲吻者会妨碍我。因此我的亲吻会被拒绝。可如果它们想亲吻我，它们会得到允许——亲吧，想亲几下亲几下！于是它们会亲吻我，会亲得我开始生它们的气，心怀不满。当然，如果每一片叶子都突发奇想要把亲吻印在我身上，那么我身上还能剩下什么？只有空洞。幸好，我还没有好到让它们想要扑过来拥抱我的程度。一片叶子亲一亲，另一片叶子亲一亲，这就已经很好了。可我已经大声喊叫起来了——大家都想亲吻我。

晚上，我四处看了看——有一棵、两棵、三棵树已经泛绿了，我很高兴树丛里的花都开了，我已经把它们忘记了，我压根没有参与它们的生活——它们自己照顾了自己。我明白，我的想法荒诞不经，我可能帮不上树丛任何忙，但是它们在没有我参与的情况下纷纷吐绿，这让我觉得开心和幸福。可万一突然一切都发生改变，变得取决于我：它们应该在今天泛绿，可我在忙乱之中忽略了它们或者想到的是别的树丛——天哪，在森林里我的树丛不计其数，——因此，它们变得孤苦无依，不知如何是好，那么它们会怎么办呢？它们会耐心等待自己的时刻到来，等待我把目光转向它们吗？即使我拥有这神奇的权利，即使我的眼神最温柔善良，即使我对生活的呼唤预示着无尽的幸福，即使这样，树丛对自己最微小的关心也比我的眼神更有益、更重要。当然，我的眼神也会起点作用、帮上点忙，或者会促进它们快速生长，或者会延缓它们生根发芽，但是它的所作所为都是纯粹象征性的。因为，假如我由于春困，在睡梦中漏掉了哪怕一棵树的春天，让它无法泛绿，而在无望的等待中死去，那么我该如何逃脱大自然的严厉惩罚？

为什么我说我在春天重生？因为我看到了自己身上的变化，我变成了另外一个人。我不催促自己，也不催促别人。以前我是怎么做的呢？春天刚刚到来，太阳刚刚变暖，森林里刚刚变得清爽舒适，我就坐在墙根的土台上，不享受这清爽的感觉，不与太阳、树叶、风儿同在，而是催促它们——快点，快点。我为什么催促它们呢？我想让它们停留得更久，留下来。我不好意思公开阻拦它们，于是就想出了这样一个妙法：我对它们说——快点，好像在粗暴地赶它们走，故意驱赶它们、激怒它们，让它们气愤难平，故意留下来气我。可事实正好相反——我催促春天快走，催促花儿快开，它们就真的着急起来。我本想用恶意影响它们，可心地朴实的它们把我的驱赶当成真的，因而匆匆离去。结果——你还没来得及环顾四周，没来得及把目光在蒲公英身上停留，春天、夏天就已经没了踪影。它们喧闹、奔腾着急速而去，就像一群不羁的野马。留下的只有尘土中一丝苦涩的味道。

现在我坐着，不催促春天，也不阻拦它。我给它充分的自由。让它按照自己的心愿去支配自己：可以拼命地向我跑来，也可以靠在我的肩头，留下永恒的瞬间。这样的状态对我来说是奇怪的、莫名其妙的、异常的，我琢磨不出，它从何而来、为何而来。但我又喜欢它。就是说，用不着欺骗春天、夏天，它们像孩子一样，对一切事物的理解都是直接的。你说——快点儿，它们就快点。你说——留下吧，多呆一会，它们就多待一会。你说——永远留下吧，它们就永远留下。

我只在大自然百花竞放的春天里感到忧郁，一切都急急忙忙，行色匆匆，而你却呆在原地；或者是在树叶飘零、本该忧郁的秋天；我不是只有在遇见不平事的时候才忧郁，比如看见一棵被砍倒的松树或一头受伤的驼鹿——这时无论你怎样保护自己的心脏也没用，心灵自己就会要求忧郁。我不止为了分离、未能实现的理想、逝去的青春、消失的日子、已经来临的夏天或者即将到来的冬天而忧郁——这一切的忧郁都是可以理解的，如果它们不袭上我的心头，那将更加不可理解。可是，当我经过一片草地，看见一个绿色的草叶，这时我为什么会因为看见它而变得忧郁？这个绿色的、充满生机的草叶在我心里引起不是快乐的感觉，不是掺杂着泪水的幸福，不是极度的狂喜，而是忧伤，我像一匹年老的、在这个世界上生活已久的驽马，看着这片草叶，心中忧郁。为什么我会忧郁，当我遇见昔日老友，当我的梦想和希望得以实现，当我刚刚开始新的一天、离黄昏还很遥远？那个时候我十分忧郁，仿佛在我的身体里，除了我的忧伤，什么也没剩下，什么也不会再有。好在这总能过去。看一看小草，忧郁一阵子——我就走开，忘掉忧伤，而忘掉之后，我就快乐起来。落在枝头的喜鹊的样子、一根折断的白桦树枝、渐渐远去的日子里的黄昏，都会让我开心。

我邀请太阳到我这里来做客。我是怎么做到这个的？早晨醒来，起身，外面暂时还很黑，我来到外面的台阶上，迎接东方的太阳。我邀请月亮或月牙——那时候正相反，我不会早早上床睡觉，而是耐心等待月亮从森林后边探出头来。我邀请蒲公英到我这里来。我出门来到草地上，走到它绽放花朵的地方。它就会出现在我的面前。我邀请小河、白云、风儿、小路、接骨木或马林果树丛——我想见人家，而人家不想见我的情形一次也没有发生过。我邀请星星：夜里我不睡觉，抬起头，仰望黑暗的天空。我邀请狐狸或驼鹿——当然，对它们要多花一些时间，劝一劝，求一求。但它们的性格也是喜欢交际的、随和的。执拗一下——也就同意了。在森林里找上一两天，你再看——迎头遇上了狐狸、驼鹿。我邀请苍头燕雀、乌鸦、松树、秋天、小溪、鸫鸟、晚霞、雪、雾、秋天的花楸树到我这里来。哪个没来？哪个拒绝过我？

今天我邀请了夜，可是它没有来。黄昏时的光亮长得令人无法忍受，太阳迟迟不肯落下山去，树梢上的鸫鸟不住地叫，我等夜等得疲惫不堪，我躺在床上，听到一个微小的动静就止不住哆嗦一下：会不会是夜来了？我就这样睡着了，终究没有等到它。

像老人一样，我在夜里腿疼，这时我就知道要变天了。疼痛不是很严重，但是让人不舒服，我忍了一会，对自己的腿说：行了，疼一会就得了。但是，它们不把我折磨够是不会罢休的。可要是我不相信它们，不相信接下来是坏天气，并力图证实一切将恰恰相反，那就是另外一回事了，即使它们把我折磨死，我也不会对它们说话。但是，我相信它们，它们却不顾我随和的性格而拼命折磨我，这让我生气、厌烦。要么我就突然故意坚持说将会是晴天，虽然明知要变天，——那么它们该怎么应付，它们会怎么办？要么我真正怀疑不会变天，而相信天会变晴，——对此它们会说什么？它们不可能折磨我一辈子，总会有累的时候，骨头的难受我能挺得住。可万一我真的突然特别想要晴天，因而故意与我的腿教授作对，召唤它，它可能真的会来，如我所愿，却非它们所愿。晴天来倒是能来，只不过大自然中没有什么事是故意作对能成的。可若是我出于好心希望它来，那就另当别论了。

我划破了裤子，本想穿着破裤子到森林里去，但是却拿起了针，把破洞结结实实地补上了。尽管我是去巡查森林，而不是到人们中间去，可是我在森林面前的羞怯不亚人前。有的人刚一进入森林，刚被密林挡住了别人的视线，马上就觉得自己摆脱了一切规矩的束缚：用力向地上擤鼻涕，不体面地搔痒，把衣服脱光，似乎谁也看不见他，森林不算在内，而在自己面前有什么不好意思的呢——这就是我，本真的我。可我在人面前的举止却比在森林里随意得多。在人前我可能会擤鼻涕，会挠挠不适合当众挠的地方，会张嘴打个哈欠，如果有机会高兴，会因此而哼哼唧唧，还会随便骂一句难听话。可在森林里我像小绵羊一样安静温顺。我每走一步都要鞠躬致歉：请原谅，对不起，我没有冒犯您吧？没有踩到您吧？我跟每一棵小草打招呼，跟人我从来不首先打招呼，即使后打招呼也很不情愿，也不是总能做到。在森林里我像一个痴心爱慕者一样殷勤，谦恭，彬彬有礼，恭恭敬敬。我就是关爱的化身。这时候怎能穿着破裤子呢！这对于我就相当于别人穿着衬裤去见意中人。打算去森林的时候，我都要把自己打扮得漂漂亮亮、体体面面的，就像去参加舞会或婚礼之前的女孩子：我把脸洗得干干净净，用梳子把头发梳理得整整齐齐。而如果——谁都有过这种事——情急之下，我鬼迷心窍地没带手帕在森林里擤鼻涕，或者大声说了一句粗话，我就会像小学生一样面红耳赤，为自己感到耻辱，那时我会觉得我罪孽深重，无可申辩。

白桦树伸展开叶子，开始在清晨絮絮低语。它没有叶子站了一个冬天，那时它是死的。舌头、语言、声音——是它们赋予了白桦树生命。现在它，长着千百条舌头的白桦，站在那里说个不停，却仍然无法弥补漫长一冬的沉默。它早晨轻轻喧闹，中午拨弄着树叶，夜里也不停止说话。我也同样如此：坐在自己的护林所里长时间地不吭一声，一走出去到人们中间，就不给任何人说话的机会，抓住一条谈话线索，就滔滔不绝地说下去，像喜鹊一样又唱又闹，不亚于白桦树。在这种时候我会觉得，我的嘴里不止有一条，而是有上百条舌头。我的对话者已经开始打断我，已经在不时睥睨我了，大家都已经在说话，尽力不听我的唠叨了，可是只要还没有说够，我就决不住口，他们听也好，不听也好，我都要说下去。我觉得自己这样做不好，别人也需要发发言，可就是无法自制：舌头自己在拼命地动，好像有一股持续的强风在吹着它。

　　无论你离大树、马林果树丛、草地多么近，只要你居住在木屋的四面板壁之内，你就离它们很远，好像你在千里之外，或是你根本不存在。坐在窗边看见森林，或者看不见森林而只是在脑海中想象它——这等于什么也没有看见，虽然这样的视角有时比任何别的视角都更犀利，更敏锐。在近处看见森林，坐在树木触手可及的地方，倾听小草的窃窃低语，感觉小草在耳边拂动，用手指轻轻触摸盛开的风铃花——这才是切近，近得使我激动，使我不安。只有在与人亲近时我才能感受到同样的激动。走在路上，看一看森林，你会突然全身发抖——森林的样子会使你产生这样的印象，仿佛在这之前它是森林，可是现在它既是森林又是人，获得了活的灵魂。你看见一头野兽，一只小鸟，它们也发生同样的变化：你在它们身上看到的不仅仅是野兽或者是小鸟，而且还有人。你看一看天空，它也会向你展示自己的新特征，——在这个天空中没有人，你在那里既看不到手，也看不到脚，它过去是天空，将来也还是天空，但同时它身上也有着属于人的东西——属于人的一切：眼睛、耳朵、鼻子、眉毛，但它们或者样子与人的不同，或者完全看不见。

　　从这个方面来说，亲近树木、小草、大地是非常令人愉快的，又是危险的。极好的是，这使你发现过去没有的许多新朋友，而危险在于一个问题：怎样对待它们？从你把它们当成人的那一刻起，从那时起，你对它们的态度在发生变化。现在你再也不能对它们视而不见，对它们漠不关心或者粗鲁无礼，例如对天空说："我不在乎你！"辱骂它，对它不恭，——你必须像对待自己或者自己朋友那样对待它。而这乍一看显得古怪荒唐、违背常理。怎么，人们会对我说，难道应该亲吻这天空，请求它原谅，向它问好、表白爱情，像与心爱的妻子一样与它一起相拥而眠？

　　早晨我醒来。你的呱呱叫声在哪里呢，乌鸦？周围一片寂静，宁静的早晨即将来临。今天你将告诉我一些什么新闻？也许，你在别处有事耽搁了？我躺着等了一会——听不见乌鸦的叫声。我躺得两肋都已酸痛了，——乌鸦还是不叫，而我的倔劲上来了，它不叫，我就不起床。可是后来我想：这算怎么回事？因为它我要躺上一整天，不出去工作？这可不行。躺腻了。起床。穿好衣服。同时我在侧耳细听。喜鹊的声音我听见了，鸫鸟的啁啾声也听见了，可是没有乌鸦。难道世界上没有任何新鲜事发生？或者，它不是发生了什么不幸吧？如今，没有乌鸦报信我怎么过日子？我走出屋去。向四周一看——森林中的一切都是新的：花朵是新的，天上的云也是新的。而那边还有一只乌鸦好好地坐在枝桠上默不作声。"你怎么不叫呢？"——我责问它。它轻蔑地看了看我。

我爱春天，我如此爱它，以至于我害怕向自己和别人承认或大声说出爱这个词。如果你突然说出来——爱会走向它的方面，变成恨？我爱春天，而且由于对它的爱我变得像木头人一样沉默寡言。它正在慢慢把我烧成灰烬，只剩下点点火星。

一年四季都很美，但其中春天是最美的。秋天、冬天、夏天很好，没有什么比它们更好，可是春天就比它们还要好。不过，这样的情况似乎不常见。我不爱春天，而是痛恨它并大声说出我对它的仇恨，尽管没有人强迫我说，——让它走向自己的反面，变成爱吧。但是什么时候有过仇恨变成爱的情况？我不爱春天，我就像炭火块一样，仇恨把我慢慢烧成灰烬，我对春天没有任何感情，我的内心已被烧得伤痕累累，体无完肤，奄奄一息。我可以补充说，春天是最令人讨厌的季节，我以生命担保，它就是这样丑陋、肮脏、虚伪、卑鄙，但无论我怎么说，春天依然是美丽的。

坐在花草树木丛中，看着一片浓绿，亲眼看到河上雾气蒸腾，天空流云飞驶，——人啊，对于你来说，还有什么东西可能比这更美好吗？世上还有比这更美好的东西吗？我愿意用链条把自己锁住，以便每天看着这景色，而这链条、这禁锢，对我来说将是最甜蜜的享受。事情看来并不复杂：你去看吧，谁妨碍你了？谁不让你看了、禁止你了？谢天谢地，目前看看森林还不像进电影院或戏院那样要收钱，也不会因此把你抓进监狱。你尽情地看吧。而事实却远非如此。钱确实是不收，也不会抓你去坐牢，但是人却在逐渐地脱离自己喜爱的事情，很快就会忘记森林的存在，在自己的记忆中彻底失去它。这是谁干的？谁在让他脱离？这些强盗恶棍住在哪里？藏在哪里？他们不住在任何地方, 也没有藏在任何地方。他们就住在人自身之中, 就躲在他里面。人追求自然, 但又自己使自己脱离它。如果说现在人追求自然不太费力的话, 那么他脱离它则太过用力, 因此, 如果一百年后有孩子不知道什么是蒲公英, 或者什么是山、什么是天空, 我一点也不觉得奇怪。根据我无知而又过分主观的看法, 不知道二二得四, 这还不算灾难, 不知道什么是山或者蒲公英, 却要可怕得多。但是我不想做报凶信的乌鸦。我宁可相信, 未来人们会知道什么是蒲公英和什么是山。因为如果一个孩子不知道什么是蒲公英或山, 或者两者都不知道, 那么他最终能知道些什么呢?

我喜欢在绿叶掩映、枝干扶疏之间, 在繁茂如盖的灌木丛后面, 隐约看见什么东西露出或深或浅的蓝色: 天空、海洋、一块不大的空地或者遥远的地平线。那里是什么东西, ——你并不知道, 而且知道是什么对你来讲并不重要。重要的是要有东西在显露, 在发出蓝色。这样你就知道, 在任何时刻你都可以向那边走去, 并且一直走到尽头。不过, 我这说的是什么话, ——走到林中空地, 走到海边, 这都是可能的, 但是难道可能走到地平线的边缘吗? 更有甚者, 难道可能走到你在森林中最常看到的天空的边缘吗? 但是又为什么不可能呢? 当你走到森林边上, 你的眼前出现了地平线, 难道你不是走到了地平线的边缘? 还有, 当你走到田野边上, 天空就在你的眼面前, ——难道你不是走到了天边? 你到达的不是森林的边缘, 你到达的是天的边际——我是这样理解并接受绿树丛中的一小块蓝天的。而且我想, 我没有错。原来, 天空比我们想象的要近得多。它就在我们身边, 它紧挨着大地, 我们的脑袋经常能碰到它, 尤其是当我们跳起来要折一根树枝, 或者走进林中空地的时候。

在森林里脱去衣服有什么危险? 好像是这样: 当你脱下衣服时, 原本披着衣装的树木和青草也会看着你, 和你一起卸下武装, 然后带着饥渴的欲望扑向你, 毁灭你。这时, 为了避免注定难逃的一劫, 很重要的一点是——到它们身边来时要思想单纯, 排除杂念。如果你怀着单纯的心思来到森林里, 如果你像阳光一样高尚, 像林间小溪一样纯净, 那么你就可以安心地脱掉最后一件衣服, 而不必担心灾难的发生。谁也不会动你, 你也不会去袭击任何人,也不会像被疯狗咬了一样狂奔。即使把你放到热锅上去煎烤，即使严刑拷打你，即使给你一百万，你也依然纯洁、镇定。来到密林中的你纯洁、温顺，心念崇高，——谁能玷污得了你？谁能往你身上泼脏水？可如果你带着龌龊的思想、带着堕落者才有的欲望来到森林里，那么你就别抱怨森林，别责怪它，那么你会得到你想要的，但是你会和来的时候一样龌龊。你也别责骂森林，说它诱惑了你，而你却不知道这是怎么回事。更不要去责怪它行为低俗、放荡、背叛，或者轻浮，也别太过分要求它，你自己没有的，就别要求它。拿走你想要的，就闭上嘴巴。离开的时候，要为你得到的一切而感谢它。

我发现，树木、花朵都有特别顺利或特别倒霉的日子。一株蒲公英开花了，整个夏天它都没有什么引人注目的地方，无论你怎么看，它都是一样的：挺拔、金黄、蓬松柔软。只有一天比别的日子更好看：更蓬松柔软、更加金黄、更加挺拔。偶尔从草地上经过，你看着它，仿佛眼前不是一株蒲公英，而是一个火球——它里面蕴藏了太多的能量和美丽，所以看上去不像一朵娇嫩的花，而像一个巨大的星球，给世间一切生物带来生机。这一天，确切地说是这一瞬间，是无法预知的，它什么时候出现——今天还是明天，没有任何已知的周期性规律可循。这个周期对人来讲是未知的，但它是存在的，我敢用脑袋担保，这样的怒放、爆发、闪光不是偶然发生的，而是有自己的原因和期限的。因此，有那样的一天或一个瞬间，彼时花儿看上去十分不堪，以至于我觉得再过一会——它就会死去。如果人们能相信我的话，我甚至想说，那个时候的花朵在我看来比死了还难看，——它的样子十分悲伤、十分不好看，事实上它们也确实很不好看。这时最奇怪的是，日子对花儿没有任何影响。这一天可能阴郁、寒冷、刮风、下雨，使我们难过、悲伤，但蒲公英却与之相反，开心快乐、朝气蓬勃。或者相反，这一天可能阳光灿烂、温暖异常，而蒲公英却萎靡不振、憔悴不堪。我喜欢可以看见蒲公英瞬间幸福、美丽、光彩照人的日子。我不喜欢看见蒲公英不幸的日子。那时我想帮助它们，但是怎样帮助呢？（的确，这个瞬间很短暂，你看一眼花朵——它苍白无力，没等你看完——它已然盛开）。于是，走在田野里时，我不时朝它们挤眼睛、微笑，鼓励它们，我觉得我的眼神和鼓励能够让它们变得更加轻松、愉快。

你走到巡查地的边缘，透过你森林的窗口往外看，那边已经是别人的森林了。你可以在它里面走来走去、摘酸果、唱歌——谁也不会批评你，把你轰出来，可你自己却不好意思。你站着想：不经允许是进去还是不进去呢？但是，这里哪有你应该敲的门？而且谁会在森林里跑来跑去追问一个护林员，他该不该走进森林？既然有森林，就应该有进入其中的权利。如果剥夺了这一权利，对人来讲森林将永远消失。确实是这样，只是你怎么像个孩子——被禁锢在巡查地的小笼子里，别人被安排做了你的邻居，你坐在那里，不敢探出头去，可是，真正的森林哪有边界？哪有你的我的之分？这就是说，你没有生活在真正的森林里。

我摸了摸一棵松树的树干：它是不是真的？好像是真的：凉凉的，粗糙不平，我撕下一小块，用牙咬了咬，立刻就感觉到了松脂和新鲜雨水的味道，还有停留在树干上的林中青草的气息，我甚至觉得，这里面还有狐狸和沉睡的帚石楠淡淡的气味，你也曾不止一次从这棵松树旁边走过，它把你的一部分也留在自己身上了，你呼出一口气，树上就有了你的气息，虽然是轻飘飘的，没有分量，可是很有粘性，你剥也剥不掉——这棵松树上一切都是那么真实。我走到另一棵松树旁边，也摸了摸它，闻了闻它，为了确信还像头山羊一样用额头碰了碰它，——是不是真的有它？但是轻轻的几下碰撞就足以使我相信，森林是现实存在的，这里没有任何虚假的东西。

我看见了一棵小松树，我忽然想在它面前炫耀一下自己，展示一下我是多么优秀。我装作很聪明的样子，以头触地，开始仔细观察一株雪莲。研究一朵花有几个花瓣，是什么结构，好像从来也没见过它一样；看过雪莲之后，我觉得有点尴尬：因为我看它不是出于兴趣，也没有什么好奇心，而是为了取悦于松树。我关注每一株雪莲，就能算得上是优秀的、聪明的、细心的、关心事业的护林员吗？这样的努力让人觉得难过又好笑。你看，你知道该如何在姑娘面前，在父亲、母亲、领导、孩子面前表现自己。至少也能在乌鸦面前装装样子。乌鸦无所谓，它更了解你。可是松树面前装腔作势——这是毫无意义的行为。如果它真的相信了我虚假的美好，难道我会问心无愧吗？

当我感到难受，情绪不好，衰弱无力，心烦意乱的时候，为了摆脱这一切，向白天、向早晨借一些纯净和明朗很有用。我有时也正是这样做的。但是有一点使我为难：我有没有这个权利？我是否在剥夺别人的东西？这种纯净有没有极限？因为，如果假设要借这纯净的不只我一个（不是只有我一个人这样聪明！），而是有很多人，那么大家会不会把早晨像一块美味的蛋糕一样全部瓜分掉？那还能给别人剩下什么呢？

一方面，可以认为这纯净十分充足，永不消竭。但我更倾向于认为，如果说它是无限的，那么其实质不仅在于它取之不尽、用之不竭，而在于人们借了纯净之后马上双倍或三倍返还。我就是这样做的。如果我向白天或早晨借到了好心情，我是怎样处理它的呢？把它藏到箱子里，像守财奴一样把它囤积起来，愁眉苦脸，装作不满意的样子？不，我会对太阳、青草、甲虫微笑，如果它们就在我身旁，我会对那个早晨微笑，很难认为，它们会对我的微笑心怀戒备，或者报以蔑视——说：我们给了他，可我们不要回报。它们也像我一样，向我索取，尽管它们忙于自己的事情，尽管它们能够自给自足。在我毫无根据的想象中我有时觉得，我的快乐情绪对它们也有帮助，它们也像我一样，可能忧郁，情绪不好，对自己不满，它们无处可以得到振奋，除了从我这里。但是我明白，事实并非如此，这只是我信马由缰的胡思乱想。

一只蝴蝶落在蒲公英上，然后展翅欲飞。我向它伸出一只手：快点，飞到我这儿来！它飞向旁边，飞到矮树丛后、小树后面，瞬间消失了。当然，我没有去追赶它，我也没有因为它不理我而感到难过，而是这样想：既然如此，就说明它有更有意思的事，有一个家伙值得它匆忙赶去相见。于是，它匆忙赶向那里。它这样做我不批评它。但是，它也可以飞到我身边来啊。我不是总能注意到蝴蝶，也不是总想邀请它来我这里，所以它没有必要摆架子，我又不是要它的命，而只是想让它陪我呆一会，并不会损害到等待着它的、它急于赶去相见的那个人。

当你住在森林里，树叶每年春天都在你面前发芽，每年秋天都在你面前飘落，而你又能极其准确地注意到这种交替，那么，要是你认为生与死不取决于大自然，不取决于树木，不取决于森林，不取决于季节的变化，而取决于你自己，把这归功于你，这一点也不奇怪。如果有哪一年春天新叶没长出来，或者有哪一个秋天树叶没落下来，那时才可以认为，这不是你的过错，而是大自然的过错。但是何时何地有过这种白桦不生新叶的春天或者旧叶不落的秋天？我好像记不起来有这种情况。相反，这两者每年都按时发生，毫不拖延。当然，是季节促使青草和树叶生长或者枯死，在做着伟大的工作，但你的在场也不是毫无用处的。从来也没有人看见过，而且将来也未必会看到有人秋天在森林里从树枝上扯下树叶，或是在春天拉住嫩叶的耳朵，把它们从叶芽里往外拽。但是我想，完全没有必要去拉长或撕扯树叶。这是粗活儿，可以交给大自然去做。更高级的劳动是——爱这些无辜的生物、这些树叶，祝愿它们生生不息，或者蔑视它们，同时让死亡降临到它们身上。你可以说，这里没有你的参与。但你是在的，你在小路上走来走去，目光触及秃秃的树枝，心里想着森林，晚上你离开它回到木屋里，早晨你又回来，你爱它，你希望它生存，你不放它离开自己，你与它紧密相连。由此我得出结论，你是森林中春与秋存在的原因。

花楸树正在凋谢：它那昨天还是一片银白的花朵已经暗淡了，失去了光华，枯萎了，米粒般大小的花瓣铺满了树下的土地。花楸花里的生命在熄灭，在死去。似乎应该为之痛哭，但我从来没有看见过有一个人为花楸的落花而哭泣。人们为它们的开放而欣喜，对其死亡则无动于衷，或者当作这是花儿在说谎，在骗人，要求同情，而实际上又并不需要，因而使人们上当。看着它们，人们似乎在对它们说：你们是没有死亡的，你们不会死，我们也不会为你们哭泣。这是误解——死亡，它是存在的。花楸树的花活满自己的寿命，也会离去。我们不为它们的离去哭泣，是由于我们的冷漠，由于我们心肠的冷酷。怎么，难道就没有人哭泣它们的离去，它们就这样离开我们，没有人送别，没有人纪念？世界上没有这样的事，没有人会不留痕迹地离开。那么，有谁为它们哭泣呢？有雨、雾、露珠。

　　夜里下过雨,我躺在木屋里听着雨声。雨在木板墙外渐渐沥沥,像一个哭灵的女人在为花楸树的花儿哀哀哭泣。它以自己哭泣的艺术引起了我的伤感,把我彻底感化了,于是我突然对花楸树即将死去的花朵而爆发了怜悯之情,把头埋在枕上号啕大哭,彻夜未眠。直到天快亮时我才平静下来。

　　夜晚来临时,我不觉得自己在夜里,尽管森林、黑暗都将我包围,苍白的月亮也爬上了天空,但我却不能像沉入水中一样沉入夜色,我似乎和它并存:如果这是夜,旁边就是我——或坐,或立,或躺在它对面。这时我会产生一种非常奇怪的感觉,好像它,夜,只是我眼前的事物,而身后的,我看不见,我也不知道——那里是黑夜,还是白天,或者别的什么。于是我觉得,夜像人一样来去自由,像人一样有手、有脚,我可以在和它打招呼的时候,向它伸出一只、也可以是两只手,友好地拍拍它的肩,也可以摸摸它的头发,可以拥抱、爱抚它,也可以犯倔不理它。我非常清楚地知道,夜不是人,更不是姑娘,而我把夜当成一位姑娘,也不是自欺欺人,我那不过是没有看出夜与姑娘之间的区别,对我来讲,它们是一样的,如果它们——夜和姑娘——并肩站立,我分不出它们谁是谁。我把夜当成姑娘,把姑娘当成夜,这一点也不奇怪。如果有哪位姑娘到我的护林所来做客,我仔细端详她,就像端详一团漆黑的夜,力图分辨出哪里是月亮,哪里是星星。

　　看着森林,我觉得我好像既没有手、脚,也没有脑袋、耳朵、鼻子、嘴巴,却有眼睛,确切地说,只有一只眼睛。它凝视着绿色的墙壁,无法移开自己的目光。而我要手脚也没什么用,因为只要我看一眼森林,看一眼绿色的东西,大树或者灌木,我这人就算完了:我完全可以忘我地看它们一天、一年。那时我就没有力气吃饭、走路、站立、思索和感动,我的力气只够用于看。我看得越多,就越想看得更多。如果我不是由于职责而迫使自己在各林班跑来跑去,如果我的手里不是拿着斧头和铁锹,如果我的胃没有为了支持战斗精神而消化着食物,如果我的心脏没有为了与盗伐者战斗而振奋,那么,谁知道呢,我身上的所有器官都可能由于无用而脱落,嘴巴可能消失,耳朵和鼻子可能像秋天的树叶一样掉下来,心脏和肺可能跑掉,手和脚可能走开,我可能变成一只巨大的眼睛,看着这个世界。是的,可能是这样,其实已经这样了。

　　我期待着与早晨的约会。我坐在床上,赤裸的双脚垂向地面,双手抱住头,等待着。时间似乎该是早晨了,但我清楚地知道,还是有点早。确切地说,它也可能现在就来,也可能迟到——这两者它都有理由。我凝神静坐,一动不动,听不见森林里和木屋里的动静,只有床被我压得沉重地叹着气,还有床垫中被压实了的干草发出窸窸窣窣的声音。要是早晨来得早一些,要是夜色更深一些,我就会说,我什么也没等,就是这样坐着,为失眠而苦恼。要是稍微再晚一点,要是早晨已经来临,我也不会说我在等待早晨,即使它已经来了。我会说,它出现了。但是在这样的过渡时刻,当黑夜已经结束而早晨尚未到来,你就只能等待它,不管你怎样说服自己,让自己相信你只是由于无事可做而这样坐着。你确切地知道,早晨会到来,曙光将闪烁,太阳将升起——你也将驱走自己的睡意和倦怠,活跃起来,动作起来,忙碌起来,到井边去取水,开始劈柴,想要到外面台阶上去看看正在醒来的森林、听听小鸟的歌唱,享受一下初升的阳光的温暖,用脚踩踩土地、踩踩被露水打湿了的小草,用夜间休息好了的双脚在草地上走一走、跑一跑。而现在你坐着不动,连眼珠也不转一下,你甚至连舌头都懒得动一动。窗外是夏夜。透过厚厚的玻璃窗可以看到一颗明亮耀眼的星星。我全身紧张,我仍然睡意朦胧,但我身体内部的某个地方已经开始活动。我像一只蝴蝶,张开双翅,准备起飞。在我的左半身,睡意像一条水量充盈的大河,肆意流淌;在我的右半身,已经开始了运动。早晨来了。

　　在多石滩的地方,在浅水处,小河流得急速,欢畅。这可能是因为它高兴自己有个流向大海、流向海湾的出口。可是如果它没有出海口,难道它在浅水石滩上就跑不快了?如果我们假设它的出口处是湖泊,是沼泽,它会流到地下去吗?那样它大概会飞快地奔跑的。甚至,即使它没有任何出口,它也会匆匆忙忙。去哪里呢?上天去、把自己冰冷的水洒向天空也好。流进我的喉咙也好。

　　现在,对我来讲,死亡和新生都不存在。确切地说,它们存在,我不时死去并重生，没有这些变化无论如何不能生活，不能生存，同时，我又不死去，不重生，而是永远不变。这是怎么回事？是这样：我出生只有一次，死亡也只有一次。如果死后我还继续活着，如果我还吃饭、睡觉、保卫森林、写字、说话，那么现在我在哪里——在生命这边，还是在死亡那边？我想，是生命这边。但不是死亡紧随其后的生命，这生命什么也不能留下，只能留下腐尸和遗骸，而是永远不会死去的生命。死去它当然也会死去，不死怎么办？但是，它的死不是当真的，好像在开玩笑，就像在舞台上表现死亡的演员的死。他在观众面前十分真实、自然地死去，引起流泪和叹息，可是演出一结束，大幕一拉下，他就站起来，抖落身上的尘土，像什么也没发生过一样活蹦乱跳，回家找老婆喝茶去了。这里有死亡吗？当然有。它甚至比生活中的死亡还可怕。可能正因为这种死亡比生活中的死亡更可怕，所以它不存在。也可能它更容易，也不可怕，并且不存在于世上。我甚至想说，这个死亡已经不算是死亡，而是生命。如果有人能相信我的话，我会很高兴。

森林伫立不动。森林静悄悄的，它在喧嚣，但是它的喧嚣无声无息，只有内心的声音。为什么这样？因为森林从来都不是静悄悄的。它只能去追求寂静与安静。如果让森林安静下来，那它立刻就会消失，死去，不复存在。尽管它站在原地，但它却一直在走，每时每刻都在运动，它的每一棵小草，每一片树叶都在摇动。它沉思，它严厉，它发怒，忧愁，阴郁，它高兴得欢呼雀跃——它总是在喧闹：听得见，稍稍听得见，同时又听不见。怎么会这样？是这样：它喧哗，它同时又静默，它自己讲话——同时又在听对方说话。你进入它的荫蔽之中，向它倾诉自己的忧愁、痛苦，——难道它会不听你，不鼓励你，不抚慰你，不使你高兴起来，不让你重新振作精神？难道你去过之后它的树叶再也不会发出响声？难道它会被你的苦难所压倒，永远沉默，从此一辈子默不作声？它还会像你去过之前一样喧闹，也还会倾听你的话语。有时候它倒也乐于用一道石墙与你隔开，免得听见你无休无止的哀号，可是它怎么能做到这一点呢？它命中注定不能与人隔开，这正如人不能与森林隔开一样，我想。有的人它是宁愿不听，那种人的愚蠢让它厌烦，可是它忍耐着，听着，注意到每一声叹息并对此表示出同情。不过，如果说它听得厌烦了，——这只是我的猜测，没有观察到的材料作为证明。更可能的是，它总是超乎寻常地耐心。是我们耐心不足，而它的耐心多得没处放吗？难道你有什么可怕的东西能使它震惊？难道你的狂想能使它惊讶？它什么都看到过，什么都听到过，什么都留意过：无论是人的话语、候鸟的鸣叫，还是黎明时小草的窸窣声。正因为现在没有什么东西能让它惊讶，因为它什么都听过、见过了，正因此它的耐心才无穷无尽、它对每一个生物才温柔亲切。

现在我边走边留神细听森林无声的絮语。我越是聚精会神地想听见这无声的响声，我的耳边就越是清晰地传来有声的响声。我走向林边的一棵白桦树。西风从海湾吹来，在远处我就听出了白桦树的响声。我走得越近，响声就越大。我看见，树叶在风中颤抖，柔软的枝条在风中摇摆，这片巨大的、有无数条舌头、无数片叶子的丛林整个被狂风折磨着，时常败下阵来。这时你不仅能够听见响声，你还能够看见它：你看，它出生了，它长大了，健壮了，成熟了，飞起来了，它衰弱了，年老了，死去了，——你仿佛能看到这响声的一生，就像你能观察到一个人或一个虫子的一生一样。你可以抓起这响声尝尝它的味道，同它打招呼，一起默默地坐一坐，拥抱它，和它谈谈，用手摸摸它，用手指掏掏，如果你非常想这样做的话（不过，这最后一件事我并不赞成：你可以去掏自己的东西，干吗掏别人的呢？），而这一切都必须十分十分认真地去做，要胆大心细，——若不小心从事，就很有可能被刺伤、碰疼、弄出一块乌青甚至受到更严重的伤害。而且这些创伤将清晰可见，好像这响声是由能刺、能砍、能钻、能刨、能劈的材料做成的。

白天，我醒来。起身时由于白天睡觉还有点迷糊。该干什么——不知道。可我的手却马上伸向了饭锅。锅里有荞麦粥。手边没有吃饭的羹匙，拿起喝茶用的羹匙，就在锅里直接吃起粥来。张大了嘴巴，动起了下巴。我以为，我吃一两匙就够了，可事实不是这样，每次手伸进锅里取粥时，食欲都在增加。半锅粥都吃完了，现在已经在刮锅底了，——把整锅粥都吞下之后，我才安下心来。正不知做什么好，忽然找到了一件事——现在得去洗洗锅。睡前半天我都在痛苦地想，锅里的粥可别在暑热中酸掉，折磨了半天，我不舍得把它倒掉。而现在把它装进自己肚子里，把干净锅放到架子上，我又重新变得像个战士，立即上战场都可以，——我没有任何犹豫、悲悯，没有任何东西折磨我，让我不安。这时，我想起来应该去巡查，急忙收拾东西，装模作样地像老人那样唉声叹气：哎呦，我的命可真苦啊！可是跟谁唉声叹气？跟谁抱怨？跟饭锅吗？跟自己。总得对自己突然爆发的贪欲给予支持和肯定啊。我神情严肃地来到外面的台阶上，往森林进发。这下我要在森林里游荡几乎一昼夜。离开家门时肚子饱饱的，精神饱满，回来时饥肠辘辘，疲惫不堪。在这段时间内，木屋里的任何东西都不会变，我离开时是右脚先下的台阶，而回来以后，也会右脚先离开小路、踏上台阶。

　　松树把我团团围住，小白桦开始动起来。我站着的时候，树也站着，可只要我一动，整个世界就像车轮一样转动起来，我跑得越快，世界转得越快。向左看：左半部分还在，没有丢失，一直看到尽头、看到天边——它在那里；向右看：右半部分在不在呢？右半部分也在。飞快地看一眼天空：我睡觉的时候，它没又消失吧？没落到哪里去了吧？没蒸发了吧？天空也在。白云也在。风儿也还在摇动着松树的树梢。最后看了一眼自己脚下：大地怎么样？尽管我自己走在大地上，但还是应该亲眼看看、亲手摸摸，证实一下。万一我走的地方什么也没有呢？最终我发现所有东西都在原地，所有东西的存在都有其合理性，世界的左半部分就是为了站在左边而存在，右半部分与其相反，是为了站在右边，天空是为了遮挡我们——从上面，大地是为了支撑我们——从下面。

　　那么，人们可能会问我：如果你往左边看，却没发现左半部分，那你会怎么办？或者，你往右边看，却什么也没看见，怎么办？这没什么。如果有人以为，我会因为这事惶惶不安，跑去通告所有人发生了什么，开始瞎猜这究竟怎么回事、为什么发生、会不会导致世界末日的来临，——那么，他大错特错了。如果发生这种事情，我连手指都不会动一下。为什么呢？因为我的工作是保护森林，而不是保卫世界的各个部分。如果其中的某一部分丢了，那就让它丢好了，我犯不上为无足轻重的问题伤脑筋，更不用说跑断腿去找世界的一部分了。难道我就没有刻不容缓的事情吗？难道我的腿就没有感觉吗？既然丢了——肯定会回来的。也许，它厌倦了站在这一边，而投奔另外一边去了吧？如果真的我在左边看见了右半部分，在右边看见了左半部分，那么我可能会注意到这个，但那也是为了不在森林里迷路和顺利回到护林所。我应该学会弄清楚自己，弄清楚自己的森林。而世界的各部分，让它们自己决定自己的命运吧。

我就这样走在森林里，时而左顾右盼，时而发现一棵枝干虬曲的松树，时而在松树树干之间发现一棵花楸树，时而在行走中折一棵野花，时而用手指揉搓一片白桦树叶。每走一步前面的森林都在我眼前分开，再迈一步它就在我身后合上。我好像在剧院里一样：我前面的大幕永远是拉开的，我能看见无穷无尽的动作，而身后，永远什么也没有。夜莺的啁啾，暴风雪的号叫，驼鹿群的嘶鸣，秋日的黄昏，雨中的田野，雪中的针叶林，野兔的脚印，冬日的天空，冰雹，雷电劈过的云杉树，林班窗口的阳光，马林果——一切都在我眼前，一切都看得见，一切都在我眼前活跃、生长，一切都也在这里消失。

天空中飘浮着朵朵白云，风儿驱赶着它们。它们有时遮住太阳，有时又把它露出来。森林有时难过，有时快乐。这种光明与黑暗的交替出人意料，因此让人心里难过。两种状态之间的这种转换机制清晰而有规律，你觉得好像不定什么时候你会停止微笑、马上哭起来。暂时我还活着，我可以为现有的一切负责，但是我死后会怎样，是不是会变成一个谜？即使我对此感兴趣，我也不得而知。

……不，这样的结局不是我向往的。但是作为一个人，吃饭、喝水、谈话、工作、保卫森林、写字、读书，然后，不等死去，变成一棵松树、生长在某个幽暗的森林里，远离人们，既不可能看到他们，也不可能与他们交流只言片语，黑夜里站在雪中、雨中，没有任何遮拦、没有手、没有脚、没有眼睛、没有鼻子、卷发、皮肤——日日夜夜，然后又重新变成人，——这稍微有点可怕。可万一，站了一阵之后从松树变成人的时候，万一我失去了身体的某一部分呢？比如眼睛，或者鼻子，甚至可能是脑袋，那怎么办呢？我会不会变成一个丑八怪出现在世人面前？那时我会怎样？或者在从人到松树的转变过程中，看见长着人头的、同样会说话、甚至会做出清晰判断的松树，我身上的舌头或脑袋保留下来，那么人们会怎么想、怎么说、怎么对待这棵松树？如果人们把我当作一个怪物哑口无言地看着，那还好。 否则，他们会把我用栅栏围起来，设立保安，开始进行实验，对我刀砍、斧劈、火烧、刨子刨。有些小男孩会由于顽皮，仅仅是出于顽皮，开始往我身上扔石子，某只无所不在的乌鸦在漫长一天的饥饿之后会落到我头上，开始用它那厚厚的喙敲打我的头颅。由于不知道我能听会看，女人们会当着我的面换衣服，赤身裸体地躺着搬弄是非、谈论男人、非常细致真实地讲述自己的故事。某个猎人会把我的脑袋当成夜莺巢，试着朝我开一枪，仅仅是为了试试，或者在林中过夜时，在松树下点燃篝火，整夜对我烟熏火燎，像在烤狗鱼或河鲈。真的，在这样的情形之下，无论我看向哪里，看到的都是不好的一面。这一切之后实在应该说，我无论如何也不想要这样的变化。

如果命里注定你要从一个人变成一棵松树，那么我主张这变化应该是纯粹的：你从一种状态确定转换成另外一种状态，不会变成某种怪物，长着狗头的人或有着公牛身体、狮子爪或鱼尾巴的女人，而是变成彻头彻尾的松树、蝴蝶、狼。不过，说实话，我不觉得长着人腿的女人和长着鱼尾巴的女人有什么区别。让我吃惊不是不能组合之物的组合，不是某种神奇诡秘的混合物，而是它与人们、世界的联系。我一点也不想因为自己变成一棵长着人头的松树而成为那些瘦弱的硕士、博士们的实验对象。我喜欢孤独、离群索居、安宁、自由。我准备着为科学服务、为之受苦、牺牲、承受损失，只要这一切都对人们、社会有益，但是不要付出上面的代价。

对变成肯陶洛斯式怪物或人头松树的恐惧肯定是有的，但是我有时有点过分害怕，过分夸张了。夸张的意思不是指我说这想象太大胆了——没有任何新的东西、独特的东西，在这里我想不出、也发现不了大胆的东西，——夸张的意思是：我在制造一种虚假的担心，说生怕我会变成人头松树或肯陶洛斯式的怪物，而我其实早就已经是这个样子了。

　　的确是这样。我走在森林里，漫不经心地四处张望，然后突然站住，陷入沉思，像个木头人，或者在一个地方站上一两个小时倾听松树的声音，一动不动，沐浴着阳光或享受着微风，忘记了森林，忘记了人们，忘记了自己和自己的存在，那时，我难道不是变成了松树？那时，我会更好地感受阳光，风儿也成为我的亲兄弟，我像石头一样伫立在那里，任何一只小鸟都可以在我头上筑巢，我不会惊动它。那时我会闻到我没闻过的味道，看见以前没见过的花草的颜色，我好像是人，又不是人，而是松树或野兽。那时我与森林很亲近，似乎是树木、大地、小草生下了我，我能感觉到自己与它们的血缘关系，身旁的一棵树就好像是我的兄弟，而小溪就是我真正的姐妹。我觉得我是一棵松树，来自于松树，我可能不记得自己有别的生身者——父亲、母亲，我也不会记得我有兄弟，一个有血有肉的人，不会记得我是一个人。正是这点使我以为我不是一个人，因为把生我养我的父亲母亲和在我小时候压根没有碰过的松树同时当作我的生身者似乎是不可能的。责任、工作、不想让自己的怪模样吓着人们的愿望使我在大庭广众下是一个人，而私底下是一棵松树。

　　当我说我喜欢白天、黑夜、晚上，当我欣赏它们的美丽，发现它们的某些优点：夜空的暗蓝、春日的金黄、夏日黄昏轻柔的气息、田野、河流、浸了水的草地、被雨冲倒的小草和山坡上的小白桦等宜人景色，——这时我发现的不是白天或夜晚的美丽，让我喜欢的不是蓝天本身或者在其上隐隐发光的星星，不是因为暖雨而冒着热气的小河，不是雾中的清晨，虽然我不想说我不喜欢它们。我喜欢它们不是由于它们美丽，不是由于夜晚黑暗而白天光明，不是由于河流或者湖泊在月光下银色闪闪，而道路一直延伸到地平线后面，诱惑我踏上它坚实的路床；让我感到亲切的不是小溪的金光和白桦树上叶子的颤动，而是它们——白天、黑夜、白桦、森林、小溪、田野的存在。我是先想到它们无可置疑地存在，然后才想到它们都是非常美的。可以怀疑自己的语言、自己的思想、自己或他人的行为是否正确，在这样的怀疑之中反反复复思索是不是这样，是真的还是假的，可以导致自己永远丧失头脑。可以说出最坚决和最动听的话语而又加以否认，把它当作噩梦一样忘掉。可是，现在早晨到来了，白天来临了, 黄昏在拖延, 黑夜降临大地, 你来到小河边, 田野、森林、刺柏树丛在你的脚边, 蝴蝶早起翩翩飞舞, ——你怎么能怀疑这一切, 说它们不存在呢? 你反复说上一百遍, 说它们不存在, 它们也还是存在着, 而且将永远存在。而由于它们存在着, 也大概由于它们将永远存在(我想正是由于这一点), 你心里会产生出一种甜蜜的、幸福的、美妙的感觉, 激荡着喜悦。于是你就像饿狼扑向猎物一样, 扑向这白天、晚上、黑夜, 扑向它们存在的这个事实, 并对自己说: 既然它们存在, 那就意味着你也存在。而在这个时刻之前, 在你没有说出这句话、没有看见早晨或白天之前, 你是不存在的, 你好像整个儿从烟囱里飞出去了, 像茶壶里沸腾的水一样蒸发掉了。你像无形的幽灵, 回荡在森林的上空, 为自己的不存在而痛苦着。大树、森林、灌木都在, 可是没有你。

正因为如此, 有时我觉得, 对人来讲美是第二性的东西, 而第一性的东西无时无刻不在——你或者世界存在着。你存在着的快乐远远强于看见某种美的事物的快乐, 哪怕那是世界上最美妙的奇迹。从这个意义上可以说, 最好的美就是存在着的事物: 你、白天、小溪、太阳、大海、小草、蚂蚁、人们。

第四章

在我这里和在森林里一样，白天和黑夜时常光顾。但我与白天、黑夜不是同时、而是轮流生活在一起的。有时我的一边绯红、金黄——这就是说，早晨来了。有时我的另一边发黑、昏暗，这时星星就开始在空中闪亮。有时我在中午焕然一新。有时我在夜里黯然失色。在有些阴沉的夜晚，你甚至看不清天上的星星。我就分成这样两个部分，交替成为其中的一个。那时，对我来讲没有春天、秋天，也没有夏天，而只有白天和黑夜。确切点说，一年四季，它们是有的，可它们的存在对我来讲不那么重要而且不易觉察，它们存在不存在没有任何意义，有意义的只有一点：白天或者黑夜是否来临？承认白天，在心里承认黑夜，我们才能继续奔向前方。

我走在一条小河边。我看见人们用倒在地上的树的树根、树干、树枝挡住了河里的水，妨碍水流和鱼游。我一次、两次、三次清理这些障碍物，把小河解放出来。第一次、第二次、第三次，小河都向我表示感谢。但是，感谢多少次算够呢——此其一。其次，该怎样第四次向人表示感谢？你看，第一次，当我沉浸在河里的时候，它在冷水里爱抚了我。第二次——在浅滩处欢快地潺潺低语。第三次——在阳光下闪闪放光。可第四次它该做什么呢，既然它把所有的感谢方式都用完了？像少女一样搂住我的脖子，亲我的脸颊？从沙子里挖出一块金子或一箱古钱币给我，即使我不想要这个，也是白搭？热天可以拥抱，也可以亲吻，我不反对这个。可是秋天呢？冬天呢？这里已经被雨和雪变得湿乎乎的了，可还要接受冰冷的河水吗？高兴倒是可以高兴，可你不能同意。这样小河、湖泊、道路就欠下了你越来越多的债。有时你看看小河，从前欢快的它，因为雨水变得汹涌澎湃，颜色发黑，怒气冲冲……你继续往前走，它还是絮絮叨叨的，往你的脚边冲，不满意，发脾气。它为什么发脾气，为什么对你不满意? 只因为它那里积攒了太多对你的温情, 而你没来得及接受这温情, 没来得及拿走它。而它心里的柔情蜜意越多, 它就越暴躁、越危险。春天或秋天, 特别是阴雨连绵的时候, 会发生这样的情况: 你千万不能走到它旁边去, 否则它会漫上整个河滩, 淹没河边所有的草场, 冲垮河岸, 掀翻河上的桥梁和小木桥。曾经是那么弱小——水浅得不能没过麻雀的腿, 可现在它怒吼着东冲西撞, 像一头暴怒的野兽, 无论温柔、粗暴, 都不能使它平息下来。只有造成很大的损失, 冲倒树木、冲垮河岸之后, 它才对自己干的坏事良心发现, 安静下来。

白天的上午结束了, 而下午还没有开始。怎么, 难道白天分成了两半, 两半之间隔着一道光线? 看不见任何光线。甚至也没有白天被分成两半的迹象。不过, 还是能看到点什么。早晨, 白天的一面, 左面, 发光, 现在是它的右面在发光。早晨, 白天获得了力量, 现在正在失去它。问题是, 为什么需要这么多的力量? 难道只是为了让什么东西来了又去? 这一切似乎不太合理, 不是吗? 大自然中没有任何东西是不合理的, 即使发生最最愚蠢的事情, 那么这也是必须的, 充满意义的。把白天看作是不合理的? 但有谁是这样看的? 人们说: 美好的白天, 可爱的, 奇异的, 你来了, 你带来了幸福。而不说: 你既然要走, 当初为什么还要来? 不是这样吗? 人们既赞美它的到来, 也赞美它的离去, 因为在这两种状态中它都是美好的。尽管, 从表面看, 除了忙乱, 它一无所有。但那是怎样的忙乱? 根本没有忙乱, 而只有伟大的肃立。

当山杨树上的叶子微微颤抖, 你的心似乎也在颤抖, 只是不知为什么, 不知是因为恐惧, 还是因为爱。但能够确定——它的颤抖或者是因为恐惧, 或者是因为爱, 而不会因为任何别的东西。因为, 首先, 人的心不可能因为爱和恐惧之外的任何东西而颤抖; 其次, 除此之外, 它也不需要任何可以让它颤抖的东西。当然, 有时为了弄清楚它颤抖的原因, 必须明确它是因为恐惧, 还是因为爱而颤抖。可从另一个方面看: 因为什么都无所谓。它因爱而恐惧, 因恐惧而爱。这可不是那种一切——创造与毁灭——都被允许的爱。也不是那种产生仇恨和痛苦的恐惧。不, 树上叶子的颤抖、心灵的颤抖说明, 有时恐惧可以产生爱，而爱也可以产生恐惧。但那时，这已经不是爱，也不是恐惧，而是别的什么东西，无可言传，要是确切点说，那就是——爱。

即使在不可能找到满足的东西里，也可以找到满足。比如，你希望下雨，可是没有雨，而你不因为雨违反你的意志而生气，却因此得到满足。当然，你可以生气而得不到任何满足，大多数时候是这样的，你生气、你得到的是不快，你责骂森林、天气，还有整个世界，你觉得自己是个不幸的人，所有人都讨厌你，不让你好好活着，有时候由于过于生气，你会非常难过、痛苦和绝望，只能毫不迟疑地去上吊自杀，每一次拖延、每超过一秒钟都只能说明你的懦弱，再没有别的。但你也可以不生气，不绝望——没人强迫你。如果要把雨当作与你敌对的东西，以为它只想给你造成不快，那么不把它看成敌人，还能看成什么？可如果你把它当作好心的朋友，——那么，即使它整天、整月、整年不停地下，比最大的洪水还严重地淹没森林和高山，冲毁你的护林所，它也是你真正的朋友。

雨下了一天，两天，三天。我呆在森林里，全身都湿透了，在炉子上把衣服烤干，又钻到森林里去了，心里挂念着我的森林，到周末时我已经如此习惯并依恋上了雨和它的溪流一般的雨水，以至于一时之间会感到困惑：我究竟是人还是在水中游泳的鱼？而且我更倾向于认为自己是条鱼。路上积满了水，树木漂流在水中，河水一望无际，好像河流在岸上自己把自己丢了，如今再也找不到它了。你张开嘴，想吸一口气，可你吸入的是水珠，你的双手像鱼鳍一样划着水，给自己开路。神圣的大地！幸福的雨！你下吧，一直下到世纪末，我也还会为你高兴。如果我有点气恼，那不会是因为你太多了，而是因为你太少了。

我不想提这样的问题：它对我来讲是敌人还是朋友？而想这样问：我对它来讲是朋友还是敌人？如果它喜欢不停地下，而我却希望它停下来，那么我做得好还是不好？让它敲打、倾泻吧，亲爱的雨，我只想为它送上美好的祝福。我不会去责怪、痛骂你的潮湿、泥泞、寒冷、阴郁、勇敢、快乐、滴答滴答敲打树叶的水滴，我将赞美你的纯净和顽强，甚至赞美你的泥泞和潮湿，即便再没有什么好赞美的了,我把你身上的一切——你所散播的痛苦和烦恼——都赞美完了,那我也永远不会抛弃你。

早晨,太阳露出头来,敲响了大钟——梆! 敲在窗玻璃上,敲在木屋的墙壁上,敲在松树的树干上,敲在绿色的云杉树墙上,就这样敲一整天——梆! 梆! 梆! 我觉得这和我的心跳一模一样。我忘我地专注于白天的忙碌之中,突然耳边好似炸弹轰响,我受到意外的惊吓,差点没有摔倒:这是什么声音让人不安? 难道是世界末日来临? 又响了一次,这次我高兴得彻底改变了自己的观点:是不是什么节日到来了? 这钟声一整天都在我头顶轰鸣,没有停息。但是,也不能无休无止都听着它啊。所以有些钟声被我错过了,有些钟声被我当成了昼夜不停的钟表的声音,可它们的嘀嗒声你有时能听到,有时却听不到。这时你不由自主地陷入沉思:这洪亮的钟声是怎样回事? 也许真的是世界末日了? 也许真的是什么节日? 也许,这两者之一早已降临,要么需要去自救并救人,要么需要去欢庆、跳圆圈舞,而我住在森林里、远离人群,所以对此并不知情。如果这是世界末日,需要自救,那么应该往哪里跑呢? 无论如何,你拯救不了自己,你会和大家一起飞向地狱。可如果我错过了大地上的某个伟大的节日、舞蹈、宴会——这很遗憾。

在白桦树枝的震颤中,我感觉到某种坚定。是哪一种坚定? 坚定在于不动。参天大树伫立在那里。它的高度目不可及。早晨我看看它,晚上再看一眼,夜里巡查完疲惫地回家时,也从它身旁走过,——我只能看见同样的一些枝条,一根也不多,一根也不少。当然,树一年年长大,在它还只有一人高的时候我就认识它,可现在我需要仰头才能看见它的树梢,但是这种变化也不太容易让我联想起树的运动。即使这树长到十层楼那么高,它对我来讲还是小的。可是现在刮起了风,树枝摇动起来,树干强劲有力但不情愿地摇晃着。因为我把这棵树归于不动的物体之列,所以它看上去动得特别剧烈。虽然没到跑和跳的程度,但是足以让我的头脑中产生它在运动的想法。这时,我觉得树像小河,从一个地方流向另外一个地方……如果,看着一条普通的河流,我不能同时看到它的头和尾,而只能看见一个短暂的瞬间,转瞬即逝的瞬间——

刚刚它还在这里，可马上就飞流而去，它的每一个瞬间都是新的，都是变动不居的，——那么注视着一棵树——白桦、松树或赤杨，——我看到的都是这条所谓的小河，从头到尾，从河口到源头，我可以一连几个小时站在那里认真地看着它，不怕它从我身边溜走，我可以回顾从前和展望未来，我上上下下、左左右右打量它，用手抚摸它，可以说，我把它整个抱在怀里。如果一只山雀或乌鸦飞到树上，后者还站在一根粗树枝上，对我说：这是树，而不是小河，乌鸦不能像坐在树枝上那样坐在小河上，我也不会觉得不好意思。我甚至可以比它说得还多。我非常清晰地在这棵树上看到一条小河，看见它清洁欢快的水流、静静的河湾、危险的漩涡，听见它在浅滩上的絮语，如果现在不是那么冷，而我能再强壮一些，像那些任何天气情况下都可以在城里的彼得罗巴甫洛夫卡河里游泳的冬泳者一样，那么我将跃入这条小河，自然，不是为了证明小河是一条小河，而是为了告诉人们，它有多么温柔、亲切和善良。

　　我从睡梦中醒来，但是不知道外面是白天还是夜晚？看一个窗口——外面似乎很亮。再看另外一个——外面是黑的。来到门外的台阶上，想确定一下究竟是什么，可在这里我也是一头雾水。南边是阳光灿烂，北面是皓月当空。我听见鸫鸟在歌唱——于是我说，应该是白天。可这时一只猫头鹰尖叫了一声。我想，那就是夜晚。跑到下面的草地上。一株蒲公英在怒放。是白天，我说。看另外一株。它没有开放，还在沉睡。是夜晚。我该怎么办？回木屋继续睡觉，还是准备去森林里工作？——我在考虑。可头脑里很乱。一会儿想现在是白天，一会儿想现在是夜晚。的确，这时该做出怎样的判断呢？我站在草地上，一条腿迈向木屋，另一条腿迈向森林。真想把自己分成两半，一半派去森林，另一半留在木屋里睡个够。我也想这样分配一下，可又舍不得让一个出去劳动，另一个在家里偷懒。最好让两个都劳动（据说，劳动还从来没有给人带来过害处）。我埋头在林班线上挥斧工作，直起腰来——头顶上是夜晚，再一次直起腰来——眼里看到的是白天。每次都是这样。可别累坏了，我想到。可就在这时，肌肉感到疲累，一阵倦意袭来。我最后看了一次——黑夜正在慢慢地把我笼罩，把我包围起来了。于是我往家里走去。这时我看到的确定是黑夜。我能听到水塘里青蛙远远的呱呱叫声，小草安静下来了，变得服服帖帖，叶子静寂不动。微风没有吹动它们。田野没有躁动不安。鸫鸟睡着了。看不见太阳（不过，也没有月亮），你完好如初，你的双腿也没有分歧，而是和谐一致地、艰难地往家里走去。左腿、右腿都不想往林班线那边走。那株怒放的蒲公英，现在还没有合上花瓣。亲爱的，你怎么还没睡？——我对它说。我难以相信、也不能理解，为什么我很困，可蒲公英却不能入睡，精神抖擞。

当黑夜十分漫长的时候，我非常需要知道它会被白天取代。否则我心里不好受。夜里，我在木屋里，或坐、或卧、或立，等待着早晨，可它不来，而这是十分正常的，因为离早晨还远着呢，当时我的想法是：白天压根不会来了。或者，它肯定会在某个时刻到来，但是它在那时候到来和我有什么关系呢？——我现在就需要它！不知道为什么，但是在这样的漫漫长夜里你的确特别痛苦。而且你心里痛苦不是因为你有什么不愉快的事情——工作上的事，或者邻居欺负你了，欺骗你了。你似乎一切顺利。你痛苦是因为夜太长了，黑暗让你痛苦。于是，为了稍稍减轻一点心头的痛苦，我对自己说，这个夜晚里面也有白天，只不过你没有发现它。无论这是哪个白天，——昨天的、前天的，还是明天的，——它都把自己看不见的痕迹留在了所有的地方——树干上，草叶上，放在院子中央的木板上，大地上，夜晚忧郁的空气中。如果想要证实它的存在，你只需拿起它，像牛一样，用舌头舔一下就可以。弯下腰，抚摸木板，在它上面坐一坐，你就感受到了白天的光明和温暖。光脚站到地上，在沾满露水的草地上跑一圈，你就感受到了即将到来的白天的存在。你折一株小草，闻一闻，它也散发出白天的气息。用手指指一指天空、树枝，你就能触到白天。像这样的白天现在是没有的，眼前是黑暗的夜，白天的分子无时不在，它们总是能留下来。像抚摸脸蛋一样用手摸一摸空气，你就能感受到白天的存在。它好像故意留在了木板里、树叶里、天空中，好让能够抚摸它，爱抚它。但有时这样的抚摸不起作用。你抚摸空气，用手掌在木板上摩擦，可你感觉不到白天。你明白，白天肯定是存在的，但不是为了你而存在。于是，在树叶中、在木板里、在身体里、在每一个物品里你都能发现白天和黑夜，不只是白天，还有黑夜。那时，白天正在向你走来。

　　乌鸦在树枝上坐的时间越长，我对它观察的就越多，——我看它交替轮换双脚站着，寻找更舒适的地方，清洁自己的喙、翅膀，偷偷地看后面、瞄我一眼，——同时我就越强烈地感觉到，我爱它。我心里对乌鸦忽然涌起一种莫名的柔情。似乎，只要它允许，柔情四溢的我就会过去吻它。这时，它身上的一切都招人喜欢，它的忧郁也不是忧郁了，你原谅了它的狡诈，它让你感到熟悉、易懂、亲切。而且，它的沉默不语、忧愁苦闷使它显得更加亲切。似乎，你能爱上它，这样一个丑八怪，胜过爱你的父亲和母亲、朋友、春天、森林。可为什么你不爱它呢？因为它不会在树枝上、在我眼皮底下呆很久，总是会飞走。当你听到它拍动翅膀的声音，当你看见它在空中飞翔，你心中对它的爱也和它一起飞走了。这也很好。我凭什么要爱上乌鸦，难道找不到别的、更适合的对象？

　　白天、晚上的太阳对我来讲如此美好，以至于我舍不得与它分开。可早晨的太阳对我来讲并不是光彩照人的，而是放出黑色的光（如果大自然中有这样的光的话）。因此，情况总是这样：每天早晨我醒来后，都萎靡不振、心情烦闷、怒气冲冲、疑虑重重，想起自己的挫折与失败，想起与邻居的争吵，这争吵有的发生过，有的还没有发生，但将来，即便是在极其遥远的将来，可能会发生，有的永远也不会发生。我身上一切糟糕的东西，——现在有的，或者将来会有的，以及将来不会有的，都使我焦虑不安。我想到死亡、不幸、痛苦，——最愁苦的思绪在我的脑海里汹涌澎湃。而这就发生在白天最干净、最美好的时候，在绯红色的、洒满露珠的早晨！早晨离去，太阳冉冉升起，我的思绪渐渐清晰，黑暗消失，我开始忘记不久前还折磨着我的东西，强烈的振奋和幸福感涌上我的心头，我不时会担心自己，生怕我领略了这一切之后会把这当成世间幸福的顶峰，而不愿死去。甚至以后，当太阳升到高空，停在天顶，犹豫一段时间，不知接下来往哪里去，向左还是向右，然后突然向下，落山，晃动一下，奔跑起来，开始还是不慌不忙的，后来不停加快脚步向西跑去，最后终于消失在地平线之下，——甚至这个时候，当森林和草地陷入黑暗，夜幕降临，我的心情也不会变得忧郁，我还是那样的快乐、朝气蓬勃，这时心中没有疑虑、不安，尽管你可能会觉得你现在能做的只有悲伤哭泣。这时，我的心脏和我的头脑的运转都不能与大自然同步，而是似乎与之不协调一致。正因为我快乐幸福，所以我不觉得夜是黑的，也没有绝望感令我窒息。我怀着爱意看着田野、森林，我欣赏着美丽的夜色。对我来讲，夜晚是从早晨开始的，而当黑夜降临到森林里，我觉得那是白天的延续。怎么会发生这样的事情？——我问自己。为什么早晨我心情忧郁，晚上却充满幸福？为什么早晨照耀我的是黑色的太阳，晚上它却金光灿灿？整个森林都觉得早晨是快乐的，只有我一个人没有这样的感觉。我把这解释为我的不完美。我虽然是在模仿森林，但我模仿得不完全、不充分、不恒久。所以我还存在，还有我。如果我完全模仿树叶、松树、早晨，那么我会在哪里？我将变成什么？我会不会变成树叶、松树、早晨？可能。事情正在朝这个方向发展，但是有什么好急的？

　　我直起腰来，离开桌面、推开纸张，看了看窗外，心想：我能看见早晨吗？结果我没看见它。那么我看见了什么？什么也没看见。我看见了正在从森林后方升起的太阳。我看见了红色的霞光。我看见了草地上慢慢醒来的小草，当我去井边打水。我看见了闪亮的远方。赤杨树叶的躁动，山芥杆上的一只蝴蝶，白云在天空中飘浮，乌鸦稳稳地落在松树顶上。这一切还有别的许多东西我都看见了。清早，在路上，我看见了一个水洼，一只死去的鼹鼠，一棵被昨天的闪电劈坏的云杉，河边低地上的露珠，偶然经过的路人。我还在山上呆了一会儿，又到山谷里去了。可是你在哪里，早晨？它过去了，它从我身边飞过去了，静悄悄地，无声无息地，虽然我努力要看清它，睁大双眼盯着，我还是没能发现它。需要拥有什么样的视力才能不错过它？它的脚步多么轻盈、多么安静！真是不可思议！

　　森林把我引向远方，越来越远。不，它没有把我引向自己的绿荫和小树林。如果它把我引向这些地方，我不会这么害怕。它也没有把我引向人迹罕至的密林深处。哪里算是我的森林人迹罕至的深处，如果我对它的每一条小路都了如指掌？它把我引向树叶的碧绿和低语、松林的幽静、朝霞的火红。这时你怎能不迷路？怎能保持平静的心情、振奋的精神？怎能找到方向？怎能不对这不断变化的未知数充满恐惧? 有时我会抗拒, 不向前走, 我说: 这些可能造成灾难、死亡, 我该去向何方? 该怎样走? 而且我为什么要走开, 既然我早已离开、而且一切都在我身边? 但是, 还没等这样说完, 没等听到树叶的低语和风儿的絮语, 你就已经无法站在原地, 你随风飘去, 越来越远, 越来越难以返回。

我迎来送往的白天, 我经历、度过和抛向过往的白天, 我把它比作一棵树。因此, 我觉得我不是生活在有很多棵树的森林里, ——那里既有小片的山杨林, 也有大片的松林, ——我觉得我生活在阴暗的云杉林里。我想象自己生活在只有一棵树的林子里。它清早生长, 傍晚死去。而且, 无论你多么苛刻, 你也不可能说出这样的话: 我起床了, 它却不在。或者相反: 树太多了, 把我的光都挡住了。每次你看到的都是同一棵树。它死了, 另外一棵会来代替它, 但另一棵也和它一样。清早、正午、有着火红落日的黄昏——这些都是我能接受的, 我把它们当作树的生长、发展。这事发生在冬天还是夏天——完全不重要。对我来讲, 树全年都在生长。

在树木之间被阳光照亮的空间里可以看见有些小虫在飞。因为它们像这片空间一样, 被太阳照亮, 所以它们能被发现。否则你再怎么注意也看不见它们。有多少这些小生命在空中飞舞啊! 而且全都被太阳照得变成金黄色, 像金色的树叶或被太阳照亮的小花楸树枝。我也一样——如果我这时到外面去, 站到阳光下, 肯定有人会觉得我是金黄色的。我从旁观者的角度把自己想象成金色的, 于是我高兴起来。这些飞舞的小生命让我快乐和幸福, 尽管我没有刻意为此做过什么, 也许, 我也能让它们像我一样开心。它们或者别的什么人, 看着我, 会以为自己在阳光下也是金色的。它们通过我把自己当成金色的。因此它们感到高兴。

刮胡子的时候, 我在镜片中看见了自己, 看见了路边的白桦, 小河, 天空, 栅栏旁的蒿子丛, 似乎再也不能看见什么了。可他却又在自己身上发现了一些东西, 不是旧的, 而是新的、重要的: 不是头发变白了, 就是发现眼睛下面浮肿了，不是手指甲长长了，就是头发有点乱，——于是又开始忙着整理自己的仪表。忙完了自己，就去忙白桦。它又不是泥塑木雕，它身上总是有些东西在运动、变化。有时你看一看它：它似乎一点儿也没变，但是你知道，它身上还是发生了一些变化，只是你的眼睛看不到而已。河每天也都是新的。有这样的感觉：每次你当你走近它的时候，你走近的都不是它，而是另外一条，你不知道的河。在森林里，你走的不是旧的、你熟悉的小路，不是你曾经多少次走过的路，而是新路，从护林所一直延伸到无尽的远方。如果，它，护林所，不是在你身后的某一个地方，而是每次都在你身侧，那么这种情况不是因为你没有从它身边走开，而是因为它在跟着你跑，像一条忠实的狗。你一天跑二十公里，它也离开原地、跟在你身后飞奔，带着栅栏、水井、菜园、小树林及其他的东西。每次出门上路的时候，你不可避免地想象自己在不停地向前走，走向未知的地方，新的地方在等待着你，你不是在原地踏步。当然，你的一切都和从前一样，你周围的环境也没有变化，你还和从前一样，住在森林的边上，它没有离开你，它哪儿也没去。从绿叶满枝到白雪纷纷，栅栏边上的蒿子丛一直竖立在那里。同时，你每次也都是从木屋、蒿子丛、白桦树那里离开。你不是从它们身边离开，你是和它们一起离开，去向某一个地方。你就像一个牧人，带着你放牧的森林群走在没有尽头的路上。这时，木屋在动，白桦树在动，松树在动，巨石也在动，——这就是我们一起走在路上并且永远不离不弃的原因。离弃的情况也有，没有是不可能的。你走着走着，看不见蒿子丛了，它应该就在身边的某地，可是就是没有它。有时你忽然会把一棵白桦树丢了，一天、两天都看不见它，可是第三天你一看——它就在那里，亲爱的小树。它暂时离开，又回来了。有时你也会从木屋、水井边溜走，一两天不在它们眼前露面。但这不意味着你永远离开它们，你只是离开一段时间。我走——它们就跟我一起动，我停下来——它们也停下来。夜里我躺下睡觉，它们也安顿下来。实际上它们也没安顿下来，它们有点任性，想不跟着我、自己继续走，是我安慰它们、哄它们、使它们安静下来。你不用说太多，但是态度要温和，它们就会听你的话，躺下来睡觉。早晨，天刚蒙蒙亮，你准备出发，它们已经起来了，正耐心地等着你。我和森林一起进行的迁移新奇、愉快、活跃。我们这样一大群要去向哪里呢？谁也不知道。太阳在我身边奔跑，星星也在旁边流动。有这样的感觉：好像连你的手和脚也在不停地移动，不能保持在同一个地方。有时在脑袋上，有时在肚子上，有时在肋下。耳朵、鼻子、眼睛——你身上所有的器官都在不停地移动。一转眼，你的耳朵已经长到脚踝上去了。它们在哪里倾听、欣赏着大地的声音和蠢斯的唧唧声。

有时我的感觉正相反：我觉得我哪儿也没去，森林也没有走，我们都在原地站着不动。我们在踏步。而且我也不觉得这有什么不好。是啊，该去哪里呢？难道我们是云游各地、倾慕浪漫远方的旅行者？难道我们应该震耳欲聋地号叫、歌唱篝火和背包吗？天啊，我们已经看过太多的这些远方之地，燃过太多的篝火，看过太多的森林，几辈子都够了。但是我们也不傻，我们也明白，不是所有运动着的都是好的。热锅上的蚂蚁也在乱动，可这有什么用呢？笑话而已。如果说每次我们走向自己的小河，发现的都是另外一条河，那么这完全不是意味着我们在行走中看见的是新的河流，我们看见的还是原来那条小河，只不过它在我们眼里是变化的。它有时装成开心的样子，有时忧伤、有时顽皮。为什么？因为它不是死的，而是活的，正在过着自己的生活。可既然它就生活在我身旁，为什么它不该有取悦于我的愿望呢？一丛蒿子，哪怕它冬天被冻僵了，但趁它还存在于这个世界之上、还没有完全消失，它为什么不该生活、不该体验上天赋予它的那些情感？为什么木屋和水井应该泥塑木雕般站在那里，而不放任自己的天性？

我不想去证实，也不能断言它们肯定是为了取悦于我在改变。它们独立地生活着。但是，当你从小河边经过，看见你它为什么不该高兴高兴、轻轻说句问候的话、轻松地叹口气、搞搞恶作剧、卖弄一下风情？那么它该为谁而容？我自己也想要显示一下自己，摆个迷魂阵，让自己爱上自己，让别人喜欢我，因为我知道这没有任何不好。我们都不是孩子，我们都知道卖弄和玩笑的代价。但是春天时很温暖，四月使你血管里的血液沸腾，森林充满爱的潮流，小草随时随地破土而出，树上的嫩芽随时都在长大，河岸开始泛绿，而在阴凉处、在低洼的地方是白色的雪莲，——在这样的日子你看见小河卖弄风情，你自己也和它一起卖弄，你时常会担心：万一忽然之间这一切都不再是玩笑，变成了真的，你爱上小河或者小河爱上你怎么办？如果是彼此相爱还好，可如果不是呢？如果你爱它，它却不爱你，或者它爱上了你，你却拒绝它呢？那时该怎样生活，怎么办？我们无论如何都要承受自己那没有回报的爱。要是受不了，应付不来，那就各自为自己负责。可要是我使它爱上了我自己呢？那么世界上将会发生最哀怨的爱情悲剧，小河对人的爱情悲剧。当它还童贞、纯洁，它需要做的只是在田野里快乐地奔跑，在自己的河水中映照春天的云朵，用自己弯曲的溪流托起野鸭子。但是，当它心中点燃了爱情，它会变成什么样子？它还能像现在这样流淌吗？它会不会停下脚步，会不会倒流？而且，会不会拒绝野鸭、树影和云彩？它会不会变得忧郁，心情苦闷，会不会变得冷酷无情？它会变得烦躁易怒、郁郁寡欢、冷漠无情。夏天你将不在它里面游泳，不在它的河滩旁小坐。它会忧愁、憔悴、永远消失。这样的想法让我感到极大的不安。因此，当我从小河边经过、看见它的万种风情时，我才不为所动，装作不高兴的样子，不去回应它的挑逗。那时我觉得，世界上最危险的力量不是恶，不是恨，而是爱。只要它一个，就足以造成危害。一般我在春天的时候产生这样的想法，而春天我总是正确的。

我轻装前进，冉冉升起的太阳照在我的身侧，于是我用眼角的余光看它：那时我在看前面，顺便看见了旁边的太阳。我觉得，太阳侧面对着我。就像牛有时候侧身对着草地。听上去有点荒谬：是我像牛一样侧身对着太阳，可在我的想象中却好像是太阳在侧身对着我。

我觉得，当我夜里醒来，不由自主地倾听寂静却什么也听不到，无论是木屋里，还是墙外的森林里，只能听到响亮的寂静——既不是风声，也不是树叶的沙沙声，——那时我觉得树上的绿叶好像一下子飞走了，就像大雁、候鸟，飞向南国或北国的某一个地方去了；它们在狭小的天空中飞行，远离自己的故乡，远离我，而第二天早上会回来。这样的事情我当然是不相信的。树叶不是小鸟，它们怎么能飞起来？但是，黑夜里笼罩着我的寂静，却是如此深沉、如此坚固、如此牢不可破，使你不由自主地想起这样或类似的事情。森林里有无数片叶子，这无数叶子不可能一整夜一片都不颤动一下、不晃动一下；漫漫长夜中，它们中的任何一个都不觉得不舒服、不咳嗽一声、不打个喷嚏、不疼得骂一次人、喊叫一声，不因为衰老而叹息一声，——这是不可能的。但是，如果这是不可能的，如果半夜里树叶像鸟儿一样的迁徙只是幻想，那么只剩下一点——你是个聋子，因此你听不到叹息声、哎呦声、抱怨声、窃窃私语声、哀求声、呻吟声，而这已经是无法挽回的损失。

如果每次经过路边的马林果丛，都怀着爱意、柔情、温情脉脉地看它，此外，再加上树丛对之绝不会无动于衷的善意想法和美好、幸福的祝愿，如果用自己的爱拉近它与你的距离、赢得它的好感、惴惴不安地思念它，要不就是边走边对它说亲切的词语，如"你好，亲爱的朋友"或者"别了，亲爱的！"——那么，很想知道，树丛是会看着你的样子相信你心怀坦白、动机单纯，而怀着同样的爱向你鞠躬致意，还是会装聋作哑？

我想，它不会爱我。有几次我打算试探一下，但是都退缩了。有时是我不好意思，有时就是我没有勇气。我思忖，如果树丛被你的温情诱惑、相信了你的甜言蜜语，以同样言行回报你，那还好。可如果它在你的追求中看到的只有贪欲，如果它以为你想从它那里强求什么，那么，它会生你的气、大发雷霆、深感屈辱吗？

说实在的，为什么它应该只爱你一个人？也许，它的心被另外某个人所吸引，因此它沉浸在对别人——朝霞或黄昏时的天空——的爱中，不想了解你？好，可如果它的心没被别人吸引呢？那么，为什么一定是你能够符合它的心意？难道你是美得无法形容的美男子，所有的树丛都会爱上你？说不定，它不喜欢你的鼻子，看不上你眼睛的颜色呢？（我不说性格，我的性格远不是天使般美好。）

而且，想一想，我就那么需要它的爱吗？只要它不恨我，不鄙视我，不咒我伤残或死亡，而是平静、平和、耐心地对待我，像对小孩子一样，——这就谢天谢地了。

太阳还没有升起。一片黑暗。东边的朝霞还没有变成红色。微风没有吹动树叶。听不到鸟儿的歌唱。我失眠了。我在深夜里醒来，躺得不耐烦，穿上衣服，在窗边坐下。我等待日出。看，朝霞开始出现了。天空开始发亮，后来变红，出现一缕缕霞光，先是手指粗细，然后变成手掌大小，最后照亮整个苍穹。一轮红日从森林下面慢慢升上来——先是圆盘的一小块，然后是半个圆盘，然后是整个圆盘。天空、森林、大地沐浴在一片光明之中，我也沐浴在光明之中。为什么小树林中没有鸫鸟在歌唱？为什么草地上没有露珠闪闪发光？为什么周围一片黑暗，天空中不是太阳，却是星星在发光？因为现在是深夜，离日出还远着呢！太阳不是从森林后面升起来，照亮了世界。这是它在到来之前，在我的心里升起来了，因为我想到它出现的时候不远了：再过一到一个半小时，这白日的星球就会出现在天空中。而现在我坐在木屋里，用滚烫的额头温暖着窗玻璃，在心里想象着日出，高兴着，预想着太阳在森林上空升起。

云彩从我头顶上飘过，没有一朵想停下来。它从旁边飞过，触动林边松树的树梢，向我投来一瞥告别的目光，然后就不见了，飞走了。

但是，有一朵云停住了脚步，落下来，躺在我的脚下。我该怎么理解这个信号？怎么，我心里说，飞走的那些云彩不想认识我，而它却无限热爱我？如果真是这样，对此不可能有别的理解，那么，我现在该怎么对待这朵白云呢？带它去木屋里一起喝茶，用舒心的谈话彼此诱惑，甜蜜地拥抱、温存？我倒是很高兴，可是迄今为止我从来没和云彩打过任何交道。另外，为什么要这样低三下四的？既然它停下了，选择了我，为什么就必须得躺在我的脚下，好像它不配与我平起平坐，只能低三下四？毫无疑问，低三下四不是最好的品质，如果有人偶尔低三下四，也没什么不好的。但这也不是什么让人特别骄傲的事情。今天将自己贬低到不如草芥，明天起身就能顶天立地吗？怎么可能是这样！有人在我面前低三下四的时候，我总是很不舒服。我不理解这一心理活动的实质。不能接受。我不想在友好的、朋友式的关系中忍受头上的压力，并把它强加给另外一个人。因此，尽管我舍不得与这朵云分别，不想让它难过，我还是朝它挥挥手——说，走吧，亲爱的！而它，似乎是生了我的气，从地上站起来，升上天空，飞回自己家去了。

我在路上碰见了风，为了躲避它，我藏到了灌木丛中。它在那里追上了我，热烈地拥抱我。它突如其来的压力让我大吃一惊，我开始反抗，虽然力量很小，但是庄重严肃，意欲展示自己的实力。于是，无论是我的眼睛里，还是我的记忆里，都留下了白桦树饱满的叶芽、春日大地狂野的气息、陈年枯草上的灰尘。

我与它战斗了好久，都差点认输了，但它突然对我心生怜悯，飞走了，留下我一个人坐在灌木丛中。它飞起来之后，我及时抓住了它的衣角，只是由于淘气，没有别的——它不知道是谁拽着它，生气了，用力挣脱。它的衣角撕开了，它挣脱了，我手中留下了它身上的一块布——作为我与风儿争斗过的物证。

我用这块布给自己做了一个三角巾，以后每次出门去森林的时候，都把它围在脖子上，就像西班牙人或意大利人一样，——真不知道具体是哪国人，反正在电影里看见过，就开始迷上了时尚，——之后一直像个法兰西英雄一样戴着这条三角巾，直到风把它从我这里夺走：打的结开了，风就把它从我肩上吹走了。但这也让我很高兴——不管怎么说，我还是在脖子上系了几天小围巾。

由于虚幻的不便感觉和羞耻感你有时害怕触碰灌木，踩到石头。这样的小心谨慎有什么意义呢？要知道它们有时也不是特别爱惜你，当你从它们旁边经过的时候，它们会用力刮碰你，甚至会刮下你身上的一块肉，而石头会从行驶的车轮下滚到公路上，砸到你。打没打到你——它们对此似乎无所谓。你是否值得它们的尊敬也无所谓。

但是，你是人，所以你与石头、灌木有区别：它们对你做坏事，你却不对它们做坏事。哪怕它们揪着你的脑袋、强迫你对它们做点坏事，——你也不会去伤害它们。它们为它们自己负责，而你为你自己负责。就是说，既然它们做坏事，它们可以不为此受到惩罚。而你却做不到这一点。你也不会去这样做。如果你走在路上，还是踩到了一块石头、碰到了一株灌木，那你也不是出于恶意碰的，不是因为你想让它不好，甚至也不是不得不碰的，而是出于你的好心，你对灌木、石头的触碰就像你送给它们的一个微笑，它们因这个微笑而幸福。

　　我出门来到开阔的田野里,停下脚步,对早晨说:"你好!"我说的声音不大,然后侧耳细听。我在等待。没有得到任何回答。我看草地,看天空,举目四望。应该有点反应啊!天空万里无云,没有风,小草一动不动。我想再说一次,但是有点不好意思——我干嘛这样纠缠不休?既然它不想回应我的问候,那就是说应该这样。我告诉自己这样是应该的,但我还是不高兴,心里隐隐升起一股怒火:这是怎么回事,我对它开诚布公,它却躲着我?我不敢说它是被别人吸引,而没有发现我:我不是一个小老太太,而且我还站在显眼的地方。看见它倒是能看见我,但不承认我?这是它的高傲?我站了一会就困惑不解地走开了,一路上、一直到晚上我都在想着早晨,想它不承认我的事情。我既难过,又有点恼羞成怒,真想和它打一架或羞辱它一番。我怒火中烧,想象着各种复仇的场景。心里说,小心点,早晨,看我找到你不收拾你!只有到了夜里,当我看见天边的晚霞暗淡下去,我忽然觉得有人碰我、鼓动我、轻轻弄乱我的头发。我想说这是风——它的确力度不太大,但是很紧密,——可是突然明白:这是早晨在向我致以问候。于是我才安下心来。

　　坐到地上,把腿曲到胸前,用双手抱住膝盖以下的地方,低下头,像运动员说的那样团身,翻两个跟头,翻两个跟头之后,从草地上滚下去,不断加速,快到一定的程度之后,你就会离开大地,不是在地上、而是在天上滚动,而你还是那样屈膝抱腿、低头,不觉得有剧烈的冲撞,也不觉得有坑坑洼洼,后来,长时间处于一个不舒服的姿势使你觉得累了,你开始放松,抬起头、伸直腿、立起来,继续在天空中飞行,——这时你是在飞,而不是像个皮球一样在滚动了,——周围什么也看不见,好像你在旷野中前行,左右上下转头,环顾飞速闪动的四周。出于顽皮和取乐你趴着、四肢着地爬行、躺下、躺一会,把看得出神的白云放在脑袋下面,你和昨天晚上或坠落的夜星互相追逐、奔跑嬉戏,然后,在地上和天上都跑够了、躺够了、翻够了跟头,累得迷迷糊糊,身体里只剩下嗡嗡的空响,这时你才悄悄地落下来,回到亲爱的护林所,心里想的是你这一天过得非常好，全然忘记了森林、盗伐、领导的批评、今天在班上所做的事、生活中其他痛苦的、挥之不去的琐事，在床上酣然入睡，——个人在一生中是否可以让自己这样放纵一次呢？我认为可以。

我对动物、野兽、小鸟有一种令人非常不快的优越感。优越的意思不是我把自己至于它们之上——说，我高于你们、优于你们，你们比我差得远。我不允许自己有这样粗浅的优越感。如果我心里这种感觉过于强烈，我瞬间就会将它遏制住。优越的意思也不是说，在森林里碰见一只乌鸦或狐狸的时候，我首先开口对它们说："你近况如何？这是往哪跑啊？"而不告诉它们我自己去哪里，隐瞒自己的情况。我不抱怨命运，尽管这天我心情不好，也不征求意见，在有些不太难的事情中最好这样做，也不唠叨一些琐事，像和平等的对话者交谈一样，谈论天气和庄稼的收成，也不搬弄是非，说熟人性格中不好的方面，这种事情我平时与其他偶遇的人做得都挺好，也不渴望与一只野鸭或猫头鹰一起去寻找真理，我不好为人师，也不主动学习，——我只是严厉地提问，态度坚决，不容反对和搪塞，以至于我自己都觉得不好意思、难为情，为自己，也为自己的问题。

实际上，我是否有权利这样向它提问？你看，可以向一只野鸭、一棵蒲公英、一只狐狸问事，——这无可指责。有时候你只能提问，因为除了问题，心里没有别的可问。但不是每次都应该把自己置于讯问者的地位吧？我难道是严厉的父亲，是法官？问题不在于当你在森林里遇见一只猫头鹰或野鸭，你不该打听它的身体状况。如果你只是从旁边走过，表现出无所谓的样子，根本不在意野鸭，好像它不在这个世界上活着似的，这更糟。我说的不是这个。我说的是我经常性的提问、不可动摇的提问权，就好像它们，野兽，天生有义务回答我的问题、为我负责。当然不是这样的。我们的对话总是进行得不顺利并非偶然。我倒是总在提问，可是哪里有回答呢？最好的情形不过是某只乌鸦赏脸对我呱呱叫几声，或者一只狐狸赐给我一个锐利的眼神。这就是它们全部的回答。哪里算得上娓娓动听！如果能够改变自己的行为方式，你看吧，我会得到更多，但是我的倔强战胜了我。

我说"白天"——就好像心里有什么东西把我松开了。我心里变得轻松起来。烦恼和痛苦奇迹般地消失。之前你牙疼、背酸、眼皮由于不久前的病痛还有些沉重,你还记得你的债务问题(这个你永远也不会忘记),你被欺骗了,你被损害了——这些恼人的问题纠缠着你和森林,你在这些烦恼中生活。但同时,它们又不断地从我身边走开,只要我开口说"白天"。如果不说"白天",我的烦恼和痛苦将伴我一生。去它的吧!让这些麻烦事见鬼去吧!我说出了"白天"。我免除了痛苦,我是幸福的。几乎是幸福的。我不说我是幸福的,免得物极必反,再次陷入不幸的泥潭。我说我几乎是幸福的。这就是说,我既幸福,又不幸福,我的幸福还有发展空间。最美好的状态就是你几乎是幸福的时候。

如果看不到小河,我就整天闷闷不乐。我总是对这条小河念念不忘!难道我从来没有见过河流?难道我不认识这条河,没有走遍它那长满稠李的岸,没有走过它那大大小小的、摇摇晃晃的桥,没有蹚遍它浅滩的水流?别的河流我也曾得以一见,这条河也不陌生。为什么它对我心情的影响如此之大?如果没有它,我该怎样生活?有小河很好,你来到它身边,在岸上坐一会,看看河水,看得清水底的石子和欧鲅鱼,也可能什么也看不出来,但是你的沉重感没有了,你感到从未有过的轻松。我想,一来到小河边我的郁闷心情就消失,是因为小河把它——郁闷的心情——转移到自己身上,并随河水一起带走了。

我不会说,只有小河才拥有这种有益健康的特质。云彩在奔腾,你看它们一眼,它们也会把你的烦恼和忧愁拿去,随身带走。它们把烦恼拿去——这不是坏事。但是带到哪里去了——这是我关心的。如果它们带着它走过无边无际的海洋,不向任何人展示、不向任何人赠送我的心灵疾患,这不好。要不就拿起我的烦恼,把它和雨水一起洒向某个可怜虫。于是,这个本来自己烦恼已很多的家伙,现在又加上了我的烦恼。这公平还是不公平?我想,这一点也不公平。或者,河流带走我的苦楚,把它们冲到别的河岸,可那里自己的苦楚也多得不得了。在突发的自私、残酷之中令我感到安慰(稍感安慰)的是这样一种想法:除了我的烦恼和痛苦,我还在释放快乐和幸福,把它们送向远方,它们从我身边飘走、飞走，给那些需要幸福的人带去幸福。

正因为如此，当忧愁、烦恼涌上心头时，我不是特别着急。我想，这不是我的忧愁，不是我应该得到的忧愁，我不应该忍受它的折磨；这是某个别人——甘菊或蝴蝶——的忧愁，不知是谁沿着河流或通过空气把它送到了我这里。而且，当幸福来到我身边——它也常出现，没有它怎么行，——我不是总把它的出现归功于自己，我明白，是有人把幸福当作礼物带给了我。

经常有这样的情况：你遇见了白天，它为了你不断长大、长大，早晨你走出木屋，在台阶上找到了它，小小的，刚刚出生，刚刚来到这个世界。可这真的很重要吗？不管它是小的，还是大的，对你来讲都是一样的，你怎么也躲不开它。它不停地长大、长大，长到超过它能够达到的所有尺寸。中午早已过去，黄昏降临，夜晚到来了，可你怎么也不能和你的白天分开，你一直在哄它，爱抚它。一周、一月都喧嚣而过，像春天一样，可你的眼里还只是那同一个白天在继续。它已经让人厌烦了，你想和它分开了，抛下别的不管，总是照顾一个白天也不好，如此种种，可还是无法丢下它不管。丢下了，可刚过一小会，双手又伸向它。又重新接纳了它。可是从一个白天那里能吸收些什么呢？一个白天就是一个白天而已。你已经对它了如指掌，从头到脚都量过了，看过了，摸过了。可你还在观看，还在查找，万一落下什么东西了呢？当然，在急促、忙乱之中落下什么东西总是可能的。可能在那里没发现蒲公英枯死，在那里没看见晚上的星星出现，在那里几乎是很偶然地听到了风的叹息，而那是个不一定能有所发现的角落，你为这突然的、意外的收获感到高兴。但这算很多吗？这一切有什么重大的价值吗？我觉得没有。既然白天已经过去了，为什么还要惊动它，延长它？就让它滑向虚无吧。可这也不取决于你的意志。你也可能很高兴拒绝它，可它却无力拒绝你。你有这样的感觉，好像你一直在吸入空气，你的肺胀得鼓鼓的，已经没有地方容纳空气了，可你还在不停地吞咽空气。它怎能不胀破，不爆炸呢！但是那时你怎么办？你似乎在用嘴捕捉什么，可是你不让新的空气进里面——你身体里面去，因为里面充满了旧的空气。你靠旧的空气活着，像冻僵了一样，放慢了生命的速度，这只是因为你没有力气把浑浊的空气呼出去。的确，不知道别人怎样，可对我来讲，呼吸是一项巨大的劳动，无论呼气还是吸气，都不总是我能主宰得了的。因此有这样的想法，在一个美好的白天里，我会应付不了这项艰难的、力不能及的任务而死去，因为不能及时把吸气转为呼气。

　　一轮圆圆的太阳升起来了。我颤抖了一下。它的出现出乎我意料之外。我必须和它见面，但不是今天，而是明天，这我是知道的，但我想把我们的约会推迟得更晚一些，以便能够来得及从上一次见面中脱身。我不想说，那次约会不成功，不好，但它还是在我心里留下了一种隐隐的不安、羞愧和尴尬。无法明白，为什么羞愧和尴尬？为自己？但我没做过任何对它不好的事。只是在它的光芒之下生活过，存在过。但是，人们不可能、也不应该因此而觉得羞愧。为它？但它更是没有任何过错。难道，它的错误在于它向大地输送了光明和温暖，唤醒了我和同我一样的人的活力？那么不安和羞愧到底是为了什么？因为它出现并闪耀在天际，我钻进木屋，在那里一直坐到黄昏，足不出户，避免与它见面，既不想看见它，也不想被它的光芒炙烤。我认为自己在阳光灿烂的时候坐在木屋里是不正常的，因此我才觉得不安。现在我就在逃避太阳，低头向下看山谷，装作没有太阳或没看见它的样子，可我越是努力逃避它，它就越是频繁地扑入我的眼帘。但这有什么意思？它的行为也好像是没看见我的样子。可我希望的是太阳能看我一眼，我们彼此微笑一下，原谅对方的尴尬。无论我多么痛苦，受多大的折磨，我都知道，我的羞愧和不安是暂时的，我并不把这种烦恼太放在心上。既然我想在木屋坐着——那我就坐了。谁也不能强迫我出去见太阳。但是，需要时间来承认自己。

　　在森林里有些我停下来确认行进方向的地方，——在这里我就像处于岔路口的马儿，考虑接下来向左还是向右。事实上在这些地方根本没有什么岔路口，有的时候甚至没有路：这要么是田野和森林的交界地，要么是沼泽地的边缘，要么就是长着松林的山冈。走到这些地方时，我都要停留很长时间，恍如梦中，犹豫不决，迷迷糊糊。如果我走的是正常的路，不认识的地方，遇到了岔路口，那么我的迷离恍惚是可以理解的——谁也不愿意在虚幻的路上纠结，因为它不可能把你引向任何确定的地方。但是这里的路我很熟，我不需要选择。那么该如何解释我的傻站，我的呆立？

我觉得这有一个原因。每一棵树、每一个树桩、每一座松林、每一条河、每一片草地都有自己吸引人们的特质。只是我们不能发现它。你为什么来到松树旁边？因为无事可做？难道你突然想靠一靠它的树干？难道你想欣赏一下它的美？似乎不是这样。是它吸引你来到它身边的。但是，它把你拉过来，就放走了。你来到一株甘菊旁边。是它吸引你来的。你在河边——小河像磁石一样吸引着你。你也会从一个身边到另一个身边去，不是这个，就是那个——一株铃兰，一丛马林果，湖泊，云杉林——在吸引着你，引诱着你。

那么，要是你不知不觉在半路徘徊呢？还没等从马林果丛边离开，却又开始欣赏起了小河的风光，那时是什么在吸引你？那时吸引你的既有马林果丛，同时又有小河，而且它们的吸引力同样大，于是沉醉在河景之中的你站在那里，看着它，不敢把马林果放到嘴里，你等待着，看它们当中谁更有力，能够征服你，把你拉到自己身边。如果小河征服你——你会离开马林果丛，去看小河。如果马林果取胜——你会转身离开小河，专注于马林果丛。那个瞬间，你被别人选择、别人为你战斗的瞬间，是如此地痛苦和甜蜜，——你站在那里，好像失去了知觉，你想让这一瞬间延长。你会做出怎样的抉择？你将确定怎样的方向？你是走向小河，还是马林果丛？

当然，也经常有这样的情况：你既看小河，同时又采走所有的马林果，没有丝毫的犹豫和迷惑，你也可能挖鼻子，挠耳朵，做很多不同的事情，但这已经不对头了。

一大早，刚刚醒来，从我不睡觉的那一刻起，我就觉得郁闷，不舒服，难以忍受。好像有什么大的痛苦。我已经非常努力地尝试过让自己开心起来：唱歌，睡觉，做饭，在森林里跑上一遭，可是没有效果。我在心里，在记忆中把所有事情都回顾了一遍：我是不是伤害了谁，因此在遭受惩罚？巡查的事我做得勤勤恳恳，没有人盗伐树木，林班线我也清理得干干净净，这个月的计划完成了，房顶修好了，饭碗洗干净了，欠邻居的钱还上了。我还有什么事情没做好呢? 灯里的煤油加满了。防火板也按照林庄经理的指示钉好, 挂到板棚墙上了。春天不热, 不干燥, 百花开放, 小河奔流, 太阳每天早晨升起、每天晚上落下, 鸟儿歌唱, 风从河湾吹来。看来, 我这里一切都平和正常, 为何我的心情不平和呢? 突然想起来, 昨天我在河边走的时候, 无心之中折了一枝睡莲, 于是为自己折了它感到羞愧——我要它没什么用。想看看它? 不把它摘下来我也一样可以欣赏它啊。想把它带回家? 我把它放在家里没有任何用途。在手里揉搓一阵子, 就把它扔了。难道我心情不好是因为我折了睡莲花? 我以前也折过千百朵睡莲花, 没事啊, 我很开心, 无忧无虑。又把所有的事情回顾了一遍。好吧, 太阳下山时, 我打过哈欠。拿着棍子轰过乌鸦。夜莺歌唱时没有热情洋溢地赞美它。美丽的云彩在天空中穿行, 而我忙于在林班线山砍树, 没看它们。无礼地甩掉了手上的瓢虫。在草地上踩踏过小草和花朵。我砍倒了多少树? 十棵, 二十棵, 一百棵? 也没什么啊, 良心没有受到任何折磨, 好像这样是应该的。可现在我折了一枝睡莲, 所以我不好受。这才是我惹的事!

当我因为工作的要求需要在田野里或森林中过夜, 早晨被冻醒以后, 我会躺在被露水打湿的草地上, 看着渐渐变亮的天空, 有时我会想: 什么离我近一些, 什么离我远一些: 是消失在黎明之中的星星, 还是一只停在柔软的叶片上等待太阳的温暖光线、准备展翅飞走的黄色蝴蝶? 答案似乎是清楚的。蝴蝶离我更近。伸手可得。但是星星会一次又一次地回到你身边, 明天、后天都会回来, 于是你用爱把它们拉近自己。可是蝴蝶飞走了, 什么时候才能再回到你身边? 我想, 它永远不会再回来了。那么就得出这样的结论: 星星离你更近, 你和它们生活在一起, 你爱任何一颗特别亮的星星。可你不应该爱上蝴蝶。你想爱上它了, 你就捉住它, 抓住它的翅膀。倒霉的家伙, 你要折磨它多久, 让它受多久的痛苦? 也许, 只是一小会, 一瞬间, 即使是这样, 你的心也是冷酷的。而确切地说, 你永远也不能把它抓在手里。你将只能在远处欣赏它, 而且只欣赏短短的一瞬。它就在你眼前展开翅膀, 飞走了, 每个瞬间你走的路和它飞的路都在拉开距离, 越来越远, 无论什么样的幸运都不能把你们聚到一起了。

我在梦想与现实之间活着, 分不清哪里是梦想, 哪里是现实。而这也不让我觉得吃惊、沉重、不安。我从现实进入梦想，就像进入一条小河，我走出梦想进入现实，也像进入一条小河。我踏进两条河，它们彼此十分相像，以至于我把它们当成同一条河，如果我在森林里看见一只松鼠，那么睡觉时也会梦见它。在森林里它在树枝上跳来跳去，生气地朝我吱吱叫，在梦里它也跳跃、叫喊。而且我没发现我在森林里看见的松鼠和梦中的松鼠有任何区别。我梦见森林，它也没有任何不同，哪怕一点小小的变化也没有。如果我发现一个砍掉的木桩，那么我梦见的木桩也与它一模一样。梦境不允许有任何的放纵和幻想。如果我在森林里与一只松鼠快乐地分手，那么我在梦中也与它好好地分手。可能稍稍有点不同，可能我更悲伤或深沉，但这种情绪上的差别小到不能妨碍我充沛的精力。当然，也有这样的情况：在梦中事件发生变化，增添了现实中没有的新细节，但这些事件和细节也还是不能让我感到不安，而是与我和睦相处，不与我发生矛盾。如果现实中我轻松、平静、自信，那梦中的我也是这样的。如果在现实中我追赶盗伐者，那么在梦中我也同样追赶他们。在梦中我从不感到害怕，不逃离任何人，也没有可怕的猪脸在角落里盯着我，不会发生任何怪异的现象，像人们说的那样，梦见各种乱七八糟的东西：恶鬼、巫婆、长尾巴怪和别的鬼怪。我梦中的世界与我现实中所见完全一样。因此，可以说我总是处在不眠状态。当我睡觉的时候，我只是把眼睛闭上，并没有离开这个现实的世界，没把它从我身边放走。它也没有离我。今天我梦到了路边那株白色的甘菊花，我昨天看见过它。那时刮着风，花草在风中窸窣作响，甘菊花在路边弯下腰，我经过的时候，专门看过它。

你起床了，你以为你就是你现在的样子——你怎样想自己、看自己、说自己，你怎样拿着茶水杯子、怎样去井边打水，你为什么高兴、为什么痛苦。可你实际上完全不是这样的。你认为你很开心，因为你起床的时候很开心，可你其实很难过，甚至有点心灰意冷。是什么让你如此难过？就是那些曾让你开心的东西。太阳曾让你开心。就是说，你忧郁是因为有太阳在？值得怀疑，但是可以假定是这样。我曾经以为自己精力充沛，但这也是假象。我很累。既然整夜都躺在床上，还有什么可累的呢？人们整夜拖着看不见的重担，难道他们不累吗？只要背上一小会儿天空，你就知道什么叫累了。也许，这个天空我背负了不是一个小时，而是整整七个小时，直到太阳升起来，直到空气被它烤热，变得憋闷。难道不能做这样的假设？我提着水桶，边走边抱怨水井离得太远了。可事实上我还为水井的存在而高兴过。的确，仔细想想，我的水井离木屋三十米，而不是两三米远，使我得到了多少好处啊！因为这个距离我看到了多少的黎明、多少的日落；有一次，夜里我还看见了大雁，看见它们落到水井附近长着豌豆的田地上，看见它们吃豌豆、吞咽豌豆。而我提着空桶站在那里，侧耳细听，一动也不敢动。可能，仅仅是因为我有机会每天提着水桶在井边来来去去，我就爱上了这片土地、森林、田野、天空，可我却在解释我对森林的爱。我曾对我的邻居伊万不满意，埋怨他哄弄人，答应了昨天来安林班的界标，却没来。实际上我很高兴——我自己把它们安上了。

醒来之后，看见一个好天，阳光灿烂，万里无云——于是你高兴地起床了。第二天起床后——又是一个晴朗的日子，于是我又很高兴。第三天——还是这样。到了第四天，这已经有点让我气恼了。高兴能高兴多久呢，现在该发发愁了！可忧愁像故意似的，不来光顾我。天上该出现乌云了，哪怕一小片也行。但是，乌云也没有来。

我考虑过森林的未来，预见到一些可怕的事情，让我自己感到恐惧——我说，一切都将灭亡，大地上将一无所有。我不能说我因为想到这个幸福得跳起来，但我也没有陷入深重的忧愁之中。我意识到了我的预言、我的担心没有用处，它们建筑在沙滩之上，没有任何价值。

审视自己的生活时，我总是担心自己的命运——我心里说，暂时一切都还进行得很顺利，可万一什么东西出现问题呢？曾经幸运，可不会再幸运了。不过这种想法没有让我感到沉重和厌烦。我对它也平静对待。它拒绝给我成功和幸福？首先，这还不得而知；其次，不成功我们也能活下去——不值得为此难过，——难道世上所有的人都在成功和幸福的陪伴下生活？他们没这样生活，它们过得很糟，我们不一定什么时候也会过得很糟。我发现我既不为自己的命运担心，也不为人类的命运担心，于是我开始考虑长在路边的那棵松树。

我心里说，如果我不看好它，盗伐者们会把它砍掉的。可它美丽、漂亮，它的日子还长着呢。这想法好像也令人忧愁，可以让人感到沮丧，可是它也没能使我焦虑，没能触动我。严格来看的话，这时一切也都不简单，难道我已经变得心理不健全，不能很好地驾驭自己的思想？

在我想这些的时候，乌云来到了天上，把天空遮得严严实实，太阳躲起来了，开始下雨了。大自然暗淡了，愁闷了。步其后尘，我也开始难过起来。但是，我只在大自然认输的时候才让自己难过。如果天空中不出现雨云，太阳每天都闪闪发光，那么我愿意一辈子高高兴兴地活着。

我可以让自己激动到如此程度：看着一朵黄色的毛莨花或甘菊花，激动万分、思绪万千、心慌意乱、恍恍惚惚地忘记了你看见的是什么，你在看的是什么，不知是一个姑娘，还是一朵毛莨花，——姑娘和毛莨花，两者在你看来都十分美好，彼此有点相像。如果你癫狂一会，幻想一会，激动一会，能一下子平静下来，那好。看着花儿，你想，这是一个姑娘，想一想就忘了。你又开始把它看作一朵花，你重新得到生活中必不可少的安宁，还有安详的目光。可如果激动的心情难以平复，你还是把毛莨花当作一个姑娘，那么情况会怎样？将会发生什么？世界性的灾难、火灾、战争，当然都不可能发生，但是令人愉快的事情也不会很多。在这朵花旁边走来走去，把它当作一个姑娘，和她打招呼，试图与她攀谈？沉思默想，她（毛莨花）为什么总是呆在一个地方，为什么每次我经过的时候，它都扑入我的眼帘？这难道不是一种特别的信号、暗示？你开始深入思考这个问题，于是重新陷入迷惘：怎样理解它的回应——花儿是同意与你相识，还是在拒绝你？与它相见算不算相识（看看就算认识了）？你是不是无需再为相识做任何努力？或者，还需要做点什么？世界上任何一种书都没有给出这个问题的答案。对它们在风中弯下腰该怎样理解——是赞同的表示，还是拒绝？它们在夜间发出的无法听见的细语是什么意思？这是不是对你的爱的表白？或者，只是梦中的叹息？真的总是不太明白——它们，这些天真无邪的生物，是承认你，还是拒绝你。你俯身面对它时，它会看着你，这还不能说明任何问题。它可能带着爱意看着你，也可能只是出于好奇而打量你, 像观看一个小虫子。难以回答的还有这样的问题: 怎样做才能让它喜欢上你? 和姑娘们打交道的话, 这事还容易些, 这方面我们还是有点经验的, 这方面我们就像人们说的, 还是有一套的, 这方面我们虽然不是最高明的大师, 但也不是庸碌无能之辈。可是该怎样取悦于一朵花, 这我们可不太清楚。只对它说些甜言蜜语? 只用普希金的诗向它表达感情? 还是开门见山——贸然说出"我爱你"就完事大吉? 一切似乎都很简单, 可我们对毛茛有很多的了解吗? 它有几株雄蕊, 几株雌蕊? 说实话, 所知不多。

这个时刻, 各种想法和疑问、千头万绪一齐涌上我的心头。比如, 你看, 我知道, 你不可能与它手挽手在草地上走, 也不会与它一起跳华尔兹。但是你可以去迎接朝霞, 送走白天, 站在雨中、风中、阳光下。这是多还是少?

好在这些想法和疑问只在极少数的、我激动的时候才有, 我不是每天都充满这样的思绪, 别的事够多的了。可是, 如果这些思想充斥我整个的身心, 不想毛茛花我就无法活下去, 我就这样深深地爱上了它, 那么我该怎么办? 该做什么?

这就是在草地上散步时, 我不特别用心看毛茛花或其他花的原因。看一会儿——就够了, 我不死死盯着它们看, 不勉强它们, 只是静静地、平和地走着, 谦卑地将眼神垂向山谷, 生怕不小心卷入某个可怕的故事。爱上一朵花并不难——它如此温柔、美丽。怎样才能承受这种爱而不会死去——这才是问题。

在森林里我会遇见野兽, 如果是不期而遇, 我对野兽的态度会特别和善、热情。这时我不把自己当做什么人物, 而只是全心关注着野兽, 如果它对我说需要上天摘星星或者下火海受难, 我会毫不犹豫地去做。我完全不想自己。我对待自己的态度就好像没有我, 只有野兽, 即使有我, 那也只是为了给野兽服务。

有时我为它们服务到事后只剩下摇头的程度: 我都干了什么啊? 怎么做出了这样的决定呢? 的确是这样, 凭什么我得去满足某只狐狸或狼的任性要求? 去钻火圈或摘星星? 首先, 这无论对狐狸还是狼, 都没有任何好处(它们要星星有什么用?);其次,我干嘛要逞这个能?钻火圈我倒是能,可是摘星星呢?我能吗?

因为我总是过于随和,所以过后我总是发生急剧的变化,即使它们求我做微乎其微的小事,我也毫不犹豫地去做。我气得骂人,大骂特骂。唉,我说,既然你们这样,那我以后连小事也不为你们做了。于是,在森林里我不给它们让路,像大象一样招摇,好像这里只有我一个人生活,除我之外,没有任何人。我趾高气扬,鞋跟山响,张牙舞爪,唯我独尊,傲慢不羁。

昨天雷雨滂沱,今天森林里清爽舒适。没有闪电划过,把自己的利刃刺向大地的肋下,没有雷声轰鸣,没有大雨倾盆。大自然克制住自己,安静下来。平静和安宁降临。彩蝶在园中飞舞。鸫鸟和椋鸟在护林所附近疯狂地歌唱。凤头麦鸡飞上天空,在田野上方盘旋。被雨水打倒、冲倒的草湿漉漉的,有的变干了,立起来了,地上全是水洼,当你在草地上走的时候,水洼里水花四溅。太阳在天上温暖着这个舒适的小天地,它无声地喧闹着,激动着。而昨天雷声隆隆,不停轰鸣时,一切正相反,好像一片寂静。森林也不是坚不可摧的。而在今天的华丽之中,森林好像更容易被破坏。但是,昨天的雷雨在森林里留下了几棵折断和烧坏的云杉树。今天什么会折断,谁将面临死亡?太阳会死去,消失在视线之外,但那也得等到明天早晨。田野上会长出很多新的花朵。它们已经出现了——黄的,深蓝的,浅蓝的。成片的毛茛、风铃草、三色堇像空中的乌云一样拥挤在草地上。

在松林间的小路上我撞上了一头驼鹿,被它吓得像山杨树叶一样瑟瑟发抖。惊恐之中一下子跳开,抓住一根粗重的木棍,心狂跳不止,浑身发抖。从它身边逃开,还是绕着走过去?我好像知道,驼鹿不袭击人,而且也从来没发生过驼鹿伤害我的事情,比如用蹄子踢我,或用角顶我,我也研究透了林中野兽的所有习性,无数次亲身试验过,主动跟狼打过招呼,试图温情脉脉地拥抱过猞猁,但我还是感到害怕:万一发生什么意外呢?那些野兽因为宽容、因为善良没动你,可这个会动的。驼鹿的样子看上去也不信任我,眼含怒火,它那长着一双角的脑袋里到底在想什么——不得而知。

我发现了一个可怕的现象：我越坚定自己为森林献身的决心，我对森林和爱森林的理解就越高，我自己有时就降得越低。而且我经常结结实实地摔倒在地，很难爬起来，浑身酸痛——骨头、心脏和其他器官都在内。似乎，你已经坚定了自己的信心，就像人们说的，果断地迈出了第一步。可一转眼，你已经被掀翻在地。很遗憾发生这样的情况，这令人难过，遗憾。你十分努力，勤勤恳恳，只想让森林变得更好，可它不但不给你信心，还让你缺乏信心，充满恐惧。去它的吧！我厌倦了这恐惧。我知道，我相信，森林只有善和爱。片刻的疑虑过后，我就会鼓足干劲，产生气吞山河的信心。否则一只蚂蚁用它的触须挠挠你的脚后跟，你都会吓跑。该如何理解这一切，并使之和谐一致？

被这种瞬间的恐惧折磨够之后，因为曾经心生恐惧，我重又获得了信心和勇气，扔掉了木棍，在驼鹿身边站住，拍了拍它的犄角——对它说，怎么样，亲爱的？而它用热乎乎的嘴唇亲一下我的额头，好像是在表示友好。后来，当我离开它的时候，它轻轻地抬了一下蹄子向我告别。

我们就这样分开了。

早晨我很长时间都不能集中精力，不能很快充满活力，没精打采、嘟嘟囔囔、情绪不满，不是看这个不顺眼，就是看那个不对劲。邻居去年因为没睡醒没跟你打招呼，于是你为这个无心之失谴责他。一个陌生人突然出现吓了你一跳，你把他也想起来了。小时候你淘气，在桌子下面走来走去，母亲打了你一顿，你对这事也开始吹毛求疵，在心里讨伐不公平。

我觉得早晨一切都不好。因为不管森林如何努力，不管风儿如何安静——醒来的树叶都压低声音，窃窃私语，像讲究礼貌的邻人，乌鸦适时地闭上了嘴，野兔没有再次跳到森林边上，怕自己的跑跳惊扰了你，太阳蒙上了一层雾气，它羞于自己的美丽，躲到了云层之后，不敢出来破坏你的心情，蜘蛛蹲在角落里，没有编织自己的网，雨没有下个不停，露珠没有从叶子上滑落，虫子没有在土里蠕动——世界上的一切在我面前展现出一幅静默、殷勤的画面，可我不满意。乌鸦是没出声，但是我能听到椋鸟的叫声，可我这么早听它干什么？兔子是没跳，但是獾子在洞里乱动。太阳模糊，风儿安静，露珠没有在叶片间滑落,可是蝴蝶在花间飞舞,它的飞动让我生气。如果椋鸟噤声、蝴蝶停在花上不动,会怎么样?我会高兴吗?会对这个早晨露出微笑吗?怕是不会这样。我会说,小河潺潺流淌、小草在田野里轻轻摇动是为了什么?在这个时刻我既不会赋予草地生命,也不会赋予野兽、小鸟生命。最好它们都不在,最好让我安静一下。我在心里准备着愤怒的话语,罗织着激烈的批评言辞。这时我会说到人权,还有公理,这个永恒的、无法解决的问题,我会引用伟大先辈的名言,我会严厉地责问它们:你们打算闹到什么时候?为什么闹?不害臊吗?不愧疚吗?只有不停责骂好久、与假想敌尽情战斗之后,我才能安静下来。

不过,事实上它们算是我的敌人吗?如果它们的声音打扰了我,它们会怎么办呢?但我现在已经结束了战斗,所以无论是对草地,还是对乌鸦和乍起的风都挺满意的。我甚至开始欣赏它们的声音和喧闹,没有这些喧闹,我会很不好受。听见叶子的低语我深受感动,看见呱呱叫的青蛙我挤出两滴眼泪,驼鹿在小树林中吼叫、蚯蚓在土壤里蠕动使我欣喜若狂。我慷慨地对世间一切生物说,活着吧,歌唱吧,高兴吧,赞美自己和这个世界吧,幸福地成长和繁衍吧!好像我是赋予它们生命的上帝。这时候我进入这样一种状态:如果谁因为害羞或者不想伤害别人而沉默不语,那么我会对他的这一行为非常不满。的确,我对自己说,否则我们为何而生,为何来到这个美妙的世界,如果我们畏缩、羞怯,以为我们不应该大声打喷嚏、说话?是为了缄默不语?为了可怜巴巴地苟且度日?如果我们如此羞怯,那么我该怎样表达自己,怎样说出自己的话?砍头不要紧,可我们不想沉默,我们要歌唱,我们的歌声会妨碍谁呢?

但是,时候一到,我也会忘记它们,好像没有它们,好像它们不存在似的。早晨还大骂叶子不小心发出声音,现在,傍晚,哪怕它拼命轰响,我也觉得它的轰鸣声不够大。我曾经诬赖一只乌鸦不出声,现在它大声号叫,几乎喊破嗓子,我看都不看它一眼。曾经对害羞、躲到云彩后面的太阳心怀不满,现在,即使它发出最耀眼的光芒,我也觉得不够。即使狮子张开血盆大口,在我耳边怒吼,我也听而不闻。

这样, 过完自己的一天、上床睡觉的时候, 我会不由自主地想: 人, 你究竟是什么? 你到底需要什么? 确切地说, 我现在甚至没有在思考这个问题, 我以前已经思考过了, 但是没有结果。我想: 人啊, 你太怪异了, 你想要的太多了。有时向你吹口气都不行, 你如此任性和娇嫩, 一片叶子动一动, 你就已经不好受了, 有时暴风雨袭击你, 你却觉得它不够猛烈。你想要的是多么的少, 既然叶子的声音、露珠撞击大地对你来讲都是重大事件。

类似这样的想法不是那么容易理解并理清头绪的, 我还要长久地, 也许是永远被它们折磨, 它们如此强烈、如此难以解决, 我真的不愿意躺在硬板床上苦熬漫漫长夜。但是黑夜会来临, 它把我拉到自己身边, 安慰我, 让我安静下来, 它送我进入它那轻盈的、美妙的梦境, 使我第二天能够再次振奋精神。

昨天深夜, 我从森林回家, 路上遇见了一只狐狸。月光照得很亮, 我和它几乎碰了个脸对脸, 它的脸部、尾巴和叽里骨碌转的眼睛我都看得清清楚楚。它也看见了我。由于意外, 我哆嗦了一下, 于是它有点害怕了, 马上就转身离开林间小路, 钻进了树丛, 好像我没给它让路似的。但是, 首先, 小路上的地方足够两个人用; 其次, 如果事情按常理发展, 我会给它让路的, ——我们不是总能在林间小路上碰见狐狸的, 所以能给它让路; 还有第三, 如果我不让路, 会怎样呢?

当然, 也有这样的情况: 走的时候根本你不看眼前, 即所谓的勇往直前。但是坦率地说, 这样走路只适合初来乍到者。如此的鲁莽很多问题都解决不了。因为经常在森林中走路你产生了一种绕开一切迎面而来之物、不和它们正面接触的能力, 对此你自己都感到吃惊。有时你可以极轻巧地绕过一片树丛, 不会让它的叶片动一动, 也不会让它的露珠落下。你像野兔一样在森林中奔跑, 但能避开所有迎面而来的人或动物。在茂密的松林里, 你可以从两棵松树之间极小的缝隙穿过去, 走了几步之后, 你会停下脚步, 返回来, 惊异于自己何以能从这个地方钻过去: 那个缝隙太小了, 连蚂蚁都过不去。

自然, 类似的躲避会引起一定的困难: 你会想, 为什么该是我费力? 让它们费力躲避去吧，我可不想这样，——但你总不能偏到用小胳膊去拧大腿吧？况且，不是只有你在躲避，它们也在躲避你。当你特别急着去办事或者偶尔疏忽，没来得及避开你必经之路上的一棵松树，那你会怎样？因为惯性撞上它，让松果擦破额头、松枝扎伤眼睛？完全不对。虽然你没来得及躲开它，可它却及时给你让了路，因为恰恰和你对它一样，它不是你的敌人，不想你受伤。

我遇见过我喜欢的白天，也遇见过喜欢我的白天。很少，但是也有过这样的白天：我们彼此喜欢。也常有这样的情况：遇到我不喜欢的白天。当然，最美好的相遇是彼此喜欢，双方都啜饮爱的泉水，但是我也不认为单方面的爱有任何不好，相互的爱和单方面的爱，哪个更好，——这还需要再看看。假设不爱的人遇见了，那他们也挺好的，虽然没有好到极致，但是也不会坏到没有去路。单方面的爱给我留下了最强烈的印象。虽然我至今不能确认，那是否是单方面的爱。我觉得，它还是相互的。如果一个人该爱的时候比别人的来得早，依我看，这时不应该抱怨爱是单方面的。也不应该过分赞美这种单方面的爱，使它大大高于相互的爱。没有必要担心这样的称赞之后所有人都会推崇单方面的爱，而忽略相互的爱。我想，我也相信，这样的事情是不会发生的。更有甚者，我知道，不论我怎样称赞单方面的爱，即使我自己也未必能相信它是好的，更不用说别人了！不过我还是想要赞美它。它是如此苦涩和难耐，不是所有人都能承受它的重压而不受伤害。你想流泪，想回到从前，尽管从那时起已不知过去了多少岁月。你的心会充满忧伤，像一个装满了水的容器。如果它有释放忧伤的地方和对象，那就是幸福。

是否有什么东西能比阳光更让人舒畅？当然有。比如说，夜晚和它的满天繁星，小河，草地。难道它们不值得我们注意？难道你不高兴见到它们，无论是初次相遇，还是最后一次分离？当然，它们值得我们注意，也使我们高兴。无论如何，比阳光更让人舒畅的只有阳光。

人可以变成乌鸦、喜鹊、松树、甘菊花和许多其他的东西。这不神秘，也不是特别的秘密。不一定要绝顶聪明。中等才能足够了。您想变成一只乌鸦。

您怎样实现这个愿望? 您一下子就能变成乌鸦。一切都很简单, 无需狡诈和欺骗。但是怎样才能变成乌鸦? 我想, 可是成不了。——人们这样会对我说。我会这样回答: 我就不验证你们的愿望不是特别强烈了, 你们因为那个才成不了乌鸦。可能也很强烈。那么我会告诉他们: 你们不懂。要想变成一只乌鸦, 或变得像一只乌鸦(而这几乎是一样的事情), 重要的不仅是你本人变成乌鸦, 而且是让为你准备的这个世界整个变成乌鸦所需要的那个世界, ——即乌鸦的世界。要让你, 一个人, 所需要的森林、田野、高山变成不像此前那样, 不属于人类, 而是属于乌鸦。看着一棵松树, 乌鸦看到的是什么? 松树吗? 不是这样的。我们, 人, 在松树身上看到是松树, 而乌鸦在它身上看到的是别的东西。它在太阳、月牙、小河、云彩身上看到的是什么? 太阳、月牙、小河、云彩? 这个问题的答案也是别的。也许, 它把太阳看成一棵松树, 把小河看成一个姑娘? 也许, 它根本看不到太阳, 也看不到小河? 它对它们视而不见。乌鸦在你, 一个人, 身上看到的是什么? 乌鸦眼中的你是什么: 一个人, 还是某种狂野的动物? 马上回答这个问题似乎没那么容易。乌鸦眼中的星星、地球、海洋、一望无际的天空是什么? 它怎样理解爱和善? 答出这些问题——您就是一只乌鸦了。您的胳膊变成了翅膀、脚变成了爪子, 您身上长满了羽毛, 喙(鼻子)长出来了, 变硬了, 您的眼睛变成了乌鸦的眼睛, 您的眼神和跳跃的动作也变成了乌鸦式的, 从您嗓子里传出的不再是习以为常的人的话语, 而是乌鸦的呱呱叫声。从乌鸦变成大象、鳄鱼、狼、乌龟也不难。我再说一遍, 这只需要把世界看成它们眼中的样子。这个世界上没有什么东西是你变不成的。还应该再加上一小点。作为一个人, 在知道、明了这样那样的东西对于乌鸦或别的动物意味着什么的同时, 也知道这个世界对于你本身———一个人, 或对于你——人类, 来讲意味着什么, 这才好。

　　一天到来的时候, 如果我早晨就高兴它的来临, 那么晚上我一定对它很满意。我的心就是这样的——它必定需要运动, 需要从一种状态到另一种状态的转变, 否则它觉得没意思。如果你的一天是唱着欢快的歌、快乐地开始的, 而结束得却很糟糕——那也没什么。意识不能破坏你的心情, 你自娱自乐一番，就达到了目的，你也可以暗自神伤一阵子。糟糕的是，我心情难过地开始一天，傍晚时才开心起来，有的时候甚至根本开心不起来。那时愁闷折磨我，我也责怪自己：为什么错过了早晨？为什么整个大自然都高兴的时候，你却心情糟糕？某些我无法左右的力量使我苦恼。从理智上来讲你似乎很平静——你说，没什么可怕的，什么事情都可能发生，第二天早晨来的时候，你就会开心起来的。可你从心里却无法接受这些观点。你情愿伸出一只手，把过去的那个早晨拉回来，这样你就可以按照应该的方式度过它。当然，过去的那个早晨不会出现，不会回来，于是你狠狠地责怪自己，说自己将要遭受所有的痛苦，说自己犯了罪，好像你的生活已经不复存在——你的想法使你周围和内心的一切都变黑暗了。但是，新一天的早晨来临了，你醒来了。天啊，你心中是多么喜悦！昨天你真的不高兴过吗？难道你还记得有这事？昨天的事和你有什么关系！晚上你还会不高兴吗？明天的事和你有什么关系！重要的是今天是个好日子。而你欣喜若狂，尽情享受着它！

我为了开辟林间通道，放倒了一些树木，我麻利地处理了它们，快到我自己都喜欢。我好久没有这么狂热、这么满足、高兴、心甘情愿地工作过了。我挥起斧子——我的动作是漂亮的，没有一点失误和拖泥带水，没有慌慌张张、哆哆嗦嗦。我把斧刃砍到树干上——也很完美：落点准确、力道很大、无数的碎木片像金子一样飞溅。一棵树倒下了——这也一切顺利：我需要它向左面倒，它就倒向左面，我希望它向右面倒，它就向右倾斜。正好倒在我为它选中的地方，砰地一声砸在地上，弹起来一下，动弹一会，就一动不动地躺着了，好像要在这里长眠不起。经我手开辟出来的林间通道干净、平整，像射出去的箭，飞速拓展。真想一辈子带着这样的心情工作。

可是，就在我刚刚兴奋起来、直起腰想再次挥斧的时候，一只山雀出现在我的眼前。我把斧子抡向树干，砍得非常不好，偏到一边去了，（我吓得）呼吸都停止了。我嘿哟嘿哟地用斧子砍了一阵。山雀没有飞走。我坐下来休息。它在我身边转了一小会儿，飞走了。我却失去了全部的工作热情。我不想再砍树了。我离开了林间通道。真的非常遗憾丢了好心情。可有什么办法呢！如果有人在我身边，我就没法工作。一个人干活时，什么都干得很好。只要有一个人到我这儿来做客，我就会整个人向客人开放，给工作造成损失。

山雀算什么！有时一朵云飘过，我会看它看得入迷而忘了工作。

我继续前行。前面有什么？还是那些东西：森林，森林。那里有一条小路通向静水池，若隐若现，那里有长满齐肩的高大柳兰的林缘，踏进柳兰丛，你就好像落入了水中，——看不到底（有时候你好像真的在飞向肉眼看不见的坑底），那里有稀疏的桦树林，长着干净的、绸缎一样光滑的草地，那里有向高处自由伸展的松林，那里有茂密的云杉幼林。这里的土地广袤无垠，山丘众多、凹凸不平，每个山丘都有一个非常舒适、平整的凹地，让人想在里面躺一会；这里有泥泞的沼泽地、走不过去的泥塘，你在齐膝深的水中艰难行走，在苔藓上面如履薄冰，这时你只想快点走出去到干地上——这里可怕、危险、令人不快；这里有小河、小溪和看不见的岸，那不是岸，那是幽静的去处，你一个人的王国——哪怕你坐上一百年，无论思考与不思考，无论看与不看，无论回忆与不回忆——你都觉得一切亲切、美好；挺直身体坐着也很舒服，轻轻欠身、以手臂支撑身体，观看渐行渐远的太阳落山也很美好，把脸埋在草丛中、感受着浓郁的土地的气息，打一个盹，也很幸福。

走着走着，你有时会有点迷糊：你在路上已经走了多少天、多少年？可你其实刚刚从护林所里出来。看看左右两边——一切都在吸引你的眼球，森林好像在不知疲倦地迷惑你、吸引你、诱惑你——它悄悄地、悄悄地把它的魅力展现给你，这样的美怎么也欣赏不够。不，我累了。傍晚、中午时分，你都会觉得特别累，想要躲开所有这些多姿多彩的艳丽，回到自己护林所的木屋；如果你没有机会回去，哪怕是夜里一点，你也需要走走，不是回护林所，而是离开护林所，这时不管你是否愿意，你都能看见森林，于是你会因为你无法再接纳这财富而眯起眼睛，吃力地、艰难地行走，负担沉重，心里感到厌烦。

走进森林时你饥肠辘辘，可现在腹部饱胀，步履维艰。你昏昏欲睡，曾经活跃的思想偃旗息鼓，双腿踉踉跄跄。它们在往哪里走？——你问自己。但是你找不到答案。你知道，它们在走向遥远的第二十二林班，去查看那里是否有树木被盗伐。同时你也不知道这个。你以为，它们鼓足勇气想要走到天边，世界的尽头，然后才往回走。

看到自己下定决心走到世界的尽头，不仅是下定了决心，而且已经走在路上了，看到这一切令人感到不可思议。你根本不是什么巨人，也不是勇士，你是一个凡夫俗子，却在完成一项伟大的工作。遗憾的是附近没有摄影师能够记录下具有历史意义的瞬间：穿着靴子和破旧长裤的你，半是忧虑和半是严肃的脸，坚定的步伐，弯曲的脊梁。

天边，它在哪里？它就在这儿。你走到了林班的尽头，走到那根神圣的柱子跟前，看看是否一切正常，确认什么不好的情况都没有发生，然后不事休息，马上返回。路上你又碰到长着柳兰的林缘、有着干净草地的白桦树林、云杉林。但是，如果说以前你吸收了它们，现在你则要把它们吐出来。那时你以为你匆忙走向天边，现在，随着与护林所距离的逐渐拉近，你明白过来你是去了第二十二林班。在路上有一段时间斗争还在继续，疑问总是占上风：真的是这样吗？你真的是去了第二十二林班吗？踏上台阶之后，你终于确定自己去的是第二十二林班，而不是天边。

不过谁能找到这件事的目击者呢？一只乌鸦看见了，当我走出木屋，准备出发时，它就坐在树上。可你去哪儿了？一整天都在哪里呆着了？这个我自己也不知道，因为我早就失去了对现实的感觉，除了柳兰丛，还有草地，还有树木，我头脑里、心里什么也没有，而且好像整个内在的我都是由连绵不绝的林中灌木组成的。同时，又好像没有它们。我迈出去的步伐越多，我走路的时间越长，运动停止的感觉就越强烈。在某一个瞬间，它甚至完全停了下来。那时我在哪儿？我是不是在那个天边或第二十二林班？我似乎不再存在，只有脚踏自己木屋的台阶时，我才觉得自己是个活人。

我在门边脱下脚上的靴子，褪下裤子、衬衫，上床躺下。我甚至没给自己做吃的，我不想吃东西。我觉得，回来的路上，我把一切都退还给了森林，那我是不是顺便把自己也一股脑地献出去了呢？是不是过分慷慨了呢？——我太累了，完全感觉不到双脚、双手、脑袋、心脏的存在。

　　为了能够感觉到你还活着，还生活在这个世界上，不一定要每天都看见森林、小河、绿草，住在松林里，在湖上打鱼。只要醒来，睁开眼睛，活动活动手臂，起身，在床边坐下，在木屋里、房间里走一圈就足够了。你马上就能感觉到森林、草地、河流的在场。你感受到不是它们，而是早晨、白天的在场，它们取代了你的森林、小河。

　　正因如此，早晨醒来时，我经常垂着光腿坐在床边，不跑也不走，而是一动不动，发呆一两个小时。我极其强烈地感受到早晨、森林、小河的在场，它们在我眼里如此真实，以至于如果我起床太猛、不小心，在木屋里快步走，走动起来、跳起来，我的肩膀就会碰到这个早晨，碰伤自己或它。自然，我不想这样做。

　　我走在路上，无精打采、昏昏欲睡、对自己很不满意，可突然发现是早晨了，于是我就学着它的样子，变得开心起来。忽然想像一匹骏马一样在田野上奔跑，于是我跑起来，但是该往哪儿跑呢？问题就在于没地方可去。难道就这样不体面地跑一圈，哪儿也不去？如果没有任何人找你帮忙，如果没有任何人需要你去做客，森林里的工作都已做完、你不能再为森林做任何事了，难道不可以高兴地、精神饱满地跑上一圈吗？我想可以。早晨过去了。我早晨的激动之情冷却了。跑得太累，腿都抬不起来了。中午来了。我又开始昏昏欲睡？完全不对。我还记得我清早和早晨一起生活过，这让我心情舒畅。可要是这个记忆不能让我心情舒畅呢？那我就和中午、晚上、黑夜一起生活。我在田野里发现了一株蒲公英，还有路边的松树、田野里的小草。但是，对于晚上、黑夜我厌倦了与其共同的生活和存在，我很痛苦，不想又让自己和别人在一起。于是，我铺好被褥，沉沉地、幸福地睡去，就像度过了一个成功的工作日之后一样，那样的白天里如果不是所有的事情、那也是许多事情都很顺利。而且我会做梦，都是美梦，不是令人不安的梦，或者完全不做梦，是明快的、轻松的、幸福的睡眠。我会梦见草地，而且我也没看出来草地有什么特别的地方，甚至好像没看见鲜花，只是好像远远地看到了它们的影子，——只有青草，而它，草地，以自己梦幻般的风景让你高兴，你能感觉到它对自己的爱，你也爱它。我梦见了一条小河，小河也爱我并被我爱着。而且，无论是我的爱，还是小河的爱，都不是强求的。令人高兴的甚至不是你的爱与被爱，——难道我们没有爱的权利？难道我们付出的爱还少吗？——令人高兴的是你在梦中看见小河，而它令你高兴。我梦见了一个普通的马林果丛，可我很高兴，好像遇到了某种自然奇观，很高兴，因为你为它高兴。

我有一种迷迷糊糊的、令人不安（带着恐惧之情）的感觉，好像有人在批评我。以前没有过这样的感觉。或者，确切点说，很长时间没有这样的感觉了。因此我想：这就是说，所有这些天我过得安安静静，像老鼠一样，没有打扰任何人（如果说人们对你只有夸奖，这也很难相信），可刚刚打扰了某个人，他正在狠狠地报复你。

我开始回忆我可能得罪了谁、伤害了谁。可这也没什么可回忆的啊——当时的情景都在我脑袋里装着呢。我从一个刺柏丛旁边走过，我看了它，欣赏了它，——我非常喜欢它。它不仅郁郁葱葱，而且亭亭玉立，当你走过这个地方，你肯定要看它，因为看别的东西都没有意思。别的有什么好看的？看那棵被雷劈过的弯曲的云杉？看那棵刚刚钻出地面的小松树？看两棵松树之间透过的一线蓝天？在别的地方也可以看它，刚拐过弯的地方就有，而且还更好看些，我总是兴致勃勃地在那里看蓝天。我觉得，除了刺柏丛，这里的一切都不怎么样。只有刺柏丛风光无限。

可在回家的路上，我忽然产生了这样的想法：我想得对吗？真的只有这个刺柏丛值得注意，别的东西都不行，我必须得看它吗？于是我看了看云杉树。我觉得它很漂亮，自有动人之处——它弯弯曲曲，节节疤疤，被雷电击伤，但它还是绿色的，还活着！就这样，我看着云杉树走过了刺柏丛。我明白，这是我第一次看也不看就从它身边走过，我这事做得不好，但我又拿自己没有办法。为什么我必须得看刺柏丛，而无视云杉？我明白，我不对，我应该至少看它一次，至少极快地看刺柏丛一眼，可我的行动却恰恰相反。我既害羞，又惭愧，既有点害怕，又很开心，——但是开心的感觉过去了，剩下的只有焦虑和恐惧。

我坐着想，我该怎么办? 走到刺柏丛身边，看它，抚平昨日的伤痛? 但我内心在抗议——我为什么要这样做? 为什么我应该为了一个刺柏丛担惊受怕，惴惴不安? 其实应该因为森林、人类而惴惴不安，那才是可以理解的。我这样想，而且因为这样想，我感觉更不好，也更害怕了。我觉得我背判了自己。既然从前欣赏过刺柏丛，那么现在岂敢抛弃它?

我这样惴惴不安地度过了半天时间，后来就忘了这种感觉。焦急不安的感觉在忙碌中消失了，恐惧感也消失了。这时我想: 恐惧感消失不是因为我在白天的忙碌中忘记了刺柏丛，而是因为它生了我的气，发泄完自己的怒气之后，它原谅了我的伤害，而且，不管多么痛苦，它也接受了这样的想法，即世界上不是只有它一个是美丽的，别人也值得注意。它不再想我的不好，这样就解除了我的痛苦，否则我还得在恐惧中生活好几天!

早晨起了床，我已经完全不记得之前我身上发生了什么，我睡得特别香、特别沉，以至于起床之后我忘记了自己在哪里，昨天和前天我身上都发生了什么，谁是我的父亲、母亲，我是否有朋友、同志，我曾在哪里过着怎样的生活。

我到底记得什么呢? 我记得的，我知道的只是现在所有的东西，眼前所见的东西，我感受着当前时刻的自己，昨天的一切已离我而去，好像已经死去，飞走了。据说，在这样的恍惚状态中，心灵似乎能够摆脱从前的烦恼并且不为明天的烦恼所累，因此开心、幸福。似乎过去的一切对你来讲都已一去不返，所以用不着为之哭泣和痛苦，更不用提挽留它们了。似乎，现在如果你能够避开昨天的烦恼和忧虑，就是真正的生活，——其他的一切不过是对它的模仿。如果你似乎在与过去告别，那你身上就会发生奇怪的事情: 昨天和前天的一切，你觉得已经离你而去的一切——童年，还有你的父亲母亲，——其实根本没有离开你，相反，正是现在他们才真正地在场，此前他们一直在某个地方游荡，只是没有你。

可能一切确实都是这样的，我也应该为此高兴，但我很难过。因为每天早晨当我从这样的沉睡中醒来时，我都似乎不得不重头开始自己的生活: 你从前的功劳、错误、经验都没有了，你是一张白纸，今天你刚刚在上面写几个字, 明天就会有人把它们擦去。带着经验活着、死去, 什么都知道、什么痛苦都尝过——这是一回事, 这时一切都慢慢变得十分明白易懂、合情合理、不容置疑: 你已经受够了生活的打击, 听够了别人的指责, 积攒一些好的东西, 还有坏的东西, 你要么平静地继续活下去, 要么去见自己的祖先。可是, 如果既没有经验, 也没有知识, 如果以前过得平平淡淡, 没有过任何批评和奖励, 过去与未来之间的必然联系中断了, 那该怎样生活呢? 这样的生活是不是很可怕, 很艰难? 对于没有经验的人来讲, 生活是不是很可怕, 很艰难? 它既可怕, 又艰难, 即使这样, 谁又能说它只有可怕和艰难? 它同时也是轻松和美好的。

我现在就是, 尽管也害怕做这样让人恍惚的梦, 但我还是期待它们, 并召唤它们。当它们, 这些梦醒时分的清晨, 到来的时候, 我不仅为它们高兴, 而且在心里把它们当成好的, 觉得是该来的来了。尽管旧的东西在召唤着我, 我却在抗拒它。在保持现在和从前的自己的同时, 每一个早晨我都获得新生, 然后我开始不从我出生的那一年计算自己的年龄, 不仅从那一年, 而且还要从每一个新的早晨开始算起。比如, 如果一年是三百六十五天, 而我活了二十岁或一百岁, 那就是说, 我活过的年数不是二十年或一百年, 而是三百六十五乘以这些数字的和, 我过了不止一种生活, 而是成千上万种生活。当然, 这些生活都很短暂, 从时间上讲不足二十四个小时, 但难道年岁的数目能够改变人的生活吗?

在自己的一生中你过无数种生活, 这并不奇怪。你可以过蝴蝶的生活和蚂蚁的生活, 可以过圣人的生活和恶棍的生活, 美人的生活和丑八怪的生活, 男人的生活和女人的生活。你可以过石头、乌鸦、青草、小溪、松树、生病的孩子、士兵、医生、马、爱与被爱的人、承受痛苦和造成痛苦的人、进步和堕落的人、滚滚黄沙和金子的生活。你可以根据自己的判断或你不断变成的那些人的吩咐去选择这些生活。困难的只是第一步, 其他的都很容易。所以, 我觉得, 母亲生孩子的时候, 不止是母亲生产困难, 孩子自己出生也很困难。他们两人都体验着艰辛。但之后——就是轻松和喜悦。

今天是谁生下了我? 在这个早晨, 我过着谁的生活? 是松树、青草、审视大地的太阳，还是思考如何在每一个新的日子里出生的那个人？

只有这个森林，它无依无靠，是如此地孤苦、可怜，让人总想给它选个什么东西做伴。但是选什么呢，如果什么都配不上它？但我不相信没有能配得上它的东西。肯定有，只是我看不见。所以我才说没有。但是它看得见，它感觉得到，它知道——却不说。它少言寡语，绝口不提自己的伴侣，生怕你出于恶意或者发飙打伤了它的伴侣。你不见得需要它的伴侣，可是发傻充愣，热血沸腾——这个我们是高手。这时不用别人给我们提供一个空间，我们自己就能找到它。正因如此，它才害怕我们的暴行，一方面把自己的伴侣藏起来，另一方面闭口不谈它。它做得对。只有年少轻狂的时候才会拼命地大喊大叫，说他们的爱情有多么美好，他们如何爱与被爱。因为愚蠢才喊叫。好像在他们之前谁也没有爱过，也没有过它，爱情，他们来了，才发现了爱情。无知，虽然挺美好的，但这对森林有什么用呢？森林可是知道，从来没有谁刻意寻找过，也没有谁找到过爱情，爱情是永恒的。于是它沉默不语，并且默默地欢喜，默默地爱，它的沉默也传染给了我们。特别是夜里，当它陷入一片黑暗，夜空中繁星闪烁的时候。那时，寂静降临到森林，这寂静如此响亮，这沉默的力量简直可以让人终生失聪。只要花上一夜时间听一听这寂静，尝一尝甜蜜的滋味，之后你就不会再去听任何别的声音了，无论是音乐会上乐队的演奏，还是公路上汽车的鸣叫，无论是心爱姑娘的低语，还是蚊子微弱的哼哼声，都不能到达你的耳畔。大海，雷雨，风，野兽的咆哮，人群的喧哗，孩子的呼喊，母亲的呻吟，小溪的潺潺——这一切你，可恶的家伙，都将听不见，而且那时你不会堕入幸福，却会陷入可怕的痛苦，没有任何出路。这寂静充满诱惑，甜蜜而令人神往，体会到个中滋味的人，都会把它珍藏起来，——既不会失去爱它的能力，也不会丧失帮助充满渴望的人们的热情，他们在失聪之后又听见了春天里啄木鸟唧唧的叫声，老鼠吱吱的叫声，和近处某人微弱的呼吸声，——那么，可以说，这个人是真正地有所见识，所以他有话可说。如果他同时还恢复了已经丧失的言语功能、不管别人是否注意而自说自话，如果他的某些话传到了哪个人的耳朵里并在那里生根发芽，而这棵庄稼成熟时又会给别人带来幸福，——那还有什么可追求的？什么也不用了。

我发现了一个乌鸦窝。而且，我还在鸟窝下方、松树下面跺了跺脚。当乌鸦发现了我，探头张望的时候，我伸出食指，对准乌鸦，假装用手枪射它的样子：啪—啪！天啊，它们掀起了怎样的喧嚣，喊叫得多么热烈啊！我早已经离松树很远了，走到路上去了，开始仔细回忆小河，忘记了考虑乌鸦，但是它们没有忘记我。它们抓住了我就没有放开过。也没有放我回过家。有一只乌鸦，老的，更是把我折磨得够呛。当它在我头上飞过的时候，我看见它的羽毛稀疏、透光。它恶狠狠地号叫着。可我在它面前为自己辩解过：说，我不是故意的，以后再不这样了；我安慰它说我不会碰你的小乌鸦的，我只是开个玩笑；我吓唬它说：你要再不住口，我现在就收拾你，——它没有住口，却叫得更响了，好像全世界都能听到。我自己也开始不满意自己的玩笑了。因为顽皮我偷偷走到它跟前，瞄准它射击，可是造成了这么大的动静。尽情地喊够并清理了自己的喉咙之后，它们才不再鼓噪，尽管还是没有平静下来。在林中树木茂密的地方，很长时间我还能听见它们的愤怒的声音。

我明白，是我太轻率了，但它们也够可以的。犯得上因为莽撞的脚步而如此严厉地惩罚一个人吗？难道在我的森林里我不是主人，不能走到一棵松树旁，在它跟前站一会，用手指瞄准某个小鸟或树丛？这又不会给它们带来坏处。难道树丛会从此枯萎，永远消失？可是，问题是，如果它不会枯萎，不会消失，那么干嘛还要用手指瞄准它，甚至同时装出射击的样子？可要是你走在森林里的时候，有人用手指瞄准你并作出射击的样子，你会喜欢吗？我确定，我不会喜欢，现在，我不能忍受别人跟我开这样的玩笑、用手指瞄准我。我会把开这样玩笑的人当做傻瓜、白痴，如果我不大发雷霆、痛打他们一顿的话。

我看着草地、森林。它们绿意盎然。黄蜂嗡嗡叫，让人厌烦。风声在耳。从这土地、这森林、天空、田野、开花的蒲公英、河流、秋天、太阳、冬天那里可以获得多少东西呢？可以少拿一点——不见朝霞、不望星空、错过春天、不去迎接冬天，——这每个人都知道。可以获取很多：这个、那个都要看见，把一切都埋藏起来，铭记在心。可是，能够获取更多吗？看见一株衰败的三叶草，你觉得它比天空和大地还要美丽和亲切；捕捉到春天的一个瞬间，它比所有的春天和冬天都更温柔和美丽。

我不喜欢暗示，我被它们折磨得痛苦不堪。一片叶子发出声响，我就在想：这能是什么意思呢？风儿敲打窗棂：是不是来找我的？小鸟飞进木屋：是不是来抓我的？这些模棱两可的话让我非常难过，永远也搞不明白是什么意思。要是知道意思的话，让我去哪我就去哪，该干什么我就干什么，可现在只能坐着饱受折磨。可能是来请我去做客、参加宴会，也可能是来抓我的。可我还没有准备好。也许，应该把炉灶点着，烧好茶水，可我在窗边坐着不动，仔细观看无数次看过的风景。难道我过分孤僻，不能欢迎任何人的到来？我不喜欢自己身上有这种冷漠生硬，也不赞成这种态度。为什么要暗示呢？为什么不直接说出来？说应该这样或那样，我想要这个或那个。我责骂，但是我也理解，在这个微妙的、委婉的感觉中有某种真理存在。把自己直接暴露在山杨树叶或夏日的晨风面前不合适：应该稍微暗示一下，轻轻发出一点声音，稍稍展示一下自己，勉强招呼一声，——然后你就可以按照你听说过的方式、按照你的心意去做了。

我愁闷地看着白天，它的一切我都不喜欢，一切都压抑、紧迫、拘束，妨碍我生活，一切都和我对着干：太阳炙烤，天空空旷、上面一片真正的云彩也没有，风止住了，小草枯死了，虻虫狂舞，小河在山坡下没精打采地流淌。无论看哪里——都是不好的景象。松树没有荫凉，土地干燥，虻虫叮咬，毛虫在树枝上爬，不打扰任何人，它也不招人喜欢，一只乌鸦从旁边飞过，它也不让我开心。在这个燥热的白天里，什么东西能让我开心，让我快乐？太阳，空旷的天空，无风，寂静，小河轻盈的步履，甚至树枝上的毛虫，甚至乌鸦的飞动——一切都让我开心，召唤我走向生活，一切都让我快乐，我被这一天迷住了心窍，根本不想要别的白天。

漫长炎热的白天过去之后，当我疲惫地坐在木屋中望着窗外时，为什么我不觉得晚上、渐渐变黑的天空、天空里的星星是疲惫的呢？为什么我觉得它们是年轻的呢——星星不是已经有了百万年的历史，而是刚刚诞生，晚上就像一个婴儿，洁净、崇高、明朗，小河充满活力？是我给它们增添了青春活力，还是它们原本就很年轻？为什么它们的青春活力、清新使我变得年轻，使我的疲劳一扫而光，使我的后背挺直，使我的双腿不再酸痛？这种清新是否会沁入我的心脾？或者，看见天上年轻的星星，我也会找到自己的青春？而且，我身上的青春活力、清新是否不是有限量的、有尽头的——用完了，就没了，——而是无穷无尽的，你可以不停地汲取它（如果你会的话），直到生命中最后的日子？

我在河岸上走来走去，看着河水，把它的美貌吞进肚子里。它让我痛苦：眼里是小河，耳边是小河，脑袋里、心里是小河。我时而看见水流闪光，时而听见河水的低语，我思念着它，爱着它。我觉得，我马上就要变成一条小河，之前我全身心都被它占据。我不喜欢这样的状态。除了小河，我还想看见和听见别的，比如太阳、田野、草地、百灵鸟。我想要欣赏森林的样子，小鸟的歌声，只要一听见喜鹊的喳喳叫声我马上就会变得轻松。趁现在还没有变得更轻松，我等待着，等待着我眼中的小河离我而去。它会离开我的，只要我慢慢变成太阳，小草，和世界上其他的一切，并悄悄地被它们充满。

黑夜已经来临了，雾气已经在低处的草地上蔓延开来，潮湿，寒冷，路变黑了，无论是远处，还是近处，它的各个部分都被黑暗笼罩，看不清小白桦林，栅栏边接骨木树丛的轮廓也消失了，点点新星在空中怯怯地闪烁，看不见远处的地方，听不见赤杨叶间的风声，太阳落山了，黑暗淹没了你，也淹没了整个世界，现在你已经完全看不见脚下的路了，——不是踩到一块石头，就是踏进一个水坑，要不就是有一棵灌木、一头野兽、一个人突然挡在你面前……可你虽然已经度过了白天，饱览了它的风采、饱吸了它的气息，还是全身心沉浸在它的里面，——你觉得草地还没有被雾笼罩，而是一片光明、一览无遗，空气既干燥，又温暖，路也直到它最远的边缘都看得清清楚楚，小白桦林也像近在眼前一样真切，接骨木树丛也可以分得清轮廓，清晰到你能看到一只瓢虫从叶子上爬过，还有白天灿烂的阳光照亮你和整个世界，为你指路，你能清楚地看到和判断出：这是树丛，这是石头，这是千叶蓍的花，这是乌鸦。也许，还要过好久，也许需要整整一夜时间，才能让我的眼睛不再看见白天看见过的那神奇的光芒，也可能一夜的时间不够，许多个夜晚过去之后，这光芒才能暗淡下去，你眼中看见的一切才会消失。

我躺在草地上，无精打采、昏昏欲睡，手也不想动一动，脚也不想挪一挪。怠惰控制了我。正因为懒散地躺着，所以我特别清晰地感觉到周围的生活：小草在生长，积聚着力量，山谷里的小溪在脑袋边潺潺流淌，小燕子在空中秩序井然地飞来飞去，——我越懒散，运动的感觉就越明显，我能感受到这个世界的勃勃生机，恰恰相反的是，我对这勃勃生机感觉得越明显，我就越加困倦和怠惰。真想振作起来，可是怎么可能呢，难道你能战胜这个世界？幸好，它在运动的时候没有努力加速，否则我现在可能死气沉沉地躺在地上，完全失去了生活、思考、感觉的力气，——它就会这样以自己充满生机的运动把我钉在地上。我躺着，看着空旷的（如果不算太阳的话）天空，嘴里嚼着折下的一棵小草，等待着这个世界放慢脚步的时刻，那时我将精力充沛地从地上起身。

世界是广阔的，生命是长久的，而你的某种微不足道却限制了你，使你时常只爱某一种事物，尽管不时也会放弃，这很好。但这公平吗？爱天空，大地，宇宙——这才是一个人应该有的爱，只有这一种爱值得向往和追求。但是，爱自己菜园中的一丛荨麻，松树，三叶草的花——从旁边经过的时候，你不是总能看见它，——对春天的小溪——它的寿命也许只有一周，对路边的石头、折断或落地的树枝、早晨一来马上就走了的雾、田野里的风、夏天（它也不是永恒的！）怀着温柔的爱，——这种爱纵然不像是致命的罪过，难道不像是一场骗局、一个错误吗？也许，像是。可同时，我们所做的只是爱这雾、这风、这三叶草花，却不愿去想宇宙、天空。因为，当我们想着雾、三叶草的花，难道我们只想着它们？我们想着天空、世界、星星，那么我们可以爱整个宇宙、全世界。爱一朵花的时候，我们觉得需要爱世界，但是，爱宇宙的时候，我们还是觉得三叶草花更好。不过，在那样的时候，三叶草花也好，世界也好，对我们来讲——都是一样的。

当我望着天空，望着空中快速飘过的云彩，望着西去的晚上，当我察觉白天消失、黄昏迫近的时候，我觉得，好像不是云彩从我身边飘过，不是我生活中的白天从我身边飞走，不是白天或晚上离我而去，不是黄昏正在降临，而是我的生命在渐渐远去。于是我变得十分忧郁。不是因为想到我的生命即将结束，而是因为观望云彩使我在心里想起了自己的生命。但这时我心里也会产生喜悦之情。而且也是因为这个，我觉得这是一种美妙的奇迹。望着远去的云彩，我觉得，这不是云彩，而是我的白天。

白天与黑夜，早晨和晚上，当它们互相转换，谁能分清它们的界限？当我迎接早晨，仰望渐渐明朗的天空，难道我看到的只是早晨？我看到的还有昨天晚上的片段，还有尚未到来的明天的碎片。我看到别的晚上和黑夜紧紧相随，它们的期限是以年或千年计算的。因为相互紧紧依偎在一起，它们几乎是无法区别的，它们，你特别想要的那些，会马上出现。而且，它们的出现会排挤掉今天的早晨。你会天真地说：今天的早晨来了。而对你来讲，这将是第三天或第三年的早晨。太阳是升起了，还是落下了，你本人正在准备睡觉，还是马上要起床，这都没有意义。难道人们会按照表面的特征来判断早晨？难道早晨到来的时候没有晚上？有的。但是，这样的时候，我们会因这不相称而痛苦。不过，如果迎接到了早晨，你能够全身心投入其中，而不去寻找前一个或下一个晚上，如果等到了晚上，你接受并祝福这个晚上，而不去呼唤早晨到自己身边来，——那么，你就可以认为你是幸福的，你再也不需要什么了。

什么能使我获得满足？那是每次到来的新的白天。可如果有一个白天还是老样子，像永恒的事物，那我还能从它那里得到满足吗？我想不能。清早我还能想勉强向它表示欢迎，到中午我就完全没了精神。白天来了又去，白天在不停替换，小脚迈着细碎的步子，匆匆地向我迎面走来，又匆忙离去。你像追赶兔子的猎狗一样，追赶着某一个白天。另外一个白天在后面追赶你。第三个白天不急不缓，走得从从容容。有的白天坐下来休息一会，有的白天在草垛顶上躺下过夜，有的白天脱光衣服，在小溪中嬉戏，有的白天忧心忡忡，急忙赶往某个地方——不知是去与姑娘约会,还是去与朋友见面;它飞速地一闪而过,你甚至来不及看清它的样子——只有它的气味留了下来,久久不散。有的白天很勤劳,埋头苦干,好像要谋求高位。有的白天是无忧无虑的浪荡子,无所事事。这个白天陷入绝望的爱情,苦苦思念自己的意中人。可另外一个白天痛恨女人,唾弃世上所有的美女。

它来了,小坐片刻,谈了谈各种事情,笑了一阵,难过了一阵,喝了一杯茶,然后走了。身后没有留下叹息,也没有留下遗憾。也许,它留下了一声叹息,也许,它遗忘了一丝疑虑。但它们现在在哪里,应该到哪里去寻找它们? 它们曾经来过,现在不见了,消散了,就像夏日天空里的云。只是,在一声叹息落下的地方,草地上长出了一株蒲公英,而在遗憾落下的地方,长出了三色堇。

我害怕自己对它们的离去如此漠不关心。为什么我不呼唤它们、阻止它们? 我既呼唤,也阻止,可它们是能够留住的吗? 就让它们走自己的路去吧!

悲伤的白天,冰冷的白天,被蛾子一般的痛苦和忧郁磨垮的白天,白天是灌木丛的魅力、光辉和低语,春天般的白天,充满了痛苦和幸福的白天,秋与春的白天。

唉,这个夜晚! 它在动,它离开了白天,像皮球一样跳开了,变得自由自在。刚开始根本没有夜。那时是白天,阳光闪耀,微风轻拂,鸟儿歌唱。但是,白天安静下来,鸟儿也不再歌唱。白天低下头,睡着了。黑夜出来顶替它。夜又暗,又黑,又可怕。白天有多么美好,夜晚就有多么丑陋。真想离开它,从它身边逃走,可是你能去哪儿呢? 它又有什么地方令人不快呢? 某种不确定性,黑暗,冷漠,憋闷。因为不能接受黑夜,你总是抓住白天不放,回忆并珍惜它的美。你在恐惧和疑虑中煎熬。后来你突然抬头看天,看到了星星。或者你仔细端详黑暗,你不再觉得它是黑暗,它也不再令人不快。而你必定无疑会爱上天上的星星。夜——算是什么怪物,如果我们觉得它的黑暗很美好,如果我们热爱它的星星? 它不是怪物,而是一位美女,离开它我们无法生活。我们爱这个夜晚,我们珍惜它,它向我们的心注入无比的柔情,它对我们低声倾诉深深的思念之情,它开发了我们极其细腻的情感、我们的柔顺、驯顺、温顺,因此我们抓住它，大声呼喊：我们永远也不放你走！我们不需要白天！这也很愚蠢。为什么呢？因为等到白天到来，驱走黑暗、带来光明，太阳取代月亮、升上天空，我们又会躁动不安、急不可耐、固执己见。我们会感谢白天。

早晨醒来，我听见了脚步声——好像有一个人或一头驼鹿从木屋旁跑过去了。会是谁在跑呢？我来到外面的台阶上。什么也没有。我走进木屋——又听到了脚步声。我更加注意地倾听，心里想道：为什么我一定要觉得是一个人或者一头驼鹿跑过去了呢？也许，这是夏天在匆匆赶路，在奔跑，而我却把它当成了一个人或者一头驼鹿？于是，我再次来到外面的台阶上，我看见了一头奔跑的驼鹿，这时我就断定——这不是驼鹿，而是夏天在奔跑。它是作为对我的救赎、对我的挽救而来的。我在秋天受过苦，奄奄一息，我在春天也受过苦，因为重生，我受尽了苦痛，以至于无力幸福，也无力痛苦。我本来马上就要彻底完蛋了，可是夏天来了。它在我面前打开自己的大门——绿色的草，河上清风徐来，树叶低声絮语。生命在这时不是濒临死亡，也不是即将诞生，它存在着，它仿佛处于生与死的界线之外，或者也可以说，它把生与死都包容在内了。

多么美妙的时光！清晨，霞光柔和。我走在河岸上，生和死都与我无关，我没有欲望和愿望的负累，同时又充满力量和情感。美好的夏天在前面等待着我——我相信这一点，我盼望着。夏天就要来了，它的脚步近了。

译后记

经过几个月的紧张工作，终于在无比激动之中翻译完了谢尔古年科夫的中篇小说《秋与春》。

《秋与春》分为两部：第一部《秋》和第二部《春》，这是一本奇书，一本没有情节、但是引人入胜的书。《秋》一开篇就深深吸引了我："我走在森林里，天上下着雨。我伸出双手接雨，心想，手和天是连着的，不论远近，它们都能感觉到天的存在。抚摸脸庞令人惬意。抚摸过自己的脸庞，你就好像抚摸了这个世界。"接下来通篇都是充满诗意的哲思，使你不禁问自己："他想要讲什么？在大自然中诗意地栖居？这是小说？是诗歌？是童话？还是哲学？"因此急不可耐地看下去。越看越觉得神奇，作者明明说这是中篇小说，可整个文本从语言的角度来看就是诗歌，从内容上看基本没有情节，人物只有一个护林员，——其实也不是一个护林员，整个世界、整个大自然，包括森林、小河、高山、小草、乌鸦、蒲公英、石头都是有血有肉、且高于人类的"人物"，它们不仅有外表、有语言、有行动、有思想，还有和"我"的爱情，这分明又是个童话！在《秋》中，你已经感受到作者的痴狂和癫疯的状态，到来《春》，这种状态更达到登峰造极的地步：乌鸦、小河、白天、黑夜都成了"我"的爱恋对象，"我"为它们如痴如狂，甚至使人想起"我曾经默默无语地 毫无指望地爱过你 我既忍受着羞怯 又忍受着嫉妒的折磨 我曾经那样真诚 那样温柔地爱过你 但愿上帝保佑你 另一个人也会像我一样地爱你"这样的诗句，在这样的百转柔情中，"我"（即人）与自己的大自然恋人一起经历无数次的生死轮回，在摒弃了物质、贪欲追求的基础上，可以获得永生。这又好像是哲学！

从一开始，我就被"他想要讲什么"的问题痛苦地折磨着，这个问题也使我欲罢不能，几乎是一口气将小说读完、翻译完！期待中扣人心弦的情节没有出现，但是书中美得令人心颤的语言、奇异得令人匪夷所思的构思、深刻得让人难以企及的思想留给我的何止是震撼！原来人与自然是这样的一种关系，应该是这样的一种关系！"人定胜天"究竟是踌躇满志时的豪言壮语，还是无可奈何时的自我安慰？高呼着"保护环境、保护自然"口号的人们是不是太过自负、是不是把自己看得太高？难道我们有资格为大自然提供保护？难道人们不应该对大自然顶礼膜拜，不应该对大自然深深爱恋？我终于明白，这是一部真正的小说，他"想要讲"的是一个人的恋爱故事，是他对大自然狂热的爱恋。

不知不觉中，我的语言风格有点接近谢尔古年科夫。——这就是作家魅力所在！但无论如何，谢尔古年科夫是无法复制、不能模仿的。《秋与春》注定是一个奇人写的一部奇书！所有人都应该读一读谢尔古年科夫，好好读一读。它带给你的将不只是艺术的享受，在当今这个物欲横流的时代，谢尔古年科夫的思想可以拯救这个危机四伏的世界、拯救人类。

顾宏哲

2013年12月